艾贝保·热合曼·作品

保曼 著
艾贝·热合
名家新疆丛书
新疆文化出版社

镶嵌九颗珍珠的传奇地方

图书在版编目(CIP)数据

镶嵌九颗珍珠的传奇地方 / 艾贝保·热合曼著. --
乌鲁木齐：新疆文化出版社，2016.5
（名家新疆丛书）
ISBN 978-7-5469-8532-9

Ⅰ.①镶… Ⅱ.①艾… Ⅲ.①散文集－中国－当代
Ⅳ.①I267

中国版本图书馆 CIP 数据核字(2016)第 124394 号

书　　名	镶嵌九颗珍珠的传奇地方
著　　者	艾贝保·热合曼
出　　版	新疆文化出版社（www.xjdzyx.com）
地　　址	乌鲁木齐市经济技术开发区科技园路 5 号（邮编 830026）
选题策划	于文胜　王　族
责任编辑	纪旭艳
封面设计	李瑞芳
责任印制	刘伟煜
发　　行	全国新华书店
网　　购	当当网、京东商城、亚马逊、淘宝网、天猫、读读网、淘宝网·新疆旅游书店
制　　版	新疆读读精品网络有限公司数字印务中心
印　　刷	北京新华印刷有限公司
开　　本	787 mm×1 092 mm　1/16
印　　张	15.25
字　　数	160 千字
版　　次	2017 年 1 月第 1 版
印　　次	2017 年 1 月第 1 次印刷
书　　号	ISBN 978-7-5469-8532-9
定　　价	46.00 元

网络出版　读读网（www.dudu-book365.com）
网络书店　淘宝网·新疆旅游书店（http://shop67841187.taobao.com）

目　录
contents

001　　五彩请柬
006　　托起盐和馕的尊严
011　　姓氏与传承
013　　臊子面·炮仗子·面旗子
017　　浓淡一壶茶，苦乐皆有缘
022　　包子盛宴，"沙木萨"为先
026　　"卡瓦普"熟了
030　　馓子·油塔子·乌麻什
034　　毡房里的"达斯特汗"
038　　生活中的美学家
048　　放羊的日子
054　　半导体零碎记忆
060　　紫花苜蓿
064　　琼布拉克
069　　草根花
073　　牧业队记忆
076　　山那边来的亲戚
084　　斑鸠飞落的庭院

087	在歌声中前进
091	神奇疆土,镶嵌着九颗璀璨珍珠
100	辽阔大地,流动三条绿色琴弦
105	如阳光一样灿烂
109	早晨一小时
114	徒步之旅
118	沙枣花开,香飘四野
122	儿时的游戏
128	说说毛驴
131	向往伊犁
134	等待
137	阳台上的鸟
141	高考纪事
146	亲历解放生产力
149	与歌相伴
153	乡村岁月
157	时髦女人
159	都是朋友
162	"两个舌头"
168	待到花开烂漫时
171	清雪,乌鲁木齐创造着奇迹
177	喀什,一座高台民居,两部辉煌著作
181	"三棵树"尽显王者风范

187　神木园，向着托木尔峰方向

192　一个叫"阿日相"的地方

197　塔克拉玛干，体验沙海变通途

202　"馕坑"一样的吐鲁番

205　怎不忆冬雪

208　在城市种"田"

211　杏花在心里

214　外面的世界

218　水西沟来了一群滑冰人

222　天山南北　绵羊山羊

五彩请柬

现实生活当中,我们经常会收到形式多样的各种请柬,或者来自亲朋好友,受邀出席一场喜宴,或者来自官方公共机构,应约赶赴某个典礼和仪式。

接到不同的请柬,就要相应做好不同的准备。就以婚礼为例,因为民族不同,举行婚典的时间就各有差异。一般情况下,汉族在中午北京时间1点前后,维吾尔族则在下午北京时间7点左右。

请柬从词义上而言,又称为请帖和柬帖,是为了邀请客人参加某项活动而发的礼仪性书信。使用请柬,既可以表示对被邀请者的尊重,又可以表示邀请者对此事的郑重态度。

维吾尔族是一个热情好客的民族,每逢红白之事,第一时间将消息广而告之,因而无论是娶亲还是发丧,客人始终是纷至沓来,络绎不绝,在一些乡下,甚至就像赶巴扎似的,房前屋后都是人,黑压压一片。所以说,维吾尔人的请柬看似虽小,却影响深远,仿佛一根纽带,连接着你我他,传承着历史和文化。

维吾尔族把喜事称为"托依",而祭事则以"乃孜尔"相称。喜事当中尤以过满月、割礼和结婚最为隆重,因而作为彼此之间"穿针引线"的一方请柬,这个时候就开始扮演不可或缺的重要角色,不但看上去五彩缤纷、充满诗情画意和喜庆之气,而且仅从外观上就能辨别出是哪一类喜事。譬如适逢一个男孩的割礼,请柬的正面或许就是本人的彩色照片,好像一个小王子一样,神采奕奕、光彩夺目。要么手捧一本著作,寄寓父母望子成龙的美好愿望,要么搂抱着一只白色大羝羊,似乎告诉世人,幸福美满的生活,原本就该如此。

有意思的是:在一些农村,割礼仪式搞得富有创意。头一天,要让接受割礼的孩子穿新衣、骑上马,巡游全村。孩子所到之处,普遍受到父老乡亲真挚祝福,并且为其披红挂绿,气氛甚是温馨而又热烈。

和现在的隆重情形相比,我们那时就显得相当寒酸和冷清了。记得那是20世纪60年代中期,恰逢"砸烂一切旧思想、旧文化、旧风俗、旧习惯"的"破四旧""立四新"年代,父母不敢在家里为我和哥哥进行割礼,而是偷偷摸摸将我们带到牧区的爷爷那里。当时我们弟兄两个骑着一头毛驴,摇摇晃晃中总觉得道路没有尽头。父母拖着疲惫的步伐,心事重重地跟在毛驴身后,一声不吭。

其实我们那时并不清楚此行的目的,因而对那位同父母一样,也是默默低头走路的陌生老人,一直没有放在心上。当傍晚赶到爷爷家的时候,才知道要给我和哥哥进行割礼,而实施割礼的师傅,就是和我们一同进屋的陌生老人。

割礼是在吃过晚饭之后,借着油灯的那点光亮进行的。哥哥在先,我在后。本来我就胆小,一听哥哥号啕大哭,我的心怦怦跳得厉害。就听爷爷安慰说:"其实一点都不疼,就跟蜜蜂蛰了一样,一下子就过去了,不信你闭上眼睛试一试。"然而我还是不敢闭上眼睛,惶恐之中仰起半个身子,两眼一眨不眨盯着陌生老人的手。

我自始至终没有看到那把锋利的刀子到底藏在什么地方,只是见他手中不停摆弄着类似毛衣扦子一样的东西,同时若无其事地讲着我从未听过的一个什么故事。就在爷爷给我嘴里塞进一枚鸡蛋的当儿,就觉得撕心裂肺地痛了一下,我的割礼就算完成了。

因为是赶在暑假做的割礼,又是在偏远的牧区,几乎没有走漏一点风声。不像现在,割礼都是大张旗鼓的进行,美丽的请柬如同盛开的花朵，送到每一个亲朋好友手中，让一个个民族式宴会厅充满欢声笑语。所不同的是，当今城里人更愿意把外科大夫请至家中，或者干脆把孩子送到医院去做环切手术，不仅创面缩小，减少感染，而且卫生省时，只需休息几日，孩子便可下地活动了。

而婚礼请柬就是另一种风格了，首先从色彩上讲，就已不再是早先单纯的一张红色油光纸了，当时因为条件所限，即便上了一些档次的，充其量再点缀一些金粉。哪里像现在，赤橙黄绿青蓝紫，色彩斑斓、绚丽多姿，不再是大红大紫一统天下，不仅色彩美丽大方，图案搭配也极为讲究，特别是一些善于创造的年轻人，一再强调请柬的创意和个性化，让结婚请柬越来越呈现出与众不同的文化底蕴和现代意识。

我信手翻阅了一下身边的结婚请柬，因为职业、籍贯、学识、阅历和城乡有所不同，请柬的外观和内容都有很大的区别。先说外观，有正方形，也有长方形和长条形；有的对折在一起，简约随意，有的则带有外包装，甚至用彩色丝带打着蝴蝶结。请柬在维吾尔语里称为"泰克力甫纳曼"，直译就是以邀请或聘请的名义。因而这几个字必须摆在正面最醒目的位置，几乎一律都是烫金大字，金光闪闪，熠熠生辉，加之一簇红彤彤的玫瑰映衬，越发吸引人的眼球。当然也有将一对新人的合影照印上请柬的，掩映在花红柳绿的图案之中，平添一种喜庆的色彩。

与之相反的就是祭事请柬，一张白纸，加上黑框或花边，只有黑白两种颜色，庄严肃穆中凸显生者对亡者的思念和缅怀。

从请柬内容上来说，不管单面还是双面、喜事还是祭事，都由标题、称谓、正文、敬语、落款和日期等组成。虽说篇幅有限，行文却必须根据场合、内容和对象，反复斟酌，仔细推敲。特别是结婚请柬，除了正文之外，有的还辅之于华美辞章，富有欣赏和收藏价值。其中就有这样的诗句：

如此一般真挚之心来邀请，
　邀请贵客光顾儿女之婚庆；

只希望共同围坐于一个"达斯汗",

乞求新人幸福伴一生。

很显然,这是以父母的名义发出的请柬,字里行间都是发自肺腑的希冀和祝福。这里所说的"达斯汗",原意是餐布,继而引申为餐桌布,现在广义上讲就是同桌就餐了。

再譬如:

珍贵与生俱来就是珍贵,

冬、夏、春季皆为珍贵;

就像攀龙附凤珍贵才是珍贵,

纯净之心源自传承原本珍贵。

虽说仿佛一段绕口令,却蕴涵着人生哲理,就像发出邀请的年轻人一样,在这难能可贵的美好时刻,总希望借此表达自己对婚姻的寄托和珍惜。这就自然让我想起27岁前自己结婚时的情景,既兴奋又紧张,既期盼又担心,仿佛一夜之间由一个毫无牵挂的快乐单身汉,摇身一变成为养家糊口的顶梁柱,身份一时难以转换。然而不管怎么说,一张张喜帖已像五彩蝴蝶一样飞入了一家家窗口,只能像个儿子娃娃一样担当起生活的重担和责任了。如果如法炮制,照此推理,那就是:人生珍贵,婚姻才如此珍贵,海誓山盟并不珍贵,珍贵的是信守诺言才是珍贵。

维吾尔族有个谚语说:"请你的地方不要错过,没有请你的地方不要去",因而对接到请柬的人来说,是一种荣誉和厚爱。换作以前,交通闭塞,通讯落后,送个请柬就相对麻烦。特别是在农村,必须事先早作准备,不然就赶不上趟。不像现在,不仅出门就是车子,电话和手机更是普及千家万户,即使相距甚远也仿佛近在咫尺,方便极了。

而且有些地方为了方便起见,干脆搞起了名录册,把经常联系的人都登记在册,遇到写请柬的时候,打开册子就解决了问题。不过也有那么几个马大哈,做事丢三落四的。我就有个朋友,因为儿子结婚,请我们喝商议茶的时候,就说请柬早就写好了,马上就会给我,可是后来在一个盛满请柬的大包里搜罗了好半天，连个影子都没有。于是就红着脸说，一定是归到了老朋友一类，忘了带了，改日一定登门亲自送达。过后的确打了好几个电话，可是等了几天之后，他又杳无音信了，不过婚礼我们还是照去无误，因为毕竟还是朋友。

小的时候还听母亲这样说："吃喜去，吃喜去，最好吃饱了肚子再去"。我就不明就里，后来随着年龄的增长，我才发现喜宴原本就是不容易吃饱。究其原因：一是当时生活水平低下，做得不够吃；二是婚礼场面热烈隆重，人们的心思都在看热闹上，当明白过来埋头吃些东西，人家已准备收拾桌子了。

现在的喜宴今非昔比，先是糖果糕点，接下来凉菜和热菜，满桌子碟子摞着碟子，只要胃口好，铆着劲吃都无人过问。然而漫长的等待，却又耗费了人们太多的时间和精力。按现在的惯例，虽说请柬明明写着新疆时间下午5点，你就是7点赶到也为时不晚。夏天还凑合，即使路途遥远也能抹黑赶到家，到了冬天就麻烦了，天寒路滑，给人造成极大的不便。

这种耗费时光的现象，已有不少仁人志士提出质疑，一些文艺小品，也进行过善意的批评，甚至有不少人索性在请柬上注明：时间宝贵，请予遵守。但似乎收效甚微，人们依旧我行我素，不紧不慢，懒懒散散走向婚礼宴会厅，只是忘了，其实还有不少人，早已长时间等候在那里了。

托起盐和馕的尊严

维吾尔人的一生,有几个值得纪念的特殊日子,因为充满喜庆色彩,皆以"托依"(喜事)相称。呱呱坠地之后,要举行命名礼,到了40天,则是"毕须克托依"。而男孩子长到5岁,还有一个重要的割礼习俗,维吾尔语叫"苏耐特托依"。

既然都是喜事,就要举行规模不等的庆贺,或登门祝福平安吉祥,或吹吹打打营造欢乐气氛,目的只有一个:让喜讯传遍四方。

所有喜庆仪式中,当属婚典最隆重、也最热烈,仿佛过节一样,充满民族特色和地域风情,极具魅力。

毕竟婚姻是人生一桩大事,遵循传统和风俗贯穿整个过程。维吾尔族的婚姻由恋爱、提亲、送礼和娶亲等环节组成。说到恋爱,我就想起爷爷生前说过,旧社会在乡下,女孩子一帽子打不倒,就可以嫁人,究其原因就是被生活所逼。到了新社会,青年男女不再为父母之命困扰,只要有了意中人,就可以自由恋爱,倾诉衷肠。

作为父母,都希望儿女婚姻美满、人生幸福,因而将提亲摆上重要议事日程。提亲者是双方信得过的人,不仅机智聪慧、精于变通,充当"和事佬";还要善解人意,照顾双方利益,扮演"红管家"角色。提亲自然少不了见面礼,过去是馕、方块糖和布料之类,如今生活水平提高了,送个首饰什么的已不足为奇。

送礼,维吾尔语称"恰依",小礼相对简单,送大礼实际就是定亲,讲究自然不能少,而且选择吉日良辰在女方家举行。彩礼除了一些婚礼必需品,包括金银首饰、婚礼服和化妆品,最显眼的就是头系红绸的大羯羊了。

婚礼的重头戏是娶亲,不过在娶亲之前,还有一个重要的证婚仪式,这被称之为婚礼进行曲的前奏,由来已久,不可或缺。

这天早晨,新娘家打扫得干干净净,同时还要准备馕、水果和各式糕点,等候新郎与家人的到来。旧社会只要父母同意,即使没有结婚手续也可结婚,而现在则必须出具结婚证书,因为只有如此,才意味这是一门合法婚姻。

举行仪式时,新郎和新娘两厢站立。当主婚人问及是否愿意结为夫妻、互不抛弃,新郎迫不及待,立马高声响应"愿意"。新娘则扭扭捏捏、羞羞答答,轻声细语说声"愿意",仿佛眼前飞过一只蚊子,声音小得不能再小。

那一年村上巴哈古丽出嫁时,她就红着脸张不开嘴,急得伴娘热依汗直戳她的后腰。可她好不容易说了句"我愿意",因为声音太小,村上有名的"喇叭嗓子"加怕尔就起哄:"声音小得像猫儿叫,没有听见!"巴哈古丽一紧张,张着嘴却说不出话来,于是急性子热依汗就取而代之,连喊三遍"我愿意"!不但给新娘解了围,也让气氛马上变得轻松和愉悦起来。

维吾尔族崇尚馕和盐,婚礼少了这两样东西同样不行。所以抢吃盐水蘸馕,就成了维吾尔族婚礼的突出特色。馕和盐,一个是现实中必不可少的食物,一个则是维持生命的最基本元素,而且因为盐本身洁白无瑕的品质,还象征着新生活的开始。所以抢吃盐水蘸馕,就是寓意婚姻美满,白头偕老。所以刚刚还显得娇羞扭捏的新娘,这时就判若两人,下手比新郎还要快呢。我在《出嫁》一文中有感而发,这样写道:"吃下这块馕,让你铭记岁月的艰辛苦辣;吃下这块馕,让你坚守人生的庄严承诺"。

维吾尔族下午才娶亲,新郎和伴郎西装革履、喜气洋洋,在一群同样兴高采烈的小伙子陪伴下,一路欢歌笑语、吹拉弹唱来到新娘家。这个时候花枝招展、风习绰约的新娘头戴面纱,喜泪涟涟,就等着娘家人用红毯子裹着抬上彩车。

小时候最盼望迎亲车从门前经过,每每此时,我们就会获得喜糖。当大人抬木头或搬石块,放在路中央准备阻挡迎亲车之时,我们也没闲着,找些破罐子和玻璃碴堆在路上。等娶亲车来了,势必有人下车"意思意思",赔着笑脸催促快快挪开障碍物。于是有人得到一根香烟,有人多了一方新手帕,然而还不满足,非要再跳民族舞才行。很快马路被堵得水泄不通,不管舞姿如何,都要跳上一曲,欢快的唢呐和鼓点,伴着人们载歌载舞,很是热闹。

而我们根本顾不上跳舞,必须在很短的时间打扫完"战场",否则人家就不给喜糖。也是我们太想吃喜糖,清理玻璃碴时,一不小心手就扎破了,哪里有时间包扎,塞进嘴里吸吮一下就行,因为和那几块含在嘴里,甜在心上的喜糖相比,手上留点血算得了什么呀。

有些地方结婚还伴有刁羊比赛,哥哥结婚那年就是如此。当时就看到一群小伙子扬着鞭子骑在马背上,嘴里不停地喊着"奥拉克,奥拉克"!父亲就急忙打发一个亲戚,将一只小山羊宰了,去了内脏和头蹄,顺势向上一扔,一个眼疾手快的小伙子抢上就跑。随后,跃跃欲试的人们喊着叫着,策马扬鞭一路追将过去。

现如今与时俱进,娶亲一律都彩车打头,随后一袭黑色卧车,鱼贯而行,非常气派。所不同的是,维吾尔族的打头车不是"凯迪拉克"或"奔驰",而是一辆大卡车。车上一群小伙子吹吹打打,手舞足蹈,无一例外绕城一圈再去宴会厅,引来不少人驻足观赏。

新娘上车裹着红毯,下车则裹着红布,而且随着小伙子撕碎红布,新娘落地,一场争抢红碎布的游戏又开始了,据说谁抢到红碎布,谁就沾了喜气。

维吾尔族是一个能歌善舞的民族,像婚礼这样的喜庆大典,更是让音乐和歌声伴随始终。欢乐的曲子,节奏感真是太强了;激扬的歌声,感染力让你血液沸腾。就看到不少人先是手打着拍子，脚踩着鼓点跃跃欲试；继而情不自禁挥动双臂也跳了起来。不管男的女的，老的少的，都一样激情澎湃、神采奕奕，让婚礼成为欢乐的海洋。朋友吐尔逊出嫁女儿那天，高兴得几乎合不拢嘴，跳了一曲又一曲，先是民族舞，接着交谊舞，最出彩的是，后来他索性搂着身着婚纱的女儿翩翩起舞，而且动作夸张滑稽，一下将婚礼推向了高潮。

随着一阵欢快的手风琴声和此起彼伏的口哨声，一对新人众星捧月般被簇拥着走了进来。紧接着又是隆重的揭面纱仪式，此项仪式由婆婆担当，不是有"丑媳妇不怕见公婆"一说么，所以婆婆就是这个环节最风光的人了。有情人终成眷属，意味着从此就是一家人了，在这样一个欢庆难忘的时刻，少不了照一张全家福，一时间闪光灯"咔嚓"作响，捕捉一个个美好的瞬间，留下一张张幸福的笑脸。

最后一个节目就是新郎和新娘共同走向舞池，在所有亲人和宾客的祝福之中，一个含情脉脉，一个彬彬有礼，跟着音乐节奏双双跳起婚礼舞，从而预示着婚庆喜宴正式开始。

以前，很少有专门的宴会大厅，婚礼一般都在学校饭厅或单位礼堂举行，桌椅陈旧、高低不一，而且少有音响设备。如今不但宴会大厅遍布全城，档次也高了许多。与此同时，饭菜花样不断推陈出新，让所有宾客乘兴而来，满意而归。

一场婚礼是否隆重完美，取决于前期准备工作是否充分周密。所以维吾尔族婚前有一道程序，其实就是商议婚事。参加者都是亲朋好友，通过请吃饭这样一个形式，和大家共同商议如何办好婚事。

和其他民族所不同的是，维吾尔族举行婚礼的时候，双方父母几乎不插手具体事务，而由其他人全权负责。包括迎来送往和餐桌饭菜，都有人各司其职，全程包办。如果你稍加留意，就会发现婚礼时刻，宴会大厅有不少来往穿梭的忙碌身影，这就是一个个大小东家。男的穿戴整齐，容光焕发，胸前佩戴鲜花；女的焕然一新，珠光宝气，手腕套着花环。这些男女东家,都是商议婚事时提前确定好的,因而都是百里挑一,既富有经验,又恪尽职守,所以才使婚礼井然有序,不留遗憾。

　　毕竟婚礼是一个系统工程,有操不完的心,有忙不完的活,没有相当毅力,难以坚持下来。所以婚礼结束的时候,主人还有一个答谢宴:一边享用着美味佳肴,一边在说笑当中感慨婚礼的完美过程,一种自豪之情油然而生。

姓氏与传承

姓氏作为人类的符号和象征，除去交际的需要，还有诸多深层次的含义。说到中国的《百家姓》，蔚为大观，源远流长，哪一个姓氏不是记录着悠久的历史，传承着灿烂的文化。

记得上大学的时候，轮到古汉语和文学史课程，一个不可或缺的内容，就是介绍人物生平。我这才懂得，自古以来许多历史名流除了姓名，还有"字"和"号"。以儒家创始者孔子为例，就是名"丘"，字"仲尼"，而且因为盖世无双教育功德，又被冠之于"万世师表"的美誉。再如唐宋八大家之一的韩愈，字"退之"，因祖籍河北昌黎，世称"韩昌黎"，而由于谥号为"文"，又称"韩文公"。

如果我们再稍加留意，还会发现一种特别有意思的事情。一些人因为在某个领域的杰出贡献，人们往往在其姓名之前附加修饰称谓，最典型的就是"诗仙"李白和"神医"扁鹊。而伟人毛泽东一首《沁园春·雪》，则因把成吉思汗比作"一代天骄"，成为千古绝唱。而且由此引申，还有不少笔名盖过本名的现象，比如"鲁迅"和"茅盾"先生，有些人不一定知道他们原名叫做周树人和沈雁冰。

当然，有些名字带有明显的时代烙印和地域特征，"建国"和"文革"，一个寓意与共和国同龄，一个见证那段特殊的岁月；而"沪生"和"渝民"，或许就与上海和重庆不无关系。"文骥"和"奋进"，象征文韬武略、开拓进取；"春花"与"芳菲"，蕴含春光常驻，神采翩然。在一些乡村，则常常听到诸如"狗剩"和"拴柱"这样的名字,看似土气和俗气,却折射出长辈的良苦用心,那就是名字越不起眼,子嗣却愈发茁壮成长。

而维吾尔族的人名,则是自己的名字在前,父亲的名字在后,有别于其他民族的名字,具有特殊性。

孩子的名字花样翻新,涉猎广泛。像我们平常叫起来郎朗上口的艾克拜尔和巴哈尔古丽,就是一个男孩和一个女孩的名字,前者的意思是最伟大的,后者的意思则是春花。如果让男孩像钢一样坚韧、虎一样英武,就取名"普拉提"和"约勒瓦斯";如果让女孩像仙女一样美丽、启明星一样耀眼,就取名"怕丽黛"和"乔勒潘"。而且不管男女一般都有爱称和尊称,像我的名字,在维吾尔语里可以叫"艾贝布力",也可以叫"艾贝布拉",其中后者就是尊称。换作女孩,名字后面带有"古丽"或"克孜",也是如此。过去医疗条件差,有些父母担心孩子夭折,则取名"托乎迪"或"吐尔逊",就是站住和停住的意思,带有明显的避邪和迷信色彩。

听到一个好听的名字,就难免有人效而仿之。久而久之,重名现象就普遍多了起来,这一点在维吾尔族当中尤为突出。要是赶上一个巴扎日,或是在一个集会场所,猛地喊一声"艾买提"或"赛买提",说不定同时有几个人回应。即使在一个家族里面,往往也有几个人共同使用一个名字。不过维吾尔人天生聪慧,总有办法加以区别,而且听起来极富情趣。仍以"艾买提"和"赛买提"来说,虽说都是同名同姓,却因年龄、职业、性格、出身等存有差异,符合自身特点的绰号便应运而生。

姓名对于我们非同寻常,无论达官贵人,抑或黎民百姓,姓名都是纪录历史的符号,传承文化的象征。所谓雁过留声,人过留名,实际就是人类不懈追求的一个缩影。

臊子面·炮仗子·面旗子

新疆人喜爱面食，且各民族风味迥异，维吾尔族的拉条子，挑一筷子盛满盘，菜是菜，面是面，看着诱人，吃着实在；哈萨克族的纳仁，一截一截"皮带面"，融汇羊肉和洋葱的鲜美，油亮滑溜，回味无穷；而回族人家的汤饭，不但讲究色香味，做工也非常精致，如果再配红红绿绿几碟小菜，一吃一个不言传。

实际上汤饭是个大概念，包括揪面片、二截子、面条等，有手揪的，也有刀切的，一律手工做，不到万不得已，不用挂面之类的机器面。所以到了饭店，事先要问："手工面，还是机器面？"如果没有手工面，扭头就走。

而这些汤汤水水"汤饭"中，臊子面、炮仗子和面旗子，名气最大。有的人家甚至就以此为招牌，开了饭馆，成本小，获利大，真正意义上的家常便饭，符合老百姓的口味。

臊子面用凉开水和面，掺上碱和盐，面才筋道，有韧性，口感好。面要和几次，醒几次，再用擀面杖擀上几次，形成一大圆张面，随后叠摞为一层一层长条状。等臊子汤好了，切成一把一把长条面，下到锅中，捞在碗里，浇上臊子汤。面弹牙，汤暖胃，臊子香，吃一碗，不过瘾，来两碗才解馋。特别是头一天晚上喝了酒，胃难受，或者正好感冒，身上冷，吃一顿地道的臊子面，不但酒醒了，身上一出热汗，病也跟着走了。

臊子面的面很关键，不能太硬擀不开，太软也不行，容易断裂，下到锅里成了面糊糊。当然臊子和汤也不能马虎，首先肉要新鲜，最好是刚宰的羊,大腿把子上的肉,而且肥瘦搭配,切成肉丁。事先在锅里滚了,上面飘一层油花,锅盖一掀,香气四溢。臊子一般都是青萝卜、黄萝卜和土豆,同样切成丁,色泽很鲜明,营养很搭配。提味少不了调料,包括花椒、胡椒和姜粉等,而且根据口味,配之于鲜醋和酱油。如果是在乡下,夏天割一把韭菜,摘两个黄瓜,随随便便就几个凉菜;到了冬天,有腌制的咸菜和酱菜,吊胃口,提精神。

据说臊子面以前叫做"四道面"或"嫂子面",源自于新娘子到婆家头三天,啥事不干,享清福。等到第四天,则要开始上锅台,露手艺,所谓"上得厅堂,下得厨房",或许就是打这时候开始。第一顿饭就是臊子面,饭做得如何,一看刀工,二看粗细,三看耐力。面和的好,刀才切的细,饭才有味道;如果是大家口,先给谁盛饭,后给谁递筷,有名堂,分先后,要有眼色,不能坏规矩;做媳妇,要从长计议,能隐忍。就像"三岁看大,四岁看老"一样,新娘子第一顿饭至关紧要,必须善始善终。因而第四天"四道面",也叫"试刀面",成败于此,影响一生。

因为这一天,不但婆家人悉数在场,娘家人也来会亲家,新娘子"试刀"成功,不仅婆婆有面子,母亲也心中石头落了地,皆大欢喜。看锅里热气沸腾,瞧桌上,一盆臊子,几盘面,香喷喷、热乎乎,你给我盛臊子汤,我给你捞细长面。臊子汤滚烫滚烫,实实在在,象征好生活红红火火、蒸蒸日上;劲道面越捞越长,预示着小日子细水长流、幸福不尽。就有人说,原本可能让嫂子"试刀"的同时""臊"嫂子的脸面,不成想嫂子有备而来,长足了面子。从此臊子面又叫"嫂子面",看似对嫂子的褒奖,实则对勤劳和贤惠品德的歌颂和传承。

炮仗子,顾名思义是一种形象化比喻。形状如炮仗,寸把长,有弹性,一截一截揪进锅里,融进汤中,汤油汪汪,味道佘,面亮灿灿,有嚼头。口味重的加点醋,配些蒜,头上冒汗,心里舒坦,说不定一高兴还来一段顺口溜,大加称赞:"炮仗子,炮仗子,解馋养胃的棍棍子,吃到嘴里香舌头,咽进肚里美肠子,赛过神仙的好日子!"

炮仗子面，和揪面片的面一样，温水加少许盐，和成团，扣在盆子下，稍醒片刻，再揉匀，擀杖擀几下，成面饼状，抹一点清油，扣起来再醒。等锅里水开了，掀开盆子，用擀面杖来回擀几遍，切成剂子，两个拇指一路捏下去，然后甩一甩，揪到锅里就是揪面片。把面剂子两手一搓，再一甩，就像一根拉条子，一截一截下到锅里，于是又变成炮仗子。

小的时候，有个邻居，面和的好，饭也做得好，尤其是下炮仗子，人离锅台很远，面揪得仿佛白色花蕊，不时在锅里翻开。而且一边揪着炮仗子，一边嘴里哼着秦腔杨四郎唱段："全家人等到现在，怎么不见我妻来，二贤妹，我先问你嫂她在也不在？"邻居是一个光棍，唱到这，却总是扭过头盯着我们，我们就一头雾水，炮仗子揪得那么好，咋就没有一个女人跟他过日子。

后来我也开始学习和面做饭，起先不得要领，和一次面糊得全身都是，像个刷石灰的装修工，到处是白色面粉。好不容易形成面剂子，不是硬得抻不开面，就是面和得太软，揪不进锅里，锅台上却星星点点，落了不少，母亲就说我浪费的面，比吃进嘴里的面还多。后来终于学会下面、揪面片、炮仗子，不但面下的好，汤也很地道，有肉，有菜，还有各种调味品。一次山里的奶奶来我家，而恰巧父母外出参加一个婚礼，我就挽起袖子洗了手，亲自为奶奶做了一顿炮仗子，奶奶看得惊讶，吃完竖起了大拇指。"整天山上放羊的娃娃，啥时候偷偷学会了做饭，而且味道还这么好，奶奶口福不浅啊！"奶奶吃了一碗，要我再盛一碗，说不但吃饱了肚子，还解了乏。

汤饭当中，唯有面旗子掺入了豆类，因而备受食客欢迎，百吃不厌。揪面片和炮仗子都是揪的，面条和面旗子都是切的，不过一个细长条，一个则是小方片，或者小棱片，有人因此又称"雀舌面"，给人以联想。

扁豆子是一年生草本植物，茎蔓生，小叶披针形，花白色或紫色，荚果长椭圆形，扁平，微弯。种子白色或紫黑色。嫩荚是普通蔬菜，种子可入药。过去乡下旱地梁上种了不少豆类，包括豌豆和扁豆等，豌豆生的可以吃，扁豆偷回去炒了入口。以前从根本上讲，物质匮乏，生活清贫，精粮少，粗粮多，有点豆类，大抵当做村上的马饲料，没有大批量供应。

现在人们热衷于杂粮和豆类，完全取决于其保健和营养价值，就像黄花菜和榆钱子，以前不当回事，如今却非常看好。这扁豆面旗子和野蘑菇汤饭一样，人们都是奔着"绿色食品"而去。而扁豆面旗子，扁豆先要用清水浸泡，等软绵之后再下锅。具体做法，先和面，再切配料，包括鲜肉、土豆、西红柿等，一律切成丁。面要加点盐，适当硬，擀薄，刀横切，成方片，交叉再切，就是雀舌小棱片，等臊子炒好，水也开，就可以下锅入口了。

其实面旗子好不好，不仅取决于面和扁豆，烫的质量也很关键，如果是牛肉骨头汤，味道一定更鲜美，更纯正，就像一首老曲子，听起来意味深长，回想着难以释怀，都说是餐桌上不可或缺的特色饮食，舌尖上无法磨灭的珍贵记忆。

现在新疆不少地方，都有扁豆面旗子餐馆，其中昌吉胡子王扁豆面旗子，不但味道美，生意好，吸引了来自各地的食客，也让央视美食节目慕名而来，在全国观众面前亮了一回相，扬了一次名。祝愿不远的将来，走向更大更远的餐桌，成为新疆特色美食标志，影响更多的人。

浓淡一壶茶，苦乐皆有缘

中国人饮茶习俗由来已久，最早可追溯到石器时代炎帝神农氏。唐代陆羽《茶经》就说："茶之为饮，发乎神农氏"。明代李时珍《本草纲目》，不但对茶的栽培方法作了介绍，对茶的药理作用记载也很详细，曰："茶苦而寒，阴中之阴，沉也，降也，最能降火……"认为茶有清火去疾的功能。我就想起儿时听到的顺口溜："早晨一杯茶，赛过十七八；中午一杯茶，劲靠牛马拉；晚上一杯茶，消食又解乏。"足以印证茶已成为健康之所求、生活之必需，没有茶怎么能行。

中国是茶叶故乡，茶叶遍布大江南北，仅以种类划分，就有绿茶、红茶、清茶、黄茶、黑茶和白茶等六大类，像龙井、铁观音、碧螺春、毛尖和普洱茶等，早已家喻户晓、深入人心，成为茶中精品，供不应求。

因受地理环境和气候影响，包括维吾尔族在内的一些北方少数民族，饮食习惯形成了固有传统方式，表现在喝茶方面则以黑茶为主，也就是"茯砖茶"，简称为"砖茶"。"茯砖茶"早在1860年前后问世，因产之湖南，早期称"湖茶"，由于是在伏天加工，故又叫"茯茶"。而"茯砖茶"这个名称，则完全取决于茶的形状。茯砖茶在泡饮时，汤红不浊，香清不粗，味厚不涩，口劲强，耐冲泡，就像热情豪爽的民族本身，清正朴实，耐人寻味。

自打懂事起，我就发现父亲对茶情有独钟。那时乡下一穷二白，捉襟见肘，粗茶淡饭，劳累一天的父亲，回到家第一件事便动手熬制一壶茶水,掰一块干馍泡在碗里,喝一口茶,吃一口馍,好像是在品味一道美餐,头脸汗津津的,眼睛却放射着奇异光彩。

农村人家都有两个炉子,一个室内,一个露天,特别到了夏天,一律用外面的炉子。父亲在离炉子不远的树荫下,搭了一个简易木床,吃饱喝足就身一躺,疲惫和劳顿便像小鸟一样飞向远方。

炉子夏日少了取暖功能,烧茶做饭都靠柴火,父亲觉得我们干不成事,从生炉子到烧茶水,一律自己动手。捡一块油毛毡,或是一把麦草,塞进炉膛最底层,上面放一些干树条,等火焰升腾,再将劈好的耐烧物,也就是一截一截木头扔进去,时间不长,热气腾腾的茶水就烧好了。

一把纯蓝色茶壶,搪瓷的,头小肚子大,圆圆的盖子,上面带有一个小把。印象最深的是壶嘴,弯弯的、长长的,犹如大雁的脖子,线条流畅、好看。为了沏茶方便,父亲事先将砖茶磕烂、掰碎,装在一个铁盒子里,等到烧茶的时候,揭开壶盖抓一撮放进去,味道很快就弥漫整个院子。父亲有个习惯,茶熬妥了,不急着倒进碗里就喝,而是倒出来,再倒回茶壶,轮番几次,这才"咻溜咻溜"喝了起来,不一会工夫,就开始脱帽宽衣,不用说,是茶的效力开始发挥了。

当时实在搞不明白的是,大人们为什么偏爱喝这种滚烫滚烫的茶水,而且越是烈日炎炎,越是离不开热气顶着壶盖"叮当"作响的滚茶。这种茶有个响亮的名字:"烫心茶"。按照父亲的说法,"烫心茶"才叫茶,喝时荡气回肠,喝过如释重负,浑身的毒素,随着雨点般滚落的汗水挥发殆尽,难怪父亲喝茶上瘾,奥妙就在其中啊。

早些年乡下粮食不够吃,村上就在旱地梁上做文章,漫山遍野种上麦子和豆类,收获时节,全村劳力吃住都在山上。三伏天,太阳就像一个火球,烤得人无处躲藏,活没干多少,人就口干舌燥,汗流浃背,浑身没有一点力气,于是就盼救星一样,盼着送茶的人快些到来。

茶是在旱地窝铺旁的大铁锅中烧制的,加之是自然流淌的山泉水,闻着是一种特有的菌花香,观其色橙黄明亮,细品就是醇美甘爽的滋味了。就见送茶的人将茶水盛在两个大木桶里,塞紧桶塞之后,对着身边喊了一声,就有人过来帮忙,把木桶架在一头毛驴背上。等到了旱地梁上,驮水的毛驴气喘吁吁,送茶的人也挥汗如雨,不过随着一路颠簸,桶里的茶却是越来越浓酽了,不等打开桶塞,人们便蜂拥而至,仿佛醍醐灌顶,一律沉醉在浓烈的茶香之中。

我们所处的村落,紧挨着牧区,正如维吾尔族谚语:"一日不吃馕,两腿直打晃",牧民对茶的依赖程度,也是与生俱来,不可或缺。那些年经济拮据,以"茶"换"物"屡见不鲜,茶就是"茯砖茶",物则是"淘汰羊"。所谓"淘汰羊",就是膘情差,不长个的那种羊,这种羊很难过冬,只能便宜出栏,就成了以"茶"换"羊"的首选对象。

然而不管怎么说,茶与我们的生活却紧密相连,永不分离。就拿维吾尔族来说,不仅很久以来与茶结下不解之缘,而且现实生活中,很多礼仪就以"茶"相称。譬如婚礼当中所说的"恰依",就包含喝茶和送礼双重意思。即便喝茶,也不就是单纯喝茶,而是吃的成分更多,交流的氛围更浓厚。类似于广东喝早茶,起先我也以为不过喝茶而已,后来才发现远非如此,这就是文化,有了文化底蕴,就是普通一杯茶,也就有了不一样的味道,茶中乾坤大,壶内日月长啊。

依旧以我们北方少数民族偏爱"茯砖茶"为例,不仅有地理和气候原因,也有饮食传统原因。特别是游牧民族,一年四季转换草场,逐水草而居,随牛羊迁徙,自然离菜蔬日渐疏远,吃的喝的大都是肉类和奶制品。因为大量吃肉,难免脂肪堆积肠胃,而缺少蔬菜,就是缺乏维生素,从这个意义而言,喝茶甚至比吃饭还要重要,究其根本,就是喝茶具有洗涤肠胃的特殊功能,民谚说:"一日不喝茶,三日头都痛",再次说明喝茶的重要性。

习惯上我们把"茯砖茶"叫"喀热恰依",意即黑茶或清茶,而把奶茶称之为"埃特干恰依"或者"阿克恰依",直译就是经过加工的茶和白色的茶,不仅贴切,也极具地域特色。尤其是奶茶,换作以前,也只有砖茶才能泡出味来。先将茶水煮沸,再放少许盐巴,继而将牛奶或者羊奶,依次按需一勺一勺舀入茶碗,等滚烫的茶水和奶子融为一体,顿时芳馨四溢,胃口大开。黄金季节的夏天,还有丰厚的奶皮子和酥油,有了这两样东西,奶茶的品位就提升一个档次,都把人馋死了。

随着生活水平不断提高,有些地方开始用红茶代替"茯砖茶",或者干脆烧制一种香茶,预先准备好的适量姜、桂皮、胡椒等细末香料,放进煮沸的茶水,经轻轻搅拌,3~5分钟即成。这种饮茶方式,与其说把它看成是一种解渴饮料,还不如把它说成是一种佐食汤料,以茶代汤,用茶做菜,一举两得,方便实惠,何乐而不为。

小时不知茶的贵重,常以凉水解渴,特别是玩得忘乎所以之际,爬到泉边或是捞起马勺,咕咚咕咚喝个痛快。偶尔几次喝得猛了,竟让凉水噎了嗓子,疼得半天说不出话来。还有一次刚吃完羊肉,不等母亲阻拦,舀上凉水就喝,一喝就是一马勺,真是应了"不听老人言,吃亏在眼前"那句老话,到了晚上就开始腹泻,只得一趟一趟往外跑,到早上一瞧,脸都瘦了一圈,母亲形容说:"像吞了针的狗似的,一副可怜兮兮的样子"。

直到上了一点岁数,才觉得生活中离开茶,一天也坚持不了,奇怪的是必须也是那种"烫心茶",滚酽滚酽的,否则就像吃了没盐的饭菜,无滋无味,寝食难安。平常去餐馆就餐,第一件事就是叮嘱跑堂先端上茶来,"记住了,要'烫心茶',不要'乏茶'!"末了还一再这样交代。所谓"乏茶"就是温吞水,喝了不但不解渴,反而倒人的胃口。

说到喝茶习俗,不得不提一位老人,那就是我的岳母。所不同的是,老人以喝细茶为主,家里最显眼的地方,都是一个个茶叶盒子,方的扁的,红的绿的,一看就是一个喝茶匠人。

岳母最喜欢"三炮台",平常老百姓都叫"盖碗盅子",上下共三层,内容最丰富,除去茶叶,还有冰糖、枸杞和桂圆等。喝"三炮台"讲究手上功夫,不然不是掉盖子,就是茶水溢出来,一杯茶死活喝不到嘴里。只见岳母一手端盖碗,一手碗盖刮茶叶,一边喝着茶,一边续开水,动作连贯、一气呵成,显得优雅、高贵,很有风度。

  实际上岳母的特别之处,还不是喝茶,而是配茶。就是根据自己的口味,将不同的茶叶掺和在一起,因而味道就别具特色,浓淡相宜、回味无穷,好像一曲天籁之音,深入骨髓,打动心灵,一辈子难以忘怀。

包子盛宴,"沙木萨"为先

提及维吾尔族特色美食,一定少不了包子,其中以"沙木萨"最具代表性。"沙木萨",维吾尔语烤包子音译,因做法考究,味道独特,成了餐桌上不可或缺的一道风味。

同馕及馕坑肉一样,沙木萨也是馕坑烤制而成,皮色黄亮,入口脆香,荡气回肠中,体验的则是馕的芳醇,肉的鲜嫩。喝茶要喝"烫心茶",吃饭要吃热乎饭,烤包子最好也吃刚出炉的,看着丝丝冒热气,摸着有点烫手,乘势掰一块送进嘴里,嚼着有滋有味,吃着可口舒心,如果再来一碟切好的皮牙子(洋葱),不但味道佘,还能预防高血脂。

经常看到这样的场景:一座棚子下,同时立着一大一小两个馕坑,大的烤馕,小的烤包子。烤馕先将面团擀几下,随即两手急速翻转,须臾馕就成形。然后撒上芝麻,或者抹点洋葱,腰子一躬,手一伸,馕就贴在了坑壁上。而烤包子的,身旁一个面盆,早已拌好的包子馅,羊肉鲜红,油脂白嫩,掺和于洋葱之中,特实在,也特诱人。就见一人负责擀皮,一人专事包馅,死面擀成的皮子薄而松软,融入羊肉的馅子香而绵长。沙木萨呈方形,拳头大小,贴在馕坑里,先发白,后焦黄,最终油汪汪,亮堂堂。盖子一揭,掀起烟雾般热浪之后,一股香气扑面而来,成为挡不住的诱惑,让人垂涎欲滴。

吃烤包子的最大收获,不仅能够享用特色美食,还能近距离感受整个制作过程。从和面、剁肉、拌馅到擀皮、包馅直至最后贴上坑壁,实际就是一条流水线,分工明确,动作连贯,看上去是一种视觉享受。不过我觉得切皮牙子是一个劳道活,不是说消耗多少体力,关键是那种辛辣和刺激,一般人眼睛承受不了。

记得以前乡下谁家有红白喜事,街坊邻居女人都会聚拢过来帮厨,其中尤以切黄萝卜和皮牙子最重要。一个甜丝丝,一个辣眼睛,就见不少女人,嘴上嘻嘻哈哈笑,眼里却一个劲流泪。一边切皮牙子,一边擦眼睛,最后都成了红眼睛,你看着我笑,我瞧着你乐,都说害了红眼病。其实维吾尔族大多视力很好,特别是乡村,人都七老八十了,看东西却像十七八岁,就说这和饮食有关,是洋葱的功劳。

乌鲁木齐迎宾路有家烤包子店,铺面不大,生意却红火,慕名前去造访,果然别有特色。一间小屋,三五张桌子,这边人还没吃完,那边已经有人等候了。再看屋外树底下,桌子座无虚席,没有一时半会,凑不到跟前。

大大两个馕坑,这个刚揭开盖,那个就开始贴了,依旧供不应求。食客一人手里端着个银色铝面盆,排着长队,踮着脚尖,伸着脖子,眼巴巴望着耐心等待。挨到我们时,小舅子一下买了80个烤包子,起先觉得太多,吃了之后才觉得不虚此行。尤其是我,本来饭量不大,或许烤包子太对胃口,一次就吞下去七八个,算是破了记录。

南门汗腾格里清真寺旁巷子里,有一家叫米吉提的烤包子店,名气也很大,来的都是回头客,吃了都说味道好。一次路过进去一瞧,连一个空位子都找不到,着实人满为患,一个突出印象,就是烤包子做工精致。不但馅子讲究色香味,而且擀皮超薄,仿佛经过一个模子加工,大小匀称,白中透明,一排排整齐摆列在案子上,就像一群静卧的小白兔,吊人的胃口不说,看着都是享受。

水磨沟七坊街那里,也有一家,名曰开塞尔江营养烤包子。虽说铺子简陋,包子质量却一点都不差,肉多,价格也便宜。最有意思的是,因为吃的人多,而烤包子数量毕竟有限,店主就采取发纸条叫号的办法,出一炉烤包子,叫一遍号,成了一道风景。

除了沙木萨,还有一种包子叫"皮特尔曼塔",也就是我们常说的薄皮包子。所谓薄皮包子,顾名思义皮如蝉翼,耐人寻味。具体做法是:先选上好新鲜羊肉,切成筷子头大小肉丁,等皮牙子也切碎,加入胡椒和孜然,和羊肉搅拌在一起。而和面则要用凉水,先做剂子,再擀成薄片,最终捏合为鸡冠状,入笼屉旺火蒸,大约20来分钟即可食用。

薄皮包子出笼以后,撒上少许胡椒粉,吃着别有风味。一是皮薄色美,二是肉嫩油丰,三是富含营养,吃上美美一笼屉滑溜爽口包子,再喝一壶添香提神滚热茶,拍拍肚子,抹抹嘴,可谓人生一大乐趣。

薄皮包子有3种吃法,一是只吃包子,别无他有,心无旁骛品味包子之美。二是和馕一起吃,最好是常见的薄馕,先把馕放入笼屉蒸馏,再把薄皮包子放在馕上面。薄而软绵的包子,柔而筋道的馕,肉味、粮食味融会贯通,不想吃都不行。三是和抓饭搭配,平常都说抓饭包子,这个包子特指薄皮包子。无论南疆还是北疆,人们很喜欢把这两样美食放在一起享用,一个盘子,下面素抓饭,上面肉包子,荤素结合,口感不一样,味道都很美。

有些人名曰是吃抓饭包子,实则是来领略那独树一帜的吆喝,这种吆喝,也只有在这种特定场合才有。"马纳,比日曼塔、乌希曼塔、白希曼塔、奥呢曼塔……"拖着长长的音,提着高高的调,从1数到10,乃至更多,再倒着从10数到1,一鼓作气,一气呵成,嘴忙着,手也不闲,盛一盘抓饭,抓几个包子,从来也不出差错。

还有一种包子,我们称之为"卡瓦曼塔",也就是南瓜包子。馅以南瓜为主,掺入少许肉丁,包子皮薄,味道独有,尤其是上了岁数的人,吃了易消化,还很养胃。可我儿时不识好歹,除了不喜欢吃面肺子,还有就是对南瓜包子不感兴趣,前者觉得口涩,后者感到味怪,直到后来年纪大了,才猛然发现这两样都是不可多得的美味佳肴。

南瓜从形状上看不外乎两种,一种圆形,一种长形,圆的小如方向盘,大似车辘辘。长得也一样,有的一臂长,一头大,一头小,像个马勺。从前有个邻居,是上了一把年纪的独身女人,我们都叫阿娜尔汗大婶。大婶屋后有个园子,不种其他菜,一律是南瓜,因没有肥料,就挨家挨户掏鸡粪,两手糊得脏兮兮的。再就是不辞辛苦,从渠里一桶一桶提水浇地,后来还是吃了鸡的亏,整天价乱叨乱抛,一年下来吃上有数几次"卡瓦曼塔",就算很不错了。

虽说我们家有不少自留地,却因地离家远,除了玉米和土豆,再没有心思种南瓜。不过山里的大伯家,却以种南瓜见长,一到夏天,南瓜秧子顺着棚架爬到房顶,再往上一看,密密麻麻都是南瓜,黑的、绿的和红的,或掩映在翠绿里,或半吊挂在空中,一片丰收在望的喜人景象。

哥哥心血来潮,叫上一个伙伴,套着毛驴车赶往大伯家,满怀着希望满载而归。然而大伯看看这个,瞧瞧那个,一个个南瓜都像心头肉,总也舍不得摘一个。还是伯母看哥哥远道而来,又是套着毛驴车,就摘了几个歪瓜裂枣一样的小南瓜,算是打发走人。

如今再吃南瓜包子,早已不是什么稀罕事,尤其是那些特色餐馆,不管走到哪里都是随处可见,不要说"卡瓦曼塔"可劲吃,就是烤包子、薄皮包子、南瓜包子一起上,也是应有尽有,新疆话说:麻达没有,尕尕的事情。

维吾尔族的包子,实际上是3大1小,大的如上述3种,小的则是"沙木萨"的浓缩版,我们称其为"帕木尔丁"。帕木尔丁小巧精致,香味浓烈,因为面里掺了鸡蛋,色泽鲜亮,口感很好,不失为款待宾客的最佳选择,和抓饭、烤包子一道,并称维吾尔族特色美食。

"卡瓦普"熟了

卡瓦普是维吾尔语烤肉的音译,在新疆,几乎每一个食客都对卡瓦普情有独钟,无论在山野,还是大漠,凡是有人居住的地方,就一定把卡瓦普当做款待客人的最佳选择。小小一根扦子,红白相间一串羊肉,放在烤肉槽子上,上下翻转,来回交叉,不见炉火升腾,只有青烟弥漫。随着一声"卡瓦普皮希迪"(烤肉熟了),芳馨像"强盗"般侵入鼻腔,让味蕾灿若万花在口中绽放,继而调动荡气回肠的胃口大战,一顿看似简单平常的快餐,因为有了卡瓦普的烘托渲染,从而变得回味无穷,难以忘怀。

不过在很早以前,卡瓦普这个名称,即便在放羊娃出身的我的脑海里,也是只闻其"名",难见其"影"。虽说圈中有羊,但却是为了养家糊口,自己舍不得吃,卖了钱换成穿戴和油米,即使偶尔宰了一只羊,那也是"狼多肉少",不是送亲戚,就是给邻居,于是把希望寄托在一副杂碎上,羊头羊蹄子,米肠面肺子,全家人炕上围坐成一圈,吃着就像过节似的。

第一次吃烧烤其实不是烤肉,而是羊嗇脾。一次父亲将火扦穿了嗇脾,放在炉火上来回烤,紫红色的嗇脾,瞬间变成黑乌乌一团,父亲给我们每人切了一块,放在嘴里一咬,味道很特别,但总觉得不够塞牙缝,就期盼着下一次机会,然而这个"下一次",一等就是一年半载,让人受不了。

真正第一次吃烤肉,还是1978年夏天,国家恢复高考制度,我成了全村第一个大学生,而且千里迢迢去了内地。第一次放暑假回来(我们那一批大学生,哥哥为了犒劳我,就带我来到乌鲁木齐,先是看了一场电影,随后去红山马路边一个烤肉摊子，一下子要了20串烤肉，外加几瓶啤酒，一边美滋滋享口福，一边留意来回穿梭的人流。那一次卡瓦普我吃了一多半，而对啤酒一点都不感兴趣，主要是不习惯，以前总听人把喝酒比作喝马尿，很是不明就里，这一次尝了几口，还真有那种感觉。然而面对卡瓦普，情况就大不一样了，就是觉得味道鲜美，垂涎欲滴，吃了一串，还想第二串。起先没经验，拿起一串卡瓦普就吃，不但速度慢，一着急还烫嘴，等吃过三五串，渐入佳境，犹如扒拉算盘珠子，随着扦子来回动弹，一串串烤肉不知不觉就送到口中，虽说嘴角糊黑了，肚子却实实在在享受了。

我从小有个坏毛病，就是只吃肉，不吃油，吃了就恶心，尤其是吃乌麻什（面糊糊），稠稠一碗饭，油疙瘩难分辨，就用筷子上下翻搅，挑出来，就扔进别人碗里，一点都不马虎。吃包子也是如此，先要掰开，将其中的油疙瘩清理干净了，才敢下口，所以妻子糟蹋我说是"有福不会享，活着真冤枉"。然而就是奇怪，偏偏对卡瓦普是个例外，不仅不做一点防备，就是把油疙瘩吞进肚子，一点也不反胃，不要说别人想不通，我自己到现在也整不明白。

卡瓦普要用专门的铁槽子，或大或小，大的供专门经营，小的自家聚餐携带方便。餐馆门口的卡瓦普槽子，高至人的腰部，长长一大截支在那里，等火候差不多时，也就是炭火由黑变红，最终白里透红，主人就将一大把烤肉串，麻利而又规整地平铺在槽子上，一边亮开嗓子使劲吆喝，叫卖，一边一手摇着纸扇，一手将孜然，或者辣椒面均匀撒在烤肉上。沁人肺腑的香味，随着袅袅升起的轻烟，四处开始弥漫，仿佛牵着牛鼻子的绳子，风味独特的卡瓦普，自然成了挡不住的诱惑，人们寻声而沓来，闻香而朵颐。

炭火最好是无烟煤，一是烧的时间长，二是减少烟尘污染。而把握火候全靠经验和判断，火大了烟熏火燎，损害卡瓦普品质，火小了导致半生不熟，直接影响生意。卡瓦普的食材必须是新鲜的羊肉，最好取自羊后腿，事先小心割下来，肥瘦搭配切成块状，腌制之后，一串一串穿好，烤的时候则根据客人需求，配之适当调料，确保颜色好看，味道醇美。特别是孜然的味道，那是新疆烧烤特有的味道，芳香而又浓烈，缠绵而又悠长，吃在口中，回荡在心里。

以前人们外出游玩，都是自己事先备好材料，其中很重要的一样，就是小巧轻便的烤肉槽子。到了目的地，女人和娃娃跑得不见踪影，留下老爷们，先生火，再切肉，然后不慌不忙穿扦子，等一切准备就绪，玩饿了肚子的洋岗子和巴郎子都回来了，看到槽子上的烤肉，一下子哈喇子都下来了，你一串，我一串，左手一串，右手一串，一边吃着一边还纳闷：这山里的卡瓦普咋比家里的还好吃呀？可不是么，人在野外，空气纯净，身心放松，旁骛杂念，情绪当然就好，而情绪好胃口随之就大开，如此"爱屋及乌"，烤肉当然就比家里好吃了。

那些年南门体育馆旁有家烤肉店，不但味道好，价格也很便宜，5毛钱一串，人们从众心理严重，到了中午时分，就排起了长队，弯弯曲曲一长溜，好像长龙阵，很是壮观。第一次去的时候，一家4口，我去排队，妻子和两个孩子等候，其实人多不要紧，害怕的是不时有人加塞，而且张口就是几十串，这边眼被烟火熏得流眼泪，那边孩子一个劲喊太慢，等卡瓦普到手，早已浑身都湿透了。

先是烤羊肉，后来发展到烤羊肝、羊心、羊肠子，口感不一样，味道都很美，尤其是被视作卡瓦普"帕特夏"（太上皇）的羊腰子，那可是人见人爱的上等珍馐，都说吃啥补啥，特别是那些肾亏的男士们，吃烧烤的最高境界，就是来一串羊腰子，哪怕价格5元钱一串，也在所不惜。

所谓烤肉，顾名思义就是烤制精肉，然而现在外延和内涵都在发生着变化，一是规格上朝着大的方向发展，二是实体上有了新的突破。具体而言，就是不仅仅局限在一个"肉"字上，而是连骨带肉一起烤。最具特色的就是烤羊排，硕大一串摆在面前，看着大气，吃着豪气，从而体现一种新疆人的性格，粗犷坚韧，大度进取。感受颇深的是上一次去南疆，路过一座偏远县城，朋友将我们带至一家民族风情园，席间助兴穿插一个节目,类似北疆哈萨克族招待客人上羊头,必须由座上宾先用刀子削肉给大家,意为工程"剪彩"一样,风情园用大大一串卡瓦普,作为敬献客人的最高礼节。

说实在的,我也算是见多识广,然而当卡瓦普上来的时候,我还是感到为之一振。别的地方烤肉都是穿在扦子上的,而唯独这里是穿在一把铁叉上。铁叉好像3根叉齿,不是圆而尖细的那种,而是呈扁平状,似手指一样分开。黄里透红,外脆里嫩的诱人卡瓦普,不是盛在盘子里端上来,而是被人手擎铁叉举上来,实际上这个时候品尝的不再是单纯的卡瓦普,而是朋友一种心境和感情,根本上就是一种饮食文化。

每个民族都有自己特有的饮食文化,随着旅游在全世界升温,如何深入挖掘民族历史文化,吸引越来越多的四方宾客探访观光,就成了一个急迫课题,逼着我们要有所作为。这当中饮食文化就是一个重要内容,值得认真思考和探索。譬如借鉴吸收和融会贯通,就是一篇很好的文章。事实上很小的时候,我们就有这方面的感受,一个最简单的例子就是炒烤肉,也是先把羊腿肉剔下来,不过不是穿在扦子上,而且切成片在锅里炒,因为货真价实,成为席宴上一道当家菜,时至今日百吃不厌。

现如今餐馆里还有一道时尚菜,叫做"卡瓦普黄面",就是在黄面之上,外加一层炒烤肉。黄面细长油亮,筋道滑溜,炒烤肉味道别致,鲜嫩香醇,还有那切成丝状的翠绿黄瓜,饭食三要素肉、面、菜都有了,营养搭配,荤素结合,不失为饮食文化兼收并蓄的成功范例。

在新疆生活久了,许多人都有这样一种体验,那就是当你饥肠辘辘,而时间又不容许坐在餐馆里优哉游哉细嚼慢咽,最好的办法就是要一个刚出炉的热馕,对折两半,再将几串"咝咝"冒气的卡瓦普,乘着热乎劲夹在馕中,顺势一捋,扦子出来了,而烤肉夹在馕中。馕的味道绵长、深厚,那是来自土壤最亲切的味道,吃到嘴里余香满口,送进胃中实在管用,二者融为一体,即值得回味,又给力添劲,无论再干什么事,用一句新疆话说:"麻达莫有"。

馓子·油塔子·乌麻什

就像日常生活离不开馕一样,逢年过节时,维吾尔族餐桌上一道标志性的美食就是馓子。记得很小时候,我们都盼着肉孜节和古尔邦节早些到来,一则我们身上至少可以添一件新衣或者鞋子,二则就是家家户户炸馓子,街坊邻居相约着互相帮厨。我们如同放了羊,跟在大人屁股后面,东家串、西家钻,节日还没到,嘴上的馋瘾就已过得差不多了。

馓子也属油炸食品,因为费工耗力用面量大,平日里很少有人捞馓子。尤其是生活困难时期,粮食定量,而且杂粮多、细粮少,有限的那点白面粉,都要精打细算,不到重要时节,舍不得享用。所以到了节日,人们把炸馓子视作一项过节的重要内容,提早准备,精心制作,从而确保馓子看上去美观,吃起来可口。

炸馓子需要精面粉,花椒水和面,掺入鸡蛋和清油,醒好的面清亮油光,色泽诱人。因为量大,且反复揉面,劲小的女人无人帮忙,一个人吃不消。和好的面,还要搓成一截一截剂子,因而面不能太硬,硬了搓不开;太软也不行,否则抻面时断裂,成不了型。就像拉条子面,先搓,后押,再绕,尤其是绕面,功夫全在这里。五指伸开,两手并用,好似绕毛线,动作要麻利连贯,还要恰到好处。因为有着严格的工序,馓子下到锅里,就换为另外一个女人负责到底。这个女人一直站在锅灶边,不但兼顾油温,更重要的是眼里有活,不能让馓子夹生,也不能馓子炸过头,成败自此一举,没有相当经验和掌控能力,无法担当此任。

捞馓子不用筷子,筷子太短,容易伤及手。必须有专门的工具,实际很简单,就是自己削制的木扦子。近似臂长,一头粗一头尖,时间一长,黄澄澄,亮汪汪。馓子是一根一根拉长的,随后盘绕成一把,下到油锅再一翻转,随之变作梳子状,然而一半向里拧,一半朝外绕,金灿灿,起泡泡,热乎、酥软、香醇、可口。

馓子一把一把炸出来靠功夫,一层一层摆到盘子里,更需技术。因为炸好的馓子本来呈梳子状,半月形,摆好后则要成高高的一个圆筒状。外围一圈馓子,中间是空心,手上功夫不到家,就像聚沙成塔,弄不好还没摆上两三层,就"哗啦"一声倒下来,一盘散沙了。如果仔细观察,就会发现,摆散子就像砌砖盖房子,同样讲究压茬、接口,这样才能最终严丝合缝,一摆到顶。不但馓子纹路清晰,走向一致,还很结实、牢固。摆放到茶几或者餐桌中央,就像一个"金皇后",在一圈点心、糖果和瓜子等节日食品映衬下,仿佛众星捧月,位尊品高,赏心悦目。

节日餐桌上少不了馓子,那是维吾尔族饮食文化传统,而馓子的质量和造型如何,则是考验家庭主妇的一个重要标志。特别是在农村,过节延续很长时间,人们走家串户,相互拜年,一边喝着茶,尝着馓子,一边评头论足。这个时候,如果馓子颜色好,口感酥软,吃了都说味道不错,女主人自然脸上有光,相反,要是馓子摆放不整齐,或者火候没有掌控好,看上去色泽不那么鲜亮,就很少有人动手品尝,女主人心里肯定不是滋味。

村上有个叫帕塔木汗的大婶,不但农活干得好,烤馕做饭更是一把好手,特别是捞馓子,从来没有失过手。要颜色有颜色,要味道有味道,到了年节,人们争先恐后提前预约,不一定让她亲自上手,坐在一旁指点一下就行。她总是欣然接受,从不爽约,因而人缘很好,是全村人的"帕塔木汗大婶"。只要她来了,女主人就仿佛有了主心骨,热茶给她沏上,冰糖事先准备好,再放两碟饼干和花生,她就毫不保留地热心指点,现场辅导,保证捞一锅是一锅,馓子漂亮,人心温暖。

现在馓子已不再是稀罕物,即使平常日子,大街上随处都有卖的。有的现炸，有的盛放在包装盒里。不仅维吾尔族人喜欢，其他民族也买回家享用，尤其到了春节，包括炸馓子和巴哈利等民族糕点，也都成了餐桌上一道风景，传为佳话。

油塔子，顾名思义形状如塔，掺油而成，先用植物油，后抹羊尾炼油。具体做法是：和面用温水，放到热地方发。而这个和面水则是花椒水，和面则需酵母，等面揉软，发上个把小时，再加碱水揉面、醒面。随后揪成面团，抹上清油，开始制作油塔子。第一步先将面团平铺在面板上，擀面杖擀薄，再拉开，且越薄越好，仿佛蝉翼，几近透明。这时油塔子最为关键的配料，也就是最具民族风味的绵羊尾巴炼油，均匀抹一层在面上。与此同时，还要适当撒上少许盐面和花椒粉，一边拉面，一边卷面。等把面全部卷好之后，再搓成细条，随之用刀切成一段、一段，最后用手拧成塔状，一个一个放入笼屉，火蒸20来分钟，即可食用。

成功的油塔子，必须是白而油亮，油而不腻，看似像馒头，一揪成层状。仿佛螺旋一样，用手一提，油塔子自动分离，却不断线。喧喧的，长长的，白白的，这头入了口，那头还在盘子里，粮食的醇厚，清油的绵长，羊脂的浓烈，融会贯通，沁入心脾。如果再有一盘子哈勒瓦（甜面浆），或者一碗朵烫，那才叫天然绝配，美到家了。

第一次吃油塔子就是配的朵烫，因而事隔40多年，依旧记忆犹新。那年夏天，村上要去昌吉榆树沟拉西瓜，我就坐上28型拖拉机，跟父亲一道天麻麻黑就上路了。等装上满满一拖斗大西瓜路过昌吉县城，早已肚子饿得"咕咕"叫，于是找到一家饭馆，停了拖拉机进去吃饭。洗了手，坐在饭桌上一瞧，才知道盛在盘子里那一摞下面圆、上头尖，像馒头又不是馒头的，叫油塔子；而一大碗端上来的汤汤水水的就是朵烫。平生第一次下馆子，品尝的又是从未见过，而味道又特别好的美味，我从此记入脑海，永生难忘。

所以到现在每每参加民族婚宴，我就特别留意油塔子。别的菜可以少夹一筷子，油塔子来了，却从来都是情有独钟。夹一个放在盘子里，先观赏,后品尝,并由此回想起 40 年的那一幕,一种感恩之情油然而生。

乌麻什,维吾尔语,直译就是"面糊糊"。不过面糊糊有两种,一种清汤寡水,一种内涵丰富。我说的是后一种,除去面糊,还有肉有菜,而且是我们当年的家常便饭,条件所限,不吃不行。母亲大都是早晨做乌麻什,先将玉米面盛在一个小面盆里,用水搅拌一下,等锅里水开了,一边往锅里均匀地倒,一边用筷子快速而又使劲搅。然后盖上锅盖,有规律来回转动锅,以免受热不匀,一边还没熟,一边则已糊了。

当时植物油很少,大抵都是菜籽油,一次只放很少的一点,因为父亲擅长喂料羊,家里精炼羊油始终都有。特别是绵羊大尾巴就像磨盘一样,每次炼羊油,都能装满我家一个蓝色搪瓷盆。清油少,就用羊尾巴油取而代之,味道就更鲜而浓了。实际上最先要切点肉,再把土豆或者萝卜切成块,掺入其中,乌麻什货真价实,吃着热乎,顶饱,去到学校上学,一上午肚子都不饿。

不仅如此,母亲每次做乌麻什,另外还要炒点菜,要么配些咸菜,包括辣椒、韭菜和莲花白等,上面浇点热油,特别开胃。因为炒的菜毕竟少,而哥哥和弟弟又先吃菜,再吃饭,往往是碗里下面乌麻什还很多,上面的炒菜或者咸菜早就没了。于是吃着自己的乌麻什,眼睛却盯着我的饭碗。而我先把饭吃了,留着最后再享用菜,所以总是招人显眼,一会儿哥哥抢一筷子,一会儿弟弟又要我分一些给他,搞得经常起纠纷,让父母来断官司。

我总觉得好有一比,如果说馓子是雍容华贵"金皇后",那么油塔子则是餐桌上的"白雪公主",而乌麻什更像"草根布衣",看似很平常,其实最管饱。

毡房里的"达斯特汗"

在新疆众多民族当中,哈萨克族的饮食文化独具特色。香气四溢的奶茶、垂涎欲滴的手抓肉、味道鲜美的纳仁等,原汁原味、醇厚地道。不但哈萨克族不可或缺,也逐渐被城里人所接受,一个显著标志:就是城里不少地方,都能看到哈萨克族奶茶馆。不仅如此,哈萨克族"土豆片",已经成为一道时尚菜,走进星级饭店,给食客带来不一样的感受。

"达斯特汗",哈萨克语餐桌布的意思。不管走进任何一座毡房,客人落座后,女主人一定铺好达斯特汗,摆放一些包尔萨克、奶酪和糖果,随后一边喝奶茶,一边聊家常,等一盘热气腾腾手抓肉端上来,不仅是一种礼节,更是一种情义表达。

小时候父亲有不少牧区朋友,经常到我家来,我们也不时去山里毡房做客。我爱喝奶茶,更爱吃包尔萨克。奶茶必须是先将水烧开,再放湖南产特制砖茶,等茶熬上片刻,浓烈的茶香飘溢,这才给茶碗舀奶子,条件好的,还可能添些奶皮子,最后把滚烫的茶水倒入碗里。你吸溜吸溜喝一碗,女主人不厌其烦续一碗,直到头上冒汗,肚子发胀,赶紧伸出手捂住茶碗,意味着茶已喝到家,无需再续。包尔萨克是油炸面食,一般都切成小的菱形,金黄酥软,口感特别,尤其刚出锅的新鲜包尔萨克,热热的,香香的,上面抹一层酥油,味道甭提有多美。

奶子兑茶喝习以为常,奶子煮面条,却比较鲜见。一次到山里大伯家,平生第一次吃这样特色饭。碗里除了肉和土豆,就是面条和奶汤。面条手工擀成,奶子牛身上现挤,不尝不知道,尝了才感到耐人寻味。

奶制品当中,除了酸奶疙瘩,还有一种酥油分离物"乌如木奇克",颜色发黄,味道香甜,含到嘴里,不嚼就化了,回来讲给小伙伴们听,一个个馋得只咽唾沫。

到了牧民转场季节,或许把毡房扎在我们村附近的山坳,几个嘴馋的家伙,就相邀着去碰碰运气,当然我也名列其中。可还没到跟前,狗就冲着"汪汪"直叫,有时候一条,有时候大小好几条,吓得我们原地缩成一团,不敢动弹。

狗一咬,毡房里的主人就出来了,我们就喊着要酸奶疙瘩。情况好了,可能每人得到一小块,如果是刚做的,酸得我们龇牙咧嘴,直皱眉头。如果是干货,硬邦邦,不费力气嚼不动,等酸奶疙瘩嚼烂了,期待的味道也出来了。

原先牧区缺少蔬菜,奶制品就取而代之,尤其到了牛羊肥壮黄金季节,家家户户都晾晒奶制品,门前屋后一个个小棚架,密密麻麻全是酸奶疙瘩、乌如木奇克,清香四处弥漫。

我的体验是,有马奶子少喝奶茶,有骆驼奶少喝马奶子。比起牛奶和羊奶,马奶子就显得尊贵,到了夏天绑马之际,小马驹和母马,都要绑起来。不然,马奶都被小马驹吃了,人就没得享用。马奶必须经过发酵之后才能喝,过去盛在皮囊里,现在大都注入木桶。喝之前要澄清,喝之时要品味,稀里糊涂一口闷,感觉不出美滋味。地道的喝法是,先将马奶子由木桶倒入面盆,用勺舀起来,再倒入盆里,循环往复中,确保马奶子品质纯正,口感最佳。然后细细品尝,反复咂摸,才能体验和感受马奶子的特有风味:芳馨、绵长、醇厚、清凉,如同嚼一枚橄榄,苦尽甘来,回味无穷。

都说物以稀为贵,比起马奶子,骆驼奶就愈发具有诱惑力。一方面,漫山遍野随时都能看见成群的牛羊吃草,马儿奔跑,可骆驼的身影日渐稀少,尤其喝到一碗骆驼奶,不那么容易。另一方面,骆驼奶极具营养和药用价值。据联合国粮农组织称,骆驼奶除了富含维生素C以外,还有大量人体所需要的不饱和脂肪酸,特别是对糖尿病人来说,是不可多得的特殊饮品。

骆驼奶比较稠,味道浓,口感自然更好。一次去米泉大草滩,主人上了马奶子和骆驼奶,最终马奶子剩下了,骆驼奶却喝得盆子底朝天。一个从未品尝过骆驼奶的内地朋友,不但自己连着喝了几大碗,临了,还买了一塑料桶骆驼奶,说无论如何也要带回去,让老婆孩子也享一回口福。

说到马奶子,我就想起一件往事,前几年带着几个同学,去南山平西梁子。席间主人端来一大盆马奶子,一个同学的夫人,先是捂着鼻子,屏住呼吸,极其吃力喝了一碗。看着别人喝得有滋有味,交口称赞马奶子货真价实,她就经不住诱惑,喝了第二碗。似乎感受到马奶子独有的香醇,接着喝了第三碗、第四碗、甚至第五碗。朋友要面子,平常不苟言笑,期间曾劝妻子循序渐进,不要一口吃个大胖子,不然醉了咋办。

话还没说完,朋友的妻子就开始发飙。先是脸起红晕,随后打开话匣子,一阵河南话,一阵四川话,接下来就是新疆方言土语。包括"帽盖子"(发髻)、"胳老洼"(胳肢窝)、"前跟头、后马趴"(跌跌撞撞),甚至还有我们维吾尔族的"海里麦斯"(全部)和"喂江,巴希阿格来到"(哎呀,头痛得很)。特别是那个腔调,曲里拐弯,活灵活现,特别形象。朋友很难为情,摇着头说:"不听老公言,洋相在眼前,你看,醉了吧"。

在牧区生活久了,人们对马奶子和骆驼奶,还有另外一种解释。就是说,整个冬季岁月漫长,物质匮乏,熏马肉和马肠子等熏制品,就成了生活中不可或缺的食物。毕竟经过烟熏火燎,身体里或多或少产生一些毒素,而解药就是马奶子和骆驼奶。一碗一碗喝下去,肠也清了,毒也排了,人们尊崇马奶子和骆驼奶,道理就在这里。

过去大集体时候,一到冬季,牧区都要宰冬肉,哈萨克语称其为"索库姆"。有羊,有牛,也有马,为了储存方便,先腌制,后熏烤,尤其是粗长味美的马肠子,肉疙瘩和肋条一起塞进去,然后扎了口,一圈一圈挂起来,直到来年开春,全靠这些冬肉维持生计。

如今市场经济，宰了冬肉，除了自己享用，还能赚取现钱，有的已经形成品牌，远的譬如伊犁熏马肉，就以量大味美而著称。近的像东山"萨哈拉"，不但名气大，包装也很考究。

马是大牲畜，煮肉不能急功近利，必须温火慢慢炖，否则夹生了咬不动。马肉煮好了，要用刀子进行分解，一块一块马肉，搭配一片一片马肠子，那才叫过瘾。马肉精瘦，而上好的马肠子，一半精肉，一半黄油，肥瘦结合，油而不腻。然而如果少了纳仁，就是一种美中不足。纳仁是面食，两指宽，半臂长，下到肉汤里，白里透亮，筋道滑溜，的确让人难以忘怀。

关键是那种热气腾腾、其乐融融的场景，不但让人食欲大增，还能学到许多书本上学不到东西。比方那滚烫的肉，主人削起来却从容自如，譬如吃肉一定要配上洋葱，道理何在？还有就是羊头肉咋就让长者动刀，而羊耳朵偏要给最年小的享用。凡此种种，都是民族饮食文化缩影，只有亲身体验了，才能真正理解其中奥妙所在。

生活中的美学家

维吾尔族是新疆主体民族，天山南北均有分布，其中80%聚居在南疆。维吾尔族最早由游牧民族转化而来，现在主要从事农耕生产，除去种植小麦、玉米、棉花等，林果业也是重要组成部分，"吐鲁番的葡萄，哈密的瓜，库尔勒的香梨人人夸"，就是最真实写照。实际上和田玉枣、叶城石榴，喀什无花果，阿克苏小白杏，甚至包括伊犁的苹果，很早就闻名遐迩。同样，养殖业也是维吾尔族的特长，尤其养羊，在农村极为普遍。以父亲为例，每年都喂几只大绵羊，除去青草，还配有麸皮和油渣，羊背像案板，尾巴似磨盘，那些年生活没有油水，全靠这些绵羊支撑。游逛维吾尔族居住地的巴扎（集市，市场），你还一定会发现，那些做工考究，独具特色的陶艺、旋木、首饰、铜器和玉雕等民间工艺品，仿佛磁铁一样，深深吸引着你，让你流连忘返。这都是维吾尔族能工巧匠的智慧结晶，历史悠久，世代相传，成为一种标志和象征。说到匠人，我就想起儿时邻居铁匠阿布拉和徒弟达吾提。一个手握小铁锤，一个抢着大榔头，叮叮当当一阵敲，马掌或者镰刀，就在火星四溅中成型了。最叫绝的还是打铁锁，一块铁板烧得通红，反反复复在铁砧子上敲打，先圆后扁，空实结合，看似黑乎乎像个"帕卡"（蛤蟆），却很结实耐用，尤其那把长钥匙，一根铁柄上两颗齿，颜色铁青，像个古董，显得珍贵。勤劳让维吾尔族产生智慧，智慧使维吾尔族更加热爱生活，比方说居所突出美观，穿戴讲究色彩，饮食富含营养，歌舞体现欢快等，只要你走进维吾尔族生活，就会有新的发现，新的体验。

维吾尔族民居：不同的风格，一样的追求

早先维吾尔族大多数家庭都是土坯房，除了地基用些石料，四面墙全部土坯砌就，还有些地方，索性就是干打垒，虽然费工，却也冬暖夏凉。进了院子先看见馕坑，靠门则是低矮的土炕，上面铺毡，天热中午小憩，晚上睡觉。入屋一般都有顶梁柱，炉灶和土炕连为一起，冬天做饭暖炕两不误。后来土坯房被砖混结构房屋代替，一个显著特点，房子亮堂了，摆设丰富了，人也更有精气神了。最明显的是门前的土炕换成了木床，大而宽，雕有花纹，色泽艳丽，而铺在床上的地毯，光鲜、厚实，无论招待客人，还是躺在上面，都很体面。再到屋内看，四面墙有可能三面就挂着地毯，特别是久负盛名的和田地毯，图案精美，绚丽多彩，顿觉蓬荜生辉。钢丝床叠一层一层被褥，盖上漂亮毛毯，上面再放几个白色大方枕，纱巾一盖，图案虚虚实实，增添一种神秘感。钢丝床旁边撂几层箱子，最吸引眼球的是花木箱。花木箱有镶嵌花、彩绘花和雕花三种，镶嵌花采用金色或银色马口铁皮细条，用网格、方形或菱形套纹，图案对称、花纹细密，熠熠生辉。彩绘花木箱以箱面中心一组花篮式纹样为主，加角隅纹，有花有果，有枝有蔓。而雕花木箱通常不上色，无论花卉、几何纹饰，抑或各种器皿，朴实无华、古色古香。再则就是茶几和墙角柜，一个仿佛长条桌，摆放在客厅，大气而实用，外围一圈是茶碗，而中间的盘子碟子则不断更换着内容，尤其赶上逢年过节，茶几的作用就越发明显；一个立在墙角，或木质，或钢化玻璃，上下分几层，功能不相同，一边或许是茶具、托盘、碗碟之类，一边或许就是工艺品和女主人的化妆品。

当然，维吾尔族家庭还有一件生活必需品，就是摇床。摇床由床腿、床帮、护栏、床板和连杆组成，用铆眼、榫头链接。有拱形状的，也有床形状的，因为是固定在弧形条木上，可使摇床左右摇动。我不知道自己当年躺在摇床里是什么样子，可我看护小妹的体验却是很深。家中五个孩子，父母负担很重，尤其是母亲，从早到晚操持家务，忙得脚不沾地。刚有一个打盹的机会，小妹偏又不合时宜地从睡梦中惊醒，"哇哇"哭了。这个时候我就代替母亲，跪坐在摇床旁边，手握连杆开始摇动摇床。如果小妹没有休止的意思，我则用口哨模仿各种鸟叫，小妹先是破涕为笑，尔后复又悄然睡去。

　　如果细分，维吾尔族民居地域不同，建筑特点也有所区别。到了老家吐鲁番，我发现每家每户门楼高、空间大，上面棚子一搭，显得非常通透、敞亮。我就问了火焰山的克里木叔叔，叔叔告诉我，因为吐鲁番号称"火州"，天气热得像馕坑，门楼修得高高大大，便于通风散热，不然人就受不了。到了喀什，最突出的印象还是高台民居，真正意义上建在房子上的房子。仿佛连环套，房子套房子，如同走进迷宫，从这头进去，不知道从那头出来，曲径通幽，柳暗花明；智慧的结晶，建筑的风范，占地面积小，就在头顶上做文章。而伊犁的民居，受邻国俄罗斯移民文化影响，在传统民居门窗造型、装饰、色彩审美等方面融合了部分俄罗斯建筑文化元素，逐渐形成有别于新疆其他地区维吾尔传统民居门窗的装饰艺术风格，为维吾尔民居门窗装饰艺术增添了新的区域艺术特色。

维吾尔族餐桌：一朵朵"奇葩"竞相"绽放"

　　维吾尔族人家的餐桌，从来都是极具诱惑力的，一道道精美的饮食，仿佛盛开的花朵，绚丽多彩、芳馨扑鼻。刚出炉坑的热馕、吃着过瘾的拌面、回味无穷的抓饭，被誉为传统饮食"吉祥三宝"，想着嘴馋，吃着过瘾。

　　如同汉民族餐不离蔬，维吾尔人对馕的情感，也是水乳交融，难以割舍。俗语说："一日不吃馕，两腿直打晃"，足见馕的贵重。馕的味道是特殊的，绵长的，就像一曲天籁之声，余音绕梁，回味无穷。我们通常都有这样的感觉，馕是越嚼越有筋骨，越品味越是香气袭人，仿佛所有口腔味蕾都被调动起来，不仅余香满口，而且渗入骨髓。说真的，到了我在内地上大学的时候，情况已经有所好转，至少可以确保吃饱肚子。可是我依旧怀念馕的味道,如同一个维吾尔族男声组合所唱的一样:"想起母亲烤的馕,心中升起一轮金色的太阳"。馕的味道的确是一种挡不住的诱惑,无论走进任何一个维吾尔族人家,不管富有还是清贫,餐桌上没有馕是说不过去的。从某种程度上讲,在品种繁多的食物中,馕的地位始终处于最高状态。出远门的时候,别的可以不带,而馕一定是少不了的;证婚的时候,一对新人必须同吃蘸过盐水的馕,以此表明白头偕老。同样,如果有谁将馕踩在了脚下,那就只有一种可能,是发了毒誓。

拌面的维吾尔语发音是"兰格曼",拌面是意译,也就是拌上菜吃。根据其制作方法和形状,还有一只种称谓"拉条子"。不管是哪一种叫法,新疆人都知道其中的意思,等着慢慢享用就是。真正意义上的拌面,就像打造一件工艺品,有其不可或缺的工序。先要用上等的面粉来和面,等面饧好后,切成一根根剂子,抹上清油,盘成层状面盘,然后扣上面盆再稍饧片刻。等锅里的水开了,就可以下面了。起先是一圈一圈向上盘,随后是一层一层向下绕。只见一根根剂子,经过一番迅速抻拉抛甩之后,魔术般变成一把长长的银丝,不要说吃了,看着都是一种享受。前几年去南方,路过一个小镇的时候,突然远远看到一块新疆拌面牌匾,于是好奇心驱使我前去一饱口福。等到了跟前仔细一瞧,才知道是外省人开的饭馆。我就问老板能做出新疆味道么,老板笑着说吃过之后就知道了。吃了之后觉得确实地道,面拉得精细,菜也符合口味,有一种宾至如归的感觉。

之所以连外省人都要打新疆的牌子,说明新疆拌面的确有其独到的地方。就像新疆的民族歌舞,只要唱起来、跳起来,不少人都会为之感染,从而产生跃跃欲试的欲望。我就想,作为一种文化,不受民族和地域限制,被社会广泛认可,说到底是一件值得骄傲的事情。

作为一种不可或缺的美味,抓饭在维吾尔族的生活中,一直占据着至尊的地位。家里来了贵客,别的可以将就,抓饭却是一定要做的。哪怕是一顿素抓饭,客人吃在嘴上,却一直记在心里。所以谁家锅里焖了抓饭,味道就会在整个院落里弥漫。浓浓的,香香的,顺着鼻腔渗入肺腑。就像一曲天籁之声,余音绕梁,沁人心脾,回味无穷。

因而抓饭又被誉为一种长面子的饭,古往今来给人们撑足了颜面。无论是大小节日,还是婚丧嫁娶,看到一盘接一盘的抓饭依次端到众人面前,主人心里好像一块石头落了地,脸上露出满意的微笑。因为在维吾尔族的饮食传统中,只要抓饭上齐了,就意味着仪式趋于成功。所以没有抓饭的筵席,就不能称其为完美的筵席。甚至有人进一步引申,把接到的婚宴请帖戏称为"抓饭票",可见抓饭文化,意蕴深厚,品位美食的同时,找到了一把体味维吾尔族风俗的钥匙。既然抓饭是一种地道民族特色风味,正宗的吃法就是用手抓食。不过不是一把抓,而是拇指曲并至掌心,其余四指则伸直,将抓饭和肉块抓在一起,然后顺着盘边来回抹两下,抓饭自然变成一团,嘴一张,手一送,吃进肚里。这种功夫不是一蹴而就的,需长期实践和积累才行。不然抓饭没吃多少,米粒却撒得到处都是,不太雅观。所以现在吃抓饭的时候,主人都会备一些小勺,方方面面都兼顾到了。

另外还有三样美食,面肺子、玉古尔和雅普玛,我则比喻为维吾尔族餐桌"三朵奇葩"。

准确一点说,面肺子后面还有米肠子,这两样才是天生绝配,缺一不可。肺软嫩,肠糯鲜,加之面筋有嚼劲,如果再捣点蒜泥,泼点辣子,那味道一直从舌尖蹿到胃底,浑身都爽。所谓灌面肺子,就是体现在一个"灌"字上,为了确保"渠道"畅通,事先取下小肚,一针一线缝在肺气管上,然后一边将清水灌进肺子,一边通过挤压,将残留血水排除。继而再将洗好的面筋,以及植物油、食盐和诸如孜然等"达尔达曼"(调料),依照上述方法不断注入肺叶,随着锅中热气沸腾,整个屋子都弥漫着香味。

相对而言,做米肠子就省事多了,只要将羊肝、羊心和胡萝卜切成碎丁,加上些许清油和佐料,就事半功倍了,当然了,主料还是大米。需要说明的是,就像母亲做抓饭,一定要用擀面杖捣孔放气一样,米肠子煮至半熟时,也要找来钎子之类的针状物,扎孔放水排气,不然肠子还没熟就已胀破在锅里了。

和面肺子一样，玉古尔也是维吾尔族传统饮食之一。很多时候我们都把玉古尔和面条混淆在一起，实际上这是两个概念，虽说都是切面，然而叫法却不一样，面条我们称作"绥依阿希"，直译就是"汤饭"。另外粗细程度也不一样，玉古尔切面要求精细，而"绥依阿希"则粗细不一。关键是汤料有着实质性区别，一个先炝锅，后添水，一个却事先备好肉汤，再放入相应材料，相互一对比，质量就有了差异。

说起吃玉古尔，有这样两次经历让我记忆犹新。一次是改革开放初期，我刚从乡下搬进城里，一天有个朋友非要带我去二道桥一饱口福。当我跟着他走街串巷，来到一个很不起眼的小胡同，看到一个小饭馆人头攒动，座无虚席，一问才知道这是个玉古尔面馆。

我占座位，朋友排队，不一会儿，两大碗热气腾腾的银丝面就端了上来，我就觉得一股诱人的香味，顺着鼻腔往里送，顿时浑身疏松、胃口大开，瞬间沉醉到那种特有的风味中去了。

还有一次是父亲过世的时候，因为正值寒冬腊月，吐鲁番的亲戚赶过来的时候，已到了晚上，一个个眉毛胡子结了一层霜，好在家里已经准备好了满满一大锅玉古尔，接二连三端到亲戚面前。饥寒交迫的亲戚们，似乎一下子从悲痛中挣脱出来，一人捧着一碗玉古尔狼吞虎咽，一阵工夫头上都好像蒸笼一样，冒着热气。

雅普玛就源自吐鲁番，翻译过来是"盖"的意思，不过不是"锅盖"盖上锅，而是"面饼"盖上肉和菜。

这种吐鲁番维吾尔族地方风味，有"波拉克雅普玛"和"皮特尔雅普玛"两种，区别一个是发面，一个是死面。"波拉克雅普玛"原材料包括：连骨肉、胡萝卜、土豆、南瓜、豇豆、大白菜等，一般情况下，一次只选择其中两到三种。

而"皮特尔雅普玛"，所选蔬菜也不外乎上述几种，只是在"面饼"的做法上有所不同，一是和面不放酵母，二是"面饼"分层状。不过不管是哪一种雅普玛，招待尊贵客人的时候，剁成块状的不再是羊肉，而是一律换成了鸡肉。雅普玛的独到之处,一是肉菜和面饼焖在一起,各种味道相互渗透,润为一体;二是货真价实,吃着管用,尤其是那些壮劳力,一顿吃扎实,一整天都有劲。维吾尔族美食远不止于此,譬如香气四溢、味道鲜美的烤羊肉,譬如看着诱人、百吃不厌的薄皮包子,再譬如看似馄饨却有别于馄饨的"曲曲",到了新疆的每一个地方都能品尝到,品尝了就一定会赞不绝口。

维吾尔族服饰:和花的名字连在一起

维吾尔族服饰绚丽多彩,独具特色。一般而言,男性比较喜欢庄重爽朗传统服饰,尤其在南疆农村,老人们头上不戴帽子不出门,脚上不蹬靴子不下坑。有人就说:"头上戴着'吐马克'(高筒皮帽),腰上别着'皮恰克'(小刀),脚上穿着'玉图克'(皮靴)"。而女性则钟爱艳丽明快的服饰,无论从色彩、款式到材质,都比男性有所讲究。

小的时候,夏天穿戴比较简单,一顶绣花帽,一件花格衫,到了冬季,冰天雪地,严寒刺骨,必须"全副武装"才行,我和哥哥一人一顶"库拉克江"(皮帽子)戴在头上,身上则是"巨瓦"(皮裤子),到了脚上,不是棉鞋,而是一双小毡筒,因此联想到羊的贵重,从皮到肉再到毛,全部贡献给了我们。再看母亲,除了长大衣,最突出的就是那条大围巾,深灰色,同样也是毛织品,四四方方,大而厚实,先是折叠成三角状,围在头上,随后拉下两角交叉绑在一起,这才可以出门。而到了爷爷那里,情况还要复杂,主要还是因为穿套鞋的缘故。套鞋的维吾尔语发音为"喀拉希",分为两种,一种称之为"玉图克喀拉希",鞋头呈圆状,其实就是鞋套鞋,或许是皮靴,或许是皮鞋;另一种就是"买赛喀拉希",鞋头尖,虽说也是鞋套鞋,但前者鞋底硬,后者鞋底软。爷爷穿的是"玉图克喀拉希",皮鞋腰子长不说,还要裹裹脚布,一层绕一层,然后使劲往鞋腰子里捅,爷爷两手拽着鞋腰子,我们用力推着鞋底,好不容易爷爷才能穿上皮靴,最后套上套鞋，出门就不怕路滑跌跤了。

如果从头上开始，最最大众化的，还是花帽，我们维吾尔族叫"都帕"。不但男女有别，还有地域和年龄差别。南疆男子喜爱巴旦木图案为主的"巴旦木都帕"，吐鲁番人看中大红大绿的花帽，伊犁人则把扎纹紫红绒花帽戴在头上。除此之外还有格莱木花帽、曼波尔花帽、翟尔花帽和玛里江花帽等，其中翟尔花帽和玛里江花帽是女性花帽，前者斑斓绚丽，给人以华贵庄重感觉，后者则犹如珍珠闪烁，光彩夺目。

衣服是最能体现维吾尔族传统的，男子为"袷袢"，女子是"艾德莱斯绸"。袷袢实际就是外衣，一是长过膝，二是袖子宽，且无领、无扣，因为有一腰巾，或长方形、或三角形，系在腰间，即固定了衣服，又储藏了干粮，一举两得。现在不论农村城市，年轻人很少穿袷袢，要么套头式衬衫，领口、袖口和胸前绣有图案，穿着舒适，看上去也很美，要么就是西装革履，气派、大方，呈现出时代气息。

而艾德莱斯绸，自古以来就是维吾尔女子的化身，这种丝绸采用我国古老扎经染色工艺，按图案要求，在经纱上扎结，进行分层染色，整经、织绸。染色过程中图案因受染液的渗润，有自然形成的色晕，参差错落，疏散而不杂乱，既增加了图案的层次感和色彩的过渡面，又形成了艾德莱斯绸纹样富有变化的特点。维吾尔族妇女特别喜爱这种绸料，给它起了个雅号"玉波甫能卡那提古丽"，意为"布谷鸟翅膀的花"，隐喻它能给人们带来春天的气息。

艾德莱斯绸仿佛七彩虹，让人惊艳其魅力无穷的绚丽多彩和维吾尔女子的风姿绰约；而我在一首诗中，则把艾德莱斯绸比喻成丝绸之路翩然而至的五彩蝴蝶，灵动中蕴含浪漫情怀，飘翔间集成风情大观，让色彩像云一样晕染，花一样散落。而与之相关的配饰，包括摇曳的耳环，精巧的项链、璀璨的戒指，似乎本来就是为艾德莱斯绸所准备的，相映生辉，珠联璧合。

要想最直观，最全面感受维吾尔族服饰之美，最好去参加一场婚礼，或者赶赴一场麦西莱普盛会。婚礼是服饰集萃最佳场所,传统的、现代的、简约的、繁纷的,不仅体现新人身上,也浓缩在来宾那里,窥一"斑"而知"全豹"。而麦西来甫,维吾尔语中意为"集会""聚会",是集取乐、品行教育、聚餐为一体的民间娱乐活动,其中歌舞是重头戏。这么重要的盛会,有可能人们来自四村八邻,穿戴不讲究,特色不鲜明,肯定丢人现眼,因而你方唱罢我登台,别样服饰轮番来,仿佛走进服装博物馆,不怕不够看,就怕一双眼睛不够用。

音乐响起来:情不自禁想跳舞

维吾尔族能歌善舞,男孩子会说话就会唱歌,女孩子会走路就会跳舞。许多人或许没文化,却不乏音乐天赋,吹拉弹唱无师自通。早先村上有个赶马车的尼亚孜大叔,跳舞有个绝技,就是头上顶碗。他儿子塔里普结婚那天,大叔兴致极高,一圈一圈跳舞,步子欢快,动作潇洒,别人一喝彩,大叔一边手捋八字胡,一边调皮地上下动眉毛。随着富有节奏的音乐,大叔开始表演顶碗舞,先是两三个小茶碗,再后来增加到五六个碗,高高摞在头顶上,看似摇摇晃晃,可碗就是牢牢粘在头上。扭动双臂,左右旋转,蹲下身子,绕场一周,身上的汗都出来了,可碗就是掉不下来。直到舞蹈结束,大叔单腿跪地,取下最上面的碗顺势泼洒,人们才发现碗里原来有水,于是掌声就愈发热烈了。

塔里普不但子承父业赶马车,同样继承了音乐天赋,尤其是对乐器有着深厚的感情。到他家一眼就会看到墙上挂着两件乐器,一把热瓦普,一把小提琴。热瓦普由琴箱、琴把、旋钮和琴弦组成,琴把长,弦也多(五根弦),声音清脆、响亮,是乐队演奏必不可少的乐器。只见塔里普把热瓦普琴箱放在右肩上,左手伸展握着琴杆来回滑动,右手用拨子激情弹奏,美妙、动听的曲子就这样开始在屋内萦绕,让人情不自禁就想跳舞。塔里普不是把小提琴夹在脖子上拉,而是反过来放在膝盖上演奏,一样的抒情、悠扬,感染了不少人。记得当时县上文艺汇演,乡上的乐队成员不是来自学校,就是下乡知识青年,唯有他是地地道道的庄户人,而且也是唯一眼前没有乐谱的人,不但丝毫不影响乐队整体发挥,反而给乐队平添了魅力。实际上塔里普是把小提琴当做艾捷克来演奏。艾捷克也是维吾尔族乐器之一,属拉弦,木质音箱呈球形,琴杆也比较长,小提琴一样四根弦,拉弓用马尾,音色具有板胡和二胡的混合音,别具一格。

最有感召力的当属"苏尔奈"和"纳格拉",前者和唢呐大体相同,后者为一大一小两只鼓。苏尔奈哨片比较大,发音粗犷宽广,独奏时由纳格拉伴奏,节奏感极强,特别适合在节日、庆典和婚礼上演奏。所以现在城里一些门面开张,或者商场促销,都邀请民间乐队来捧场,成为一道极具新疆特色的别样风景。

20世纪90年代初,我到近郊一个乡上任职,每每搞活动,就无一例外要把小地窝堡村的小个子艾山请来,他有一辆微型车,自己开,还带两个儿子。艾山吹苏尔奈,两个儿子敲鼓,配合默契,场面热烈,尤其是乡上的压轴戏麦西莱普表演的时候,因为艾山父子加盟,总会掀起高潮,赢得一片叫好声。有别于别的乐队的最大特点,就是艾山的机灵和好学,包括维吾尔族、哈萨克族、回族和汉族的一些经典曲目,他都能演奏,而且惟妙惟肖,引人入胜。比方说河南豫剧《朝阳沟》选段,经过他的演绎,效果出奇的好。

除此之外,维吾尔族民间乐器还有弹拨尔、都塔尔,均为弹拨乐器,一个音色明净,一个声音浑厚,特别是都塔尔,男的女的都适合,是自弹自唱的首选乐器。当然不能不提手鼓和卡龙琴,前者是最常见,也最具引领风范,如果一个乐队没有手鼓,不可想象。而卡龙琴近似古筝,发音清脆悦耳,既能独奏,又可领奏,特别在刀郎木卡姆中扮演着不可替代的角色。说起刀郎木卡姆,我想全国观众都会记得上过央视的那几个来自南疆农村的表演艺术家,一个个风尘仆仆,一个个满脸沧桑,却把维吾尔民族最传统的木卡姆音乐精华,通过他们发自肺腑的真情演奏和歌唱,生动而又充满激情地呈现给全国人民,不知让多少人留下了激动和感激的泪水。

放羊的日子

生活在乡下的维吾尔族男孩子，十有八九都有过放羊的经历，我也是。

那时候我还小，掐指算来也就十五、六岁的样子。这个年纪最缺的是瞌睡，只要头一挨枕头，就死狗一样睡过去了，推都推不醒。可我很少有这样的福气，天麻麻亮就得起床，赶在上课之前让羊吃饱肚子，是我一天当中最要紧也是很无奈的事情。

那个时候，乡下还比较穷。我们家五个孩子，顾了吃的就顾不了穿的，生活很是拮据，不想一点其他办法，日子就过不下去。而养羊似乎就成了唯一选择。所以当别人还在被窝里睡得正香的时候，我已赶着羊群出了院子。不过，要想在有限的时间内让羊吃饱肚子并非易事，需冒一定风险。这个风险就是把羊群赶向地头渠边，因为时常得到渠水滋润，这儿的草就茂盛，羊吃起来非常过瘾，不一会儿，原本一个个干瘪的肚子，眼见着就都鼓了起来。如果羊也像人一样听话，也就好说，我可以借机头枕在渠埂子上打个盹，免得上课时上下眼皮打架，一不小心从椅子上滑落下来，让全班哄堂耻笑。但老是不遂人意，这边你刚一头着地，似睡非睡，那边羊群就电打一样，一个跟一个"蹭"地钻进庄稼地，让人担惊受怕，出一身冷汗。

我始终认为放羊是一件苦差事，不都像是诗里写的，歌中唱的，欢快轻松，悠然自得，世外桃源似的，很浪漫，也很幸福。"蓝蓝的天上飘着白云，白云下面是洁白的羊群……"在绿草如茵的花的原野上，这种舒缓曼妙的场景,或许是一道靓丽的风景,让人产生联翩的浮想。然而即便这样,也都是在春暖花开、风调雨顺的年景,并不是说一年四季天天如此。转场的酸楚,缺草的焦灼、接羔的劳顿,局外人是感觉不到的;鞋跑烂了,腿跑细了不说,脸也好像涂了一层黑油彩,啥时候都是黑不溜秋的,见了让人害怕。更可怕的是漫长岁月里,孤独像黑夜一样与你形影不离,排解不去的寂寞的心绪,如丝如缕,犹如一张巨大的网,陷于其中,不得自拔。和羊相随的时间长了,说话的机会自然就少了,那一段时间,我有点拙嘴笨舌,不善辞令,一说话就前言不搭后语,我估计和放羊有直接关系。

  羊这个东西怪得很,看似比马要驯顺,也没有牛的犟脾气,但就是极不情愿听从牧羊鞭的调遣,你向东边赶,它绕来绕去要向西边跑;大热天的你急着要早一点归圈,它却磨磨蹭蹭、懒懒散散,一副心不在焉的样子,后边的头抵着前边的屁股,死拉硬拽就是不动弹。尤其是山羊和绵羊混放的羊群,愈要小心留神,不然肯定会捅娄子,让你吃不了兜着走。我至今仍然记忆犹新,当我第一次拿起牧羊鞭的时候,父亲就对我约法三章:一是不能让羊糟蹋了地里的庄稼,那是庄户家人的命根子,毁了一茬庄稼,等于毁了一年的光阴;二要防止让羊跑丢了,肚子里的油水、穿的戴的和上学的花费都指望着羊呢?三是切记要远离三瓣野苜蓿,那可是草场上的一大害,羊吃了会胀破肚皮,一个个胀死。

  我当时所放的那群羊不算多,大小二十来只,其中有五六只是山羊。为了吆喝起来方便,我大都给起了名字,譬如"花喜鹊""老满口""贼不死"之类的。起什么名字,因颜色差异来定,凭年岁大小而论,当然也有个别分子,则取决于其秉性之优劣了。就以那只"贼不死"为例,取的就是贬义。那是一只通体雪白的羯山羊,一对弯弯的抵角,十分显眼,因身强体壮且又极爱抛头露面,自然成了头羊。然而就是这家伙,打第一天起就让我伤透了脑筋,操碎了心。放羊娃都最清楚不过的一件事情是,羊群上山之后,一般情况下,哪里的草长得好,头羊就会往哪里带。每每吃到七、八成饱,羊群自然会游牧至一处固定的水源地,再美美喝上一阵,也就到了归圈的时候。所以放羊娃都说:管好羊群,先要管好头羊。足见头羊在羊群中的地位。我总觉得我们家这只"贼不死",就像它的名字一样,确实奸猾、刁钻,贼的不行。别的羊到了一个好的草场,知足得只管低头吃草,哪里还顾得上东张西望;"贼不死"就不一样,两眼总是盯着山下的庄稼、渠边的树,一肚子弯弯绕。分明刚刚还在一座小山头上低头啃着草皮,可是等我撒完一泡尿回头再看时,它已带着羊群蹦着跳着一溜烟向山下跑去。要命的是"贼不死"边跑还边回身张望,那意思好像在说:你追呀,使劲追呀……

正如我父亲所说,那些年,谁家的日子都不好过,全指望地里那一点庄稼养家糊口。雨水好了还将就,遇上天旱就苦了,如果再让牲畜糟蹋了,无疑会成为一件了不得的事情。原本和睦相处的街坊邻居,或许就为此闹别扭起纠纷,恶言相向,反目为仇,甚至发生械斗。好在我儿时是出了名的"草上飞",速度快得跟跑鹿子一样,总是抢先一步赶到地头,才算是一次又一次化险为夷,避免了事端。不过,羊啃树皮的事情还是有过那么一两回,只不过林带都是集体所有,毕竟就好通融一些。如果赶巧碰上一个沾亲带故的护林员,说不定会睁一只眼、闭一只眼,放上一马;即便就是被村里人见人嫌的"是非头"逮个正着,也不过轻则厉声呵斥你一顿,重则被踢上一脚。这对一个犯了错误的孩子来说,当然也就算不上什么了。然而不管怎么说,最后吃亏的还是自己。羊和其他牲畜还不太一样,最忌讳大运动量奔跑,天天如此这般来回折腾几次,饿不瘦也会跑瘦的。那时候和现在不同,羊肉越是壮实就越是受人欢迎,不像今天一个个都挑瘦肉吃。所以谁家羊的尾巴喂得大,谁家的锅里就不缺油水。不缺油水的家庭,算不上殷实,但起码让人心里踏实一些啊!所以,眼见得抓了一个夏天的膘,就这么一天天往下掉,哪有不心疼的。

也是迫于无奈,我只好给头羊"贼不死"使木绊。所谓木绊,就是截一根状若擀面杖大小的木棒,中间打上一孔,然后再穿上一根细绳子,将木棒吊挂在羊的脖子下。学问全在绳子和木棒的尺寸上,绳子长了,木棒拖在地上,让羊无法前行;木棒短了,吊在空中,起不到"绊腿"的作用。最好的办法,就是让木棒横挡在头羊的膝盖骨前,既不影响走路,又不能太快。羊的膝盖骨是最脆弱的地方,只要它一跑,木棒就会自动敲打,叮叮当当的,滋味一定不好受。然而说这头羊是"贼不死",也实在是名副其实,令人信服。尽管我使尽浑身解数,给头羊使了一个绝招,到头来还是收效不大,并没有完全束缚住它的腿脚。头羊依旧恶习不改,照跑不误,只不过跑的姿势有些滑稽可笑而已。我一次次看着它就那么蹩脚地跑着,像跳不是跳,似拐又非拐,活脱脱一副罗圈腿,动作虽难看,却很实用。不仅避开了木绊,速度也不慢。都说榜样的力量是无穷的,这话用在羊的身上也恰如其分。见头羊"贼不死"率先垂范,勇往直前地带头跑着,羊群就有了主心骨,效仿着跟随其后跑起来。一时间"咩咩"的叫声不绝于耳,扬起的尘土弥漫黄土梁,呛得人又打喷嚏又淌眼泪。

说实话,我本来对放羊就一肚子委屈。兄弟三人,好像唯独我天经地义、命中注定终日与羊为伴似的,没有个闲暇的时候。种庄稼都讲究个交替轮歇,不然的话,地力下降,影响收成。而我就是一匹拉磨的驴,不知道什么日子可以松一下套。早上的瞌睡多么香甜,对热被窝的那种依恋,甚至胜过刚出锅的抓饭包子,再迷糊一阵有多好啊!但羊群不出圈是不行的,羊群不出圈,就意味着我们兄弟三人当中有一人要面临辍学,而这种可能我琢磨非我莫属。兄弟三人,我排行老二,老大即将中学毕业,让他放弃学业显然不太现实;弟弟年龄尚小,他放羊的话,有可能先把自己放得找不回家了。与其失去割舍不断的学习机会,倒不如有自知之明,选择一种两全其美的办法,这个办法就是牺牲瞌睡和玩耍,在上课前放学后让羊群吃饱还要吃好。年复一年,朝朝暮暮,不知道什么时候才是个尽头。风和日丽的日子也就罢了,寂寞也好,孤独也好,咬咬牙也就撑过去了;遇到刮风下雨天,时间就很难打发,往往顾头顾不了脚。新疆的气候不同于内地,即便是夏天,也是"五月天山雪,无花只有寒",说变天就变天,说寒冷就寒冷。人们常说的"早穿皮袄午穿纱,围着火炉吃西瓜"就是真实写照。可怜我身上衣正单,呼呼的寒风裹挟着噼里啪啦的雨点,劈头盖脸侵袭过来,让人躲无处躲,藏无处藏,像一只落汤鸡,蹴作一团,瑟瑟发抖。

　　回想起这些,我仿佛受到了一种欺侮,对头羊"贼不死"充满了敌意。旧恨未去又添新仇,于是我怒气不打一处来,新账和老账一次清,一弯腰就手捡起一块石头,攒足劲,瞄准头羊"日"地一声投掷而去。只听得"咣"的一声响,可是头羊相安无事,紧随其后的小绵羊"约勒瓦斯"却应声倒地。我原想打头羊"贼不死"的大角,不料击中了吊在脖子下的木绊,由于用力太猛,木绊又过于圆滑,石块反弹后不偏不倚就弹在了小"约勒瓦斯"的干腿杆子上。这是只二齿子小绵羊,虎头虎脑的,才起了这么个名字。羊群中它算是口轻的一个,膘情也最好。父亲对小"约勒瓦斯"情有独钟,不仅在于它长得憨厚,而且还通人性。小"约勒瓦斯"从小失去母亲,是个缺奶子,多亏我父亲特意为它订了牛奶,一口一口把它喂大。从此就认准了我父亲,只要父亲蹲下身子吃饭,小"约勒瓦斯"就会撑过来嘴巴往碗上凑。父亲也是越来越喜欢它,给它开起小灶,自然膘情日渐看长。像是一只宠物似的,整天跟在父亲屁股后面,让左邻右舍稀罕得不行。有不少附近煤矿上的熟人要出高价买它,父亲都一口回绝,说要留着给弟弟举行割礼时才用。

　　此时此刻,瞧着小"约勒瓦斯"干腿子上血流如注,我后悔当初不该给头羊使木绊,否则,也不会有今天的惨状,真是自食其果。我慌里慌张脱下背心,学着电影上的样子,叠成一个方形状,使劲摁在小"约勒瓦斯"伤口上,心想这样可以止血。过了一会儿,血还是照流不误。我又抓起一把沙土捂了上去,刚开始还行,可不等多长时间,血又从沙土中渗了出来。我急中生智,突然又想起以往和小伙伴们玩耍,如果有谁不小心磕破了头皮,大人都是用烧草灰的办法来止血,于是就如法炮制。我急忙掏出每个放羊娃都必带的一盒火柴,用脚将四周的野蒿和荆棘向一块归拢归拢,点着火烧了起来。一番忙碌之后,小"约勒瓦斯"腿上的血还真不流了。我顿时觉得一块石头落了地,长长舒了一口气。还算万幸,小"约勒瓦斯"最终摇摇晃晃站了起来,不过走起路来却是一瘸一拐,而且走一阵缓一阵,多少还有些吃劲。那一天我一直熬到很晚才收圈,而且一路走一路默默祈求:千万别让父亲知道了……

其实父亲不可能不知道。第二天一大早父亲就问我:"'约勒瓦斯'的腿怎么了?"我吭哧半天才说:"没什么呀!""没什么它的腿咋瘸了?"父亲又问。我想想说:"是不是让蛇咬了?"父亲这才不言语了,只是眉头蹙得更紧,烟抽得更凶了。然而我却忽略了最要紧的一点,那就是牲畜一旦被毒蛇咬了,很难挺过一个晚上。这一点我想父亲比我更清楚。因为有伤在身,小"约勒瓦斯"后来就日渐消瘦下去,不得已,父亲只好将其低价卖了,留给弟弟举行割礼时再用的许诺,从而也就作罢。

这件事虽说就那么平平淡淡地过去了,但我多少年来一直心存愧疚。如今父亲已经离我们而去,我就愈加感到不是滋味,这才记录下上述文字,算是一种歉疚和纪念吧。

半导体零碎记忆

小时候乡下普遍贫穷,家中除了几样简单摆设,没有值得炫耀的东西。谁家来了亲朋好友,而且正好骑一辆自行车,我们就像过节似的轮番上阵,个子大一点的,腿一跨就坐到座包上了,矮小一点的,就只能将一只脚从三脚架当中伸过去,屁股一撅一撅、身子一伸一伸,沿着人行道一圈一圈接力赛,直到自行车掉了链子,这才悄莫声息将自行车放回原处,随即猴子一样不见踪影。

当时乡下打家具讲究腿多,腿越多说明家具档次就越高。而家用电器尚未普及,条件好一些的,可能会有一辆自行车,或者缝纫机和手表,要是几样东西同时具备,就已算是殷实人家,在村上说话都有一定分量。

我家兄妹五个,正是长身体的年龄,穿的戴的都很费,针头线脑的事情毕竟少不了,因而缝纫机就成了生活当中的必需品。因为是纯粹的计划经济社会,供需矛盾十分突出,缝纫机自然也成了紧俏商品,只能凭票供应。父亲先是托人弄到一张供应票,而后卖了家中两只大羯羊,才算把一台缝纫机搬回家中。

就这样,缝纫机成了我家唯一的值钱物,除此之外,连一台坐式收音机都没有。那时候不像现在,生活极为单调,而如果有一台收音机,日子就好打发一些。父亲在村上任职,由于不识字的缘故,就养成了听新闻的习惯,尤其是事关老百姓最现实、最直接利益的政策性新闻,都要反复收听,仔细琢磨。我深受父亲影响,打小爱听广播,所不同的是除了时事政治,也关注其他栏目,甚至包括天气预报。我记得那时天气形势预报有记录广播,播音员语速缓慢,一句一停顿:"乌拉尔山至巴尔喀什湖上空有个低压槽,未来两天内有一股强冷空气从西伯利亚南下入侵,北疆沿天山一带气温有明显下降……",就连标点符号都播报得一清二楚。走在冬季的上学路上,听到高音喇叭里的冷空气入侵预报,身上不由打个寒战,脚底下的速度也快了许多。不过也有长时间听不明白的内容,譬如"新闻和报纸摘要节目",我就一直没有搞清楚是什么意思。因为这个节目播得很快,特别是"摘要"二字,一眨眼的工夫就过去了,等好不容易盼到第二天,支棱着耳朵再去听时,一晃又错过去了,还是不明就里。越不明白越想听,而越听又越糊涂,简直让人伤透了脑筋,恨不能钻进喇叭当中探个究竟。后来学说普通话,才知道问题出在汉语拼音上,是"z""zh"不分所致。

户外是高音喇叭,而户内墙上则挂着一个小喇叭,再接一根地线埋在地下,为了保证收听效果,埋地线的地方还要经常保持湿润才行。这就是当时农村生活的真实写照,幸亏有这样一个小喇叭,才让贫瘠和闭塞的农户人家,有了一个了解外面世界的渠道。别看一个四方形的小话匣子,看上去也很不起眼,却硬是成了我家的稀罕物,被悬挂在门框上方最显耀的位置。按照父亲指示,我们几个孩子还要隔三差五轮流踩着凳子、踮着脚跟,用抹布小心擦拭,直到话匣子外表光洁透亮为止。小喇叭每天分早中晚三个时段播出,这三个时段也正是庄户人家吃饭的时候,一家人围坐在饭桌旁,一边吃着粗茶淡饭,一边听着广播,如果家里有什么事情,也借这个机会顺便交代了。怕的是这个时候有重要新闻,或者是乡里有个什么会议通知,那样我们就只有听的义务,而没有说话的权利,甚至吃饭带出声响都不行。只见父亲放下饭碗,蹲在地上,手上卷着莫合烟,仰着脑袋两眼一直盯着墙上,仿佛我们今天盯着电视屏幕,看得见里面人物的一举一动。如果此时恰好遭遇刮风和下雨,喇叭有杂音,刺啦啦乱响,父亲的脾气就上来了,吹胡子瞪眼地让我们赶紧处理故障。因为不知道是外面天气影响，我们便自作聪明地在地线上大做文章，挖出来埋上，埋上再挖出来。看效果不明显，就一勺一勺往地线上浇水，踩得满屋都是泥巴，父亲越急了，在地上乱转圈子，口中还不停唠叨："不知道你们把学上到哪里去了，不知道你们把学上到哪里去了？"头摇得像个拨浪鼓似的。

也有让我们特别开心的时候，那就是广播电影通知。每当这个时候，我们就觉得乡上广播员是世上最好的一个人，也是最了不起的一个人，是她给我们带来了福音，让我们如饥似渴的心灵得到慰藉。"通知，通知，今天晚上有电影，一部是国产电影《智取威虎山》，另一部是外国电影《第八个是铜像》……"，播音员略带本土方言的广播通知，至今映在脑海，记忆深刻。记得当时广播电影通知，大抵是在下午上工的时辰，这个时候我们正在山上放羊，第一个听到消息的孩子欣喜若狂，就像电影《鸡毛信》当中的海娃一样，急忙脱下衣服在空中来回摇晃，而且一边摇晃，一边对着另一座山头的同伴高声传递讯息："喂喂，听见了没有，今天晚上有电影，今天晚上有电影，没有假演，都是真演！"所谓假演，就是新闻简报之类的纪录片，而真演就是故事片。于是，还不等到羊群完全吃饱肚子，我们便不约而同地提前收圈，然后回屋"咕咚咕咚"喝一大勺凉水，拿上一块干馍跑着跳着就走了。因为是夏天露天放映，周围许多人家都倾巢出动，聪明一些的孩子就捷足先登，早早赶到现场抢占座位。所以常常是人还未到，地上砖头瓦块却摆了一大溜，等到电影正式放映之时，找座位的人就大呼小叫，噪声一片，遇上个争嘴和相互撕扯的，有时比看电影还热闹。等看完了电影再瞧，走的已经走了，睡的还在那里睡着，冷不丁被人拉起来，早已糊成了土蛋蛋，于是急忙拍打身上，一时间放映场上人头攒动、尘土飞扬，夹杂着此起彼伏的一声声呼叫，同一个混乱的自由市场别无二致。

后来生活有了一些改善，才算是添置了一台带电源的座式收音机，墙上的喇叭就成了摆设。收音机不仅功率大，收的台也很多，中央的地方的都有，而且几个语种，可以任意选择。这一下我们家就显得特别与众不同了，母亲一直喜欢听维吾尔语台，特别是赶上播放民族歌曲，一边忙着手中的家务，一边跟着轻声哼唱，幸福就像花一样开在脸上。我们兄妹几个则以汉语为主，除了电影录音剪辑，尤其喜欢曲艺类节目，像马季和唐杰忠的相声《友谊颂》，简直到了痴迷的程度。诸如其中的"拉斐克""库哈尔里尼"这些非洲斯瓦希里语，直到现在还记忆深刻。只有父亲是维吾尔语、汉语和哈语兼而听之。从国际时事到全国联播再到自治区新闻，一个都不能少，一句都不能落下，就像是一个政治家似的，一会儿眉头紧锁，一会儿又频频点头，激动之时还会口中念念有词："大江南北，举国上下，真是家大业大，骄傲中华啊！"所以我们家往往人闲了，收音机却闲不住，从早响到晚，一阵维吾尔语，一阵汉语，有时间或一阵哈萨克语，让电费超支了不少。不过时间长了，人的需求又开始发生变化了。有一段时间，父亲就特别想有一台微型半导体收音机，主要是因为携带方便，可以随时带在身上，即便出去地里干个农活，也不耽误收听新闻。尤其晚上躺在床上辗转反侧的时候，有一台收音机伴随在身边，很快就能催人入眠。后来父亲还真养成了这样的毛病，人早已酣然入睡了，可收音机还在枕边一直响着，母亲也就习惯成了自然，经常半夜三更爬起来关收音机。而今不要说我随了父亲，就连我的孩子都受到潜移默化的影响，喜欢躺着听收音机。正如当年母亲一样，我也时常在夜间给熟睡的孩子关掉收音机。

有一件事情至今不能忘怀。那时我正上初中，也就十四五岁的年纪。一个寒假的早上，随父亲去山里牧人家拉一只病山羊，考虑到来回几十公里山路，父亲就让我赶着邻家的毛驴车上路。去的时候觉得新鲜好玩，赶着毛驴一路小跑，似乎不知不觉就到了。来到牧人家，父亲和主人一番寒暄之后，就从牲畜膘情到当下饲草供应，一聊一个大半天。我记得那是个冬窝子，地处深山老林，就一户牧人，喝的是雪水熬成的奶茶，吃的是干硬的包尔萨克。父亲和主人长时间不曾见面，话多得好像说不完。谈兴正浓时，茶就越喝越香，包尔萨克也越嚼越有嚼头，两个人都红光满面的，头上冒着热气。我却开始感到很不适应，总觉得奶茶有一种涩味，只喝了一碗，就学着大人的样子用手捂住碗口，连声说"布鲁都，布鲁都"（好了，好了）。至于包尔萨克本想多吃一点，但没有水就着，刚吃几个就噎得不行，也就因噎废食而作罢。肚里没有东西，身上就没有热量，等往回走时，已是饥肠辘辘，浑身没多少劲了。好像天公跟你有意作对，又是刮风又是下雪的，天冷得要命。我在车上蹴上一会，再跳下来跟在驴车后面慢跑一会。跑累了复又蹬上驾位，索性怀抱着鞭子，半醒半睡，一任毛驴晃晃悠悠往回赶。我估计毛驴和我一样饿着肚子，不但没有归心似箭、一路小跑，反而老牛拉破车似的无精打采。走了接近一半路程我再看时，毛驴全身结了一层霜，父亲的眉毛胡子也都是白颜色的，跟传说中的圣诞老人一样。或许是同主人话说得太多，父亲有点疲劳，偶尔问我几句什么，就不再言语，一手高高竖起大衣领子，一手不时清扫着那只病山羊身上的积雪。我的意识好像渐渐朦胧起来，就觉得自己如同安徒生笔下那个卖火柴的小女孩，漫天大雪之际，没有一处可以暖身的地方。为了一丝火光，只好迫于无奈去点燃一根火柴，再点燃一根火柴……隐隐约约中仿佛依稀听得传来一阵天籁之音，下意识睁开惺忪睡眼回头一看，原来是父亲正在摆弄半导体收音机，声音就是从那里传来的。那个年代八个样板戏风靡全国，不少台词和唱段家喻户晓，深入人心。就连七八岁的小姑娘张口都是"我家的表叔数不清，没有大事不登门……"当时我听到的就是样板戏《智取威虎山》之中的经典片断《打虎上山》。"穿林海，跨雪原，气冲霄汉……"杨子荣那高亢嘹亮的声音，就像冬日里的一把火，由远及近，极具感染力，一下温暖了我的身心。我的意识开始恢复，思路也变得逐渐清晰，早先有些饿得发蔫的身子骨，猛然间重又精神抖擞了。"得儿，驾！"我使劲挥一个响鞭，赶着毛驴车一路小跑起来。

如果一种嗜好到了痴迷的程度，把握不好还会闯下祸端。我曾遭遇过一次这样的事情，于今谈及仍然心有余悸。我那时已开始上高中，当时学校有个规定，无论住校与否，每逢法定假日，都要轮流值校。一次国庆节期间，晚上闲得无聊，几个人便围在一起玩扑克。我对扑克兴趣不大，又无事可做，想来想去就打起了广播的注意。先是听一些新闻和歌曲，后来意犹未尽，干脆打开麦克风用口哨吹了一段前苏联歌曲《喀秋莎》。如果事已至此或许相安无事，不曾想第二天后来者如法炮制，而且发展到最后竟在麦克风上说了脏话。因为全乡高音喇叭都是相通的，一夜之间传遍所有村落。此事被校方当做一起严重的政治事件揪住不放，我们几个始作俑者无一幸免，一遍一遍写检查不说，还要三番五次公开检讨。或许正因为有了这一次深刻教训，以后才养成了谨慎稳健的作风，先后辗转好多个岗位，无论是当一般干部，还是担任领导职务，口碑一直不错。

到了最近这些年，半导体又有了新的发展，不仅有数码显示的新型收音机，也有功能完备的诸如MP3、随身听之类的时尚产品。所以我就想，即使到了最发达的互联网时代，半导体的作用依旧是无法替代的。就像我这样，每天醒来头一件事，就是习惯性打开收音机，让新的一天从"新闻和报纸摘要节目"开始……

紫花苜蓿

早先坟园弯子一带,是村上最大的饲草基地,一块块长方形条田,生长着清一色苜蓿。苜蓿是多年生开花植物,只要浇水跟上趟,长势就很茂盛,绿幽幽、齐刷刷一片,小孩子钻进去,没过头顶。

苜蓿地被四周林木分开,以榆树为主,间或沙枣和杨树,站在远处山上看,仿佛毯子勾了边,形成一个个绿格子,棋盘一样,好看得很。

印象中除过冬天,春、夏、秋三个季节,我们都喜欢往苜蓿地跑。冰雪消融,万物复苏,等第一缕春风从大地上吹过,一棵棵绿色幼苗,就像探春使者,争先恐后破土而出,一时间,满眼皆是鲜嫩的苜蓿芽。正值青黄不接,苜蓿芽成了调剂口味的首选,拌凉菜或者蒸包子,味道都不错。我经常手提母亲缝制的毛巾口袋,蜻蜓点水一样,从这块地蹿到那块地,不为别的,就为"掐尖"。

苜蓿芽时令性极强,仿佛电打一样疯长,昨天看着一丛丛、一团团,第二天再去,早已连成一片,必须挑嫩芽掐才行,因而又叫"掐苜蓿芽"。我最喜欢苜蓿芽"曲曲"和"盒子",一个小巧玲珑、回味无穷;一个大而厚实,吃着有劲。

苜蓿开花的时候,紫莹莹一片,蜂呀蝶的上下翻飞,吸引我的不是花香和蜂蝶,而是此起彼伏的"鸟语"。先是一种"咕咕呱"的声音,磁铁一样,拴人的耳朵,感觉触手可及,屏住呼吸,一个箭步跨过去,除了踩倒一片苜蓿,一无所获。"咕咕呱、咕咕呱",片刻工夫,声音又在不远处响起。

如法炮制追过去，依旧扑个空。正午时分，烈日高悬，暑气逼人，苜蓿地一波一波热浪扑面而来，想捉鸟不得手，想回去不忍心，口干舌燥、进退两难。

实际上这是鹌鹑的叫声，为了分散人的注意力，躲在暗处，用叫声"声东击西"，以其达到保护幼雏的目的。不过有一点，我一直没有搞明白，苜蓿茂盛、密不透风，鹌鹑如何在不飞起来的情况下，任意穿梭、来去自如呢？况且声音刚在前方，转眼又到了身后，仿佛捉迷藏一样，似乎有超声功能。

还有一种鸟，也很容易给人造成假象，不过不是用叫声，而是通过"肢体动作"，吸引人渐行渐远，让幼雏脱离危险。这种鸟我们叫"穿树林"，顾名思义活动范围就在树林之间。一开始通过拍打翅膀，引起人注意，随之好像受了伤，从树枝"掉落"到地上，一边继续拍打翅膀，一边似乎艰难前行。于是我们的目光，就盯在地上"痛苦挣扎"的"伤鸟"身上，总以为囊中探物，手一伸就能抓到，可是当你扑过去的一刹那，"伤鸟"则"嗖"的一下飞走了。

然而飞走的鸟却把握着分寸，离你不远不近，等你从地上爬起来，重又按固定套路表演一番。当时年龄小，总想着"桑葚熟，掉进口"的美事，遂又跟头绊子紧追不舍，到头来鸟没抓着不说，连鸟窝的方位也不记得了。

有一天正在树林游荡，突然发现一件稀奇事，一个很小的鸟巢，却卧着一只很大的"幼雏"。"幼雏"全身布满斑点，喙很尖，嘴角都是黄色，长长的尾巴露在鸟巢以外。第一次碰到这种情况，不知如何是好，只能躲在一旁看个究竟。不曾想"幼雏"的父母是一对平常的小鸟，你来我往，轮番喂食，丝毫没有疲倦的样子。平常看到一只鸟捉一只虫子，而这对鸟回到鸟巢时，嘴上衔着一排虫子。尽管如此，还是不能填饱"幼雏"的肚子，嘴一张，嗷嗷待哺，就跟无底洞似的，父母鸟从早到晚，没有安歇的时候。后来在书本上学到"鸠占鹊巢"一词，觉得世界无奇不有，就跟我们做生意

"借鸡生蛋"一样,说到底是一种求生的本能。

到了秋天,第二茬苜蓿也拉走了,就把自家的羊群赶到苜蓿地,一边放羊,一边拾一些干柴。干柴大部分背回家,剩下一些,用来烧烤洋芋。那些年村上种洋芋,"五·一"种,"十·一"收,因为洋芋地毗邻苜蓿地,就明确分工、专司其职,有的看羊群、有的修炉灶、有的去捡洋芋。

所谓炉灶,就是原地简单挖一圆坑,留出风门,随后找些大小不一的土坷垃,呈金字塔状垒就一个土窑。等火将土坷垃烧得颜色发白,封死风门,从塔顶捣一豁口,将洋芋扔进去,最后打碎土坷垃,埋上土,等着享用。

洋芋个头不能太大,否则烧不熟,太小了也不行,容易烧焦。最好拳头大小,一坑子烧出20来个,远远闻着都香。只是洋芋太烫手,捧在手上不停倒手,吃进嘴里,烧在心上,一个个灰头土脸的,邋遢的很。

农民靠土地生存,农民的孩子,自然在土地上做文章,最典型的就是拾麦穗。按理说当时村上地多人少,填饱肚子不是问题,可偏偏广种薄收,让人在吃的上面伤透脑筋。麦地分水地和旱地,水地就在村庄周围,饿了渴了,一趟子跑回家就完事。旱地就不同,前不着村后不着店,只能早出晚归。都说"赖瓜子没膘,娃娃没腰",可拾一天麦穗,腰还真的酸疼酸疼的。

高高的山梁,看不到一棵树,太阳好像一个火球,明晃晃在头顶烤着,连一个遮阴的地方都找不到。就盼马车早点到来,一挂马车,车户和跟车两个人,车户在车上码麦垛,跟车的用铁叉挑麦捆,麦垛码得越高,阴凉就越多。仿佛一根救命稻草,我们暂时躲在阴凉处,一边喝茶水,一边啃干馍,积攒着力量。

旱地麦子长不高,麦穗也很小,拾一个上午,也装不满一个面口袋,有孩子开始想歪点子,趁人不备抽麦捆。不过不能在一个麦捆上抽麦穗,那样疑点多,容易被人顺藤摸瓜,逮个正着。水地的麦子,年景好了可以长到一搾长,特别是那些坑洼地,存水时间长,麦子长势旺,拾起来很过瘾。

拾麦穗分两种情况，或给家里拾，或上交村上。给家里拾的时候，只把麦穗头装进口袋，先用手压，后用脚踩，觉得瓷实了才行，有时用力过猛，口袋都撑破了。给村交上的麦子，麦穗连着秸秆，外表看是一袋子，提溜着也够分量，但内容有着本质区别。当时交一公斤算一毛钱，一个学期下来，也能攒个10多块，除去交学费、买双鞋子，还能补贴家用。

为了防潮，割完麦子，就将麦捆立在一起，于是就成了老鼠藏身之地。只要看到马车拉麦捆，我们就跟在挑捆的跟车后面，一铁叉下去，就有老鼠从麦捆下面蹿出来，我们嗷嗷叫着就追，老鼠魂飞魄散，慌不择路，一不小心就往人的裤腿钻，如果是个女孩子，反被老鼠吓得哇哇乱叫。

麦子收完了，羊也放过了，接着开始浇地和犁地。犁铧翻过的土地，经太阳曝晒，可以增加地力，农村叫歇地。当时村上有若干专业小组，包括杂工组、妇女组、浇水组和犁地组等，犁地组全是壮劳力，赶着牛、扛着犁，哼着小调，打着响鞭就来了。

刚浇过的土地，墒情很好，犁地队伍鱼贯而行，牛在前面优哉游哉拉着犁，人在后面"得球、得球"吆喝着，黑黝黝的泥土，波浪一样向后翻涌，一会儿工夫，一大片土地就变了颜色。

不知从哪里飞来一群鸟，呼啦啦落在翻过的土地上，从一块土坷垃，跳到另一块土坷垃，仿佛过节一样，叽叽喳喳叫个不停。麦田始终是虫子的乐园，油蚂蚱天女散花一样乱蹦乱跳，蚯蚓红线绳一样一截一截蠕动，还有许多叫不上名的虫子，都在极尽能力做最后逃亡，但一切都似乎躲不过鸟儿尖利的喙，因为这是鸟儿们一年一度的盛宴。

琼布拉克

琼布拉克，维吾尔语即大泉。在我们村上，有两个生产队有泉眼，一是二队，一是隔河相望的三队。我们家在二队，从小学到高中，我一直生活在这里。二队向东是一条沟谷，呈喇叭状朝西延伸，从最上面旱地梁坡下，到芦苇地附近河沟旁，分布着大大小小不少泉眼。尤其旱地梁坡下那片湿地，三五处泉眼一字排开，成了二队最重要水源地，很早就修建了涝坝。涝坝蓄满水，也就三五天时间，闸门一打开，水就顺着渠沟流到地里，土地墒情好，庄稼长势旺。

那些年放了暑假，我们都往旱地梁上跑，一是拾麦穗，挣点小钱贴补家用；二是碰上食堂改善生活，我们可以解嘴馋。来回的路上，趴在泉边喝水成了规定动作，然而有一件事情搞不明白，那就是泉眼里不仅咕咕往外冒水，同时伴有指甲盖大小的虾米。虾米背部暗紫色，腹部泛白，仿佛千足虫，爪子多而细小。喝水一急，弄不好将虾米一起吞进肚子，别人一吓唬，还真的感觉胃里东西动弹，忐忑不安好几天，像个病人无精打采。

都不知道虾米从何而来，就像不知道大泉的水老鼠源自哪里。二队和三队被一条季节河隔开，河里春秋时候水多，特别是发洪水，轰隆轰隆打雷一样，隔老远就能听到。到了夏天，河里几乎不淌水，圆的扁的石头，裸露在河床上，要颜色有颜色，要图案有图案。可惜那些年不懂得收藏，顶多捡几块回去洗吧洗吧，到了秋天缸里压咸菜。

过了河就是三队，而大泉就在路边。大泉年代久远，出水量也很大，因地势低洼，看上去更像一个大坑。泉水很清，也很深，扔一块石头下去，"噗通"一声，似乎深不见底。当时学校不烧水，下课铃声一响，三五成群跑向大泉喝水。清凉甜润的泉水，真的就像甘霖一样，滋养着我们干渴的肺腑。有一天突然听到一个消息，说是大泉发现了不明"稀罕物"，不是一只，而是好几只，三角头，长尾巴，白天看不见，夜晚扑腾泉水哗啦啦响。我们哪里听说过这样的东西，人在教室，心在大泉，不但喝水的次数一天天增多，在大泉边逗留的时间也长了许多，有的时候干脆旷课，为的就是看一个究竟。

还真如人们所讲的那样，我们白天全部扑空，连"不明物"的影子都没有看到。倒是被老师一次次训斥，红着脸、低着头，像个罪人似的，不敢吭声。后来还是不死心，就相约着几个人抹黑溜到泉边，屏声敛气，一动不动，不相信"稀罕物"不显影。工夫不负有心人，我们最终还是看到了泉中"稀罕物"。先是轻轻游动的声音，绕泉一周，稍停片刻，再次反方向游动。继而水中开始躁动，急忙打开手电一看，泉中央露出两只类似老鼠的头颅。只是看上去比老鼠大很多，胡须长而明亮，颜色一片灰黄，突然见到亮光，一个猛子扎下去，长尾巴就像树条子，一晃再不见踪影。后来才听说不明"稀罕物"，叫水老鼠，昼伏夜出，近水而栖，具有潜水功能，却不能长时间生活在水里。

那么白天水老鼠钻到哪里去了，又是靠什么而生，泉里无鱼，莫非吃一些小蛤蟆，一直是个谜。后来看了人与自然，就说海豹源自于大海，而西伯利亚贝加尔湖的海豹，出生地到底在什么地方，公说公有理，婆说婆有理，众说纷纭，莫衷一是，不知道到底谁说的对。

过了三队大泉往西，还有一眼泉，自然形成一个小涝坝。我们家的自留地，就靠这眼泉浇灌。地不多，种着却麻烦，一是春天不能把肥料直接运到地里，只能卸在渠边。然后靠肩挑，把肥料一担一担挑到地里，堆成一个个小坟堆，随后用铁锹再均匀散开；二是秋天收了玉米和土豆，还要靠同样的方法，把收成先一麻袋、一麻袋背到渠边，而后才能装上车，运回家去。不要小看地边一条小渠沟，平常时候，稍微一运劲，腿一抬就跨过去了。然而身上一负重，腿就像两根粗木头，挪动起来非常吃力，尤其是两腿跨渠一刹那，不但要保持平衡，还要瞅准时机，借助惯性一跃而过。不然稍一犹豫，失去重心，就很有可能栽进渠沟，伤了腰身。

农村娃娃，夏天地里劳动，冬天也闲不住。有的时候拾粪，有的时候拾炭。拾粪在村里绕圈子，爬犁一拉，铁锨一扛，看到马粪铲马粪，看到驴粪铲驴粪。因为拾粪不止一家，而牲畜头数又有限，拾半天筐也不满。于是想办法掺雪充数，可是大人眼尖，很快就看出破绽，使劲一摇粪筐，几乎雪把粪都掩盖了，挨一顿骂在所难免。

拾炭要走出村子，好在煤矿不远，而且都是大矿，指头缝随便漏一点，就够我们烧上十天半月。不能到井口漏槽跟前拾炭，那里是作业区，闲人不得靠近。要在边角废料处，也就是废弃的煤矸石堆边转悠，或者跟在拉煤车后面，等汽车一颠簸，或多或少漏下一些小炭块，跑过去捡了，装在爬犁上的炭筐，一天下来，收获不小。可有人总是吃着碗里的，看着锅里的，一有机会，就摸溜到炭堆上下黑手，一大块，一大块乌黑铮亮的大块煤，那可是人见人爱的头等煤，就这样被别人不劳而获，矿上自然不能放过。一次矿上突然袭击，拾炭的、偷炭的一起抓，没收了爬犁不说，还把我们就像赶羊一样，一个不剩关进了一个大房子。天冷肚子饿，我们缩着脖子，跺着脚，声音像擂鼓一样回荡。最后村上出面，好说歹说，矿上才放我们一马，一个个灰溜溜拉着空爬犁，头也不回跑回家。

因为队上有泉，到了冬天，泉水流一截，冻一截。时间一长，形成几百米长的冰滩，白净，透明，就像一面面镜子，阳光一照，熠熠生辉。于是就成了孩子们的乐园，溜冰的，打陀螺的（俗称打"牛儿"），玩羊拐骨的（髀什），扔沙包的，谁有空，谁就在冰滩上玩得不亦乐乎。而我们除了玩，还有一项任务要完成，那就是挖冰。一开始我家住在二队最下面，夏天还凑合，洋灰渠不来水，对面四队的土渠里说不定就有水，挑着担子去了，十几分钟就回来了。可是到了冬天，就以挖冰化水为主了。最好的冰就在冰滩上,找一块干净的地方,一斧头挖下去,冰块就像翡翠一样,晶莹、翠绿,棱角分明,光可鉴人。一块一块装进麻袋,扣子一提,再一摇,冰块哗啦啦响,一麻袋变成半麻袋,从而显得瓷实。反复几回之后,麻袋总算可以扎口了,随之一前一后两个人,一人抓一头,使劲往爬犁上一扔,平稳妥帖,一个满下坡,好不费事就回去了。

那时候乡下贫穷,然而贫穷并不影响人们追逐时尚的要求。先是期盼着头上有一顶草绿色军帽,后来想象着胸前戴一枚像章,又是什么派头。有一段时间,时兴头戴鸭舌帽,身穿黑杠裤(窄裤腿),脚蹬回力鞋,而且黑杠裤裤脚,必须露出下边红秋裤。如此一配套,用今天的话说,才算酷毙了,帅呆了,最最范儿。那时乡上一个女干部老家在上海,有次回家带了十几双回力鞋,装备了一小队整个一个篮球队。齐刷刷脚下都是回力鞋,白鞋绿底子,不但好看,穿着也很舒服,篮球场上一运动,就像脚底下安了弹簧,跑得快,跳得高,潇洒飘逸,虎虎生威,撑足了面子。

到了弟弟追逐时髦时节,最明显的标志是:长头发,麦克镜,喇叭裤,外加一部收录机。走到哪,港台歌曲唱到哪,尤其是邓丽君的歌曲,缠绵、伤感,还有那么一种特殊的甜蜜。父母非常看不惯弟弟留长发,到了山里爷爷和大伯家,一见面先说他的头发,虽说弟弟按风俗戴了帽子,然而因为头发长,两耳被遮住不说,脑后也像鼓起一个山包,帽子根本不起任何作用。"头发长得狮子一样,裤子长得扫把一样!"老人们总爱这样奚落弟弟。

那时候把港台歌曲泛称靡靡之音,而把弟弟那样的穿戴,说成是奇装异服,总之都是贬义,不太讨人喜欢。然而年轻人就是不吃这一套,该留的头发照样留,该弹的吉他照样弹,一如今天那些铁杆粉丝,不但迷醉,而且充满感情。而我们则对电影充满幻想,中国的、外国的,只要真实感人,跑再远的路也不后悔。当时就听同学说,有一部朝鲜电影叫《卖花姑娘》,宽银幕,彩色片,不管谁看了都要从头哭到尾,悲惨得不得了。一天正好山后的一分厂白天放映此片,于是几乎全班倾巢出动,爬过山梁先睹为快。确是如此,一个个哭得一把鼻泣一把泪。看完片子,听说晚上三分厂还要再演一场,就又顾不得吃饭,翻过一座山,再爬过一道梁,一群苕子(傻瓜)一样,苦苦等着又看了第二遍《卖花姑娘》。等气喘吁吁、身心疲惫回到家,公鸡已经开始打鸣了。

草根花

逛早市,经常遇到有人卖一些稀罕物,没有固定的摊位,随地堆成一堆,要么沙葱,要么榆钱,要么苜蓿芽,随着季节变化,摊位物种也相应变换。都是久违的土货,叫卖声也很特别,过往行人难免停下脚步,蹲下身子瞧个究竟。一看是多年不见的野山菜和土特产,从而勾起记忆深处许多往事,一边和摊主拉家常,一边顺手装上袋子,过称,交钱,仿佛得到一份意外收获,摆摆手,心满意足走了。

这些年人们突然变得嘴刁,对吃的东西越来越挑剔,一个最突出特征,就是有人隔三岔五往乡下跑,挖黄花杆、采野蘑菇、掐蒜苗子,凡事地上长的能吃东西,都想亲口尝一尝。说是为了尝鲜,实则瞄上其中营养价值,然而人一扎堆,难免乱挖乱采,造成生态破坏,一些地方就拉上铁丝围栏,仿佛一道防线,起到保护作用。

记得小时候,漫山遍野都是我们活动的广阔天地,一开春,冰雪还没有完全融化,放学回到家,匆匆填饱肚子,一人手持一根铁棍,急不可耐奔上山去。这时节,山上阳坡已经有老鸦蒜生长,虽说稀稀拉拉,却足以让我们欢欣鼓舞。憋了一个冬天,时间有点漫长,眼见着老鸦蒜一解嘴馋,谁不想捷足先登啊。

然而到阳坡,必须先要经过阴坡,阴坡存有积雪,到处泥泞不堪。我们挖老鸦蒜心切,顾不得脚下又湿又滑,一不小心摔一跤,衣裤全是泥巴,只好回家等着大人训斥。老鸦蒜一开始小小一根红苗破土而出,视力不好发现不了,所以似乎形成惯例,谁发现一株,都要大声报告:"我发现一个老鸦蒜!"

实际上我们乡下都叫"老鸦(wa)蒜",就像乌鸦不叫"乌鸦",而叫"黑老鸦(wa)",究竟这个"老鸦蒜"和乌鸦到底有啥关系,直到今天也没有闹明白。不过有一点却要承认,这老鸦蒜的确和大蒜十分相似,只不过大蒜是一瓣一瓣,而老鸦蒜是一个整体,白白的,甜甜的,口里生津,心中添美,何乐而不为。

等到老鸦蒜大面积生长,眼前到处都是银色的叶子,黄色的花,光灿灿一片,耀眼得很。这个时候春光明媚,大地披上绿色盛装,一副生机盎然景象。看天上万里无云,蓝如大海,一只只云雀挥动着翅膀,仿佛定格一样,长时间在头顶放声歌唱;再看山坡上,牛儿羊儿宛如移动的棉絮和锦缎,悠然自得啃食着草皮。而我们一群半大小子,鼓着衣兜、裤兜,一个个看似泥猴,并排仰躺在那里,沐浴着温暖阳光,彼此开着玩笑,简直惬意极了。

挖老鸦蒜的铁棍和挖贝母的铁铲不一样,一个只需稍许扁平,一个则要像铲子,而且配置于脚踏的把柄,因为贝母深藏于厚土,而老鸦蒜根须不深,稍加用力就能挖出,甚至有些时候找根木棒,砍一砍,削一削,呈放大的铅笔状,一挖,再一撬,老鸦蒜就能到口。如果仔细再分,老鸦蒜分两种,一种叶宽而平直,果实也大,吃起来甘甜;一种茎叶细而长,果实相对也小,俗称"鞠律胡子",如同山羊胡须,味苦,都说有毒,从不敢轻易入口。

而老鼠瓜的叶脉趴在山坡上,覆盖着一大片,茎干一根一根,长长伸出去,上面布满尖利针刺。而叶子则呈扁圆形,一条浅绿色茎脉,线条清晰,将叶子一分为二。老鼠瓜开白色花,花瓣大而多,就像一群白色蝴蝶落在上面,色彩特别鲜明。

到了老鼠瓜结果,已经到了夏天,山上炎热异常,连石头都翻着黑色油光。其实老鼠瓜喜欢沙石多的地方,过去我们那里大炼钢铁,山上到处都是挖矿石遗留的沟槽,四周长满了老鼠瓜,坚硬的褐色沙石和鲜绿的草生植被,再一次形成强烈对比。

或许山上老鼠多,才起了这样一个名字,实际上山上除了又大又快的黄老鼠,还有袋鼠般一跳一跳的跳鼠。山坡上土松的地方,老鼠洞一个连着一个,黑黢黢,阴森森,仿佛迷宫,特别是到了春天,山坡上四处堆起一堆又一堆新土堆,不用说都是老鼠的杰作。有一种叫做"点勾子"的山鸟,喜欢坐享其成,经常把黄老鼠废弃的鼠洞拿来当鸟巢,有时候我们拿烟熏黄老鼠玩,突然就跑出来一群"点勾子"小鸟,尾巴在地上一点一点地,出乎我们意料。

我们从来没有看到过老鼠瓜被老鼠啃食的场景,倒是经常碰到包括蜥蜴、蚂蚁在内的东西。特别是蜜蜂,嗡嗡叫着飞进飞出,好像老鼠瓜专门为其生长,来去自如。老鼠瓜果实像橄榄,椭圆型,看上去就是浓缩的小西瓜,碧绿色,有斑纹,成熟时石榴一样裂开口子,到后期如同剥皮香蕉,瓜皮卷起来,裸露出全部瓜瓤。先是粉红色,再成通体大红,一粒粒细小黑色果核,仿佛芝麻点缀其中,瓤是甜的,核却苦得要命,或许这个缘故,老鼠瓜和骆驼蓬一样,其实都是名贵的中药材,只是以前不知道罢了。

小孩子嘴馋,啥都想亲口尝一尝,自然对老鼠瓜也不放过,要么小心翼翼,专尝红沙瓤,而把黑核"呸呸"吐干净;要么囫囵吞枣,一股脑吞进胃,倒也感觉不出一丝苦味。而且必须掌握好时节,瓜不熟吃不成,瓜熟了虫子们却捷足先登,因而我们常常吃的都是剩余物。一次从山上往下跑,因为碎石块扒了鞋子,而自己脚底下又刹不住"车",眼睁睁看着跌入老鼠瓜丛,恰好有几根瓜刺扎入光脚板,痛得我哇哇大叫,然而雪上加霜的是,不知谁高喊一声"蛇,蛇!"吓得我几乎魂都没了,回过头翘起一只脚,连滚带爬一口气跑回家。

黄花杆长在渠边、地头,尤其是村上苜蓿地附近,一团一团,一片一片,层状细长翠绿的叶子,吸管一样白净透明的茎干,上面绒球蓬松如伞,放到嘴边轻轻一吹,仿佛天女散花,飞得满世界都是,因而学名又称蒲公英。黄花杆最初开黄花,像菊花,和兔子爱吃的奶子草一样,分为"甜"杆和"苦"杆两种,小时候放羊,最喜欢吃甜黄花杆,弯下腰去一抓一大把,送到嘴里脆生生、甜丝丝,不但解渴,也能哄一下肚子。

后来看了电影《苦菜花》,我们就推测,苦菜花就是黄花杆带苦味的那一种。现在经常在早市看到的黄花杆,虽说土得掉渣,却被很多人视作保健佳品。都说良药苦口,在黄花杆上体现的特别充分,因为教科书上说,蒲公英植物体中含有蒲公英醇、蒲公英素、胆碱、有机酸、菊糖等多种健康营养成分,有利尿、缓泻、退黄疸、利胆等功效。蒲公英同时含有蛋白质、脂肪、碳水化合物、微量元素及维生素等,有丰富的营养价值,可生吃、炒食、做汤,是药食兼用的植物。

再则就是野蒜苗,也是多年生草本植物,和我们冬天栽在家里的蒜苗不但颜色不同,味道也有所区别。野蒜苗喜欢长在林子里,尤其是靠近溪流边的草丛,韭菜一样长出来,一丛一丛,呈银灰色,三角锥体状,有棱有角,鲜鲜活活,味道介于大蒜和韭菜之间,包饺子风味独特、余香满口,拌凉菜色泽鲜亮、提振食欲,就是做最普通家常汤饭,上面点缀一层野蒜苗,要颜色有颜色,要味道有味道,来一碗头上出汗,再来一碗心里舒坦。那些年春天青黄不接,除去土豆,就是白菜,偶尔来一顿野蒜苗,算是生活一大改善。

所以去年春上,我们几个人结伴,时隔几十年后再次来到磨石嘴子,看到林木间野蒜苗一如当年铺了一层,仿佛猛然间回到孩童时代,一人抢占一块地方,一边躬下腰身两手并用,一边此起彼伏,轮番唱着当年歌谣,似乎一下子全身心都放松了,从而忘记我们都是知天命的年岁,继而手舞足蹈,为了一丛野蒜苗,几近忘乎所以了。

牧业队记忆

牧业队是原芦草沟乡上一个牧民定居点,主要从事牧业生产,有少量耕地,外加一个园子,地里种麦子,园中产杏和苹果。

牧业队位于天山脚下,是三面环山一个峡谷,翻过一道梁是米泉甘沟林场,沿峡谷朝西方向,连接石人子沟农业村队。

因了大伯和爷爷这层关系,我们与牧业队结下不解之缘。先是大伯家从农业队转入牧业队,后来在乡炭厂挖煤的爷爷,因一次煤矿瓦斯事故,导致卧床不起,就以牧业队适宜养病为由,随之到此落户。

据母亲回忆,爷爷所说的适宜养病,完全基于牧业队气候宜人和有奶喝这两个因素。特别是有奶喝这一点,在20世纪60年代那样一个背景之下,对一个病人来说是极具诱惑的。实际上我们喜欢往牧业队跑,很大程度上也是奔着喝奶去的。

我始终忘不了这样一个场景,每当夏天夕阳西下之际,一群群奶山羊被绳子拴成一溜,一个个女主人提着挤奶桶,一边熟练挤着羊奶,一边嘻嘻哈哈彼此开着玩笑,等挤满了奶桶松绑之后,另一头的男主人,则将嗷嗷待哺的小羊羔放出圈门,一时间"咩咩"的叫声响彻一片,那个母子相见的亲热劲,真的让人好感动。

滚烫的奶茶上面,浮着厚厚一层奶皮子,白白的,香香的,如果"达斯特汗"上再有一些刚出锅的"包尔萨克",真的就算是一顿绝好的美餐了。或许真因为如此,到了牧业队之后,爷爷的气色不但有了明显好转,而且重又开始养家糊口了。

大伯家人口多,两个大人加五男一女六个孩子,算得上是一户大户人家。一开始大伯家住在牧业队一个偏僻的树窝子,一圈木篱笆,围着两间土屋、一个牲口棚,四周全是榆树,遮天蔽日的,听得见狗叫,去看不见房子。门前就是一条小河,蜿蜒穿行于林木间,取水方便极了。

仿佛一处世外桃源,独门独户的大伯家,养了不少牲畜和家禽,不但一年四季有奶茶,碰巧了还能享用一顿风味独特的奶子面条。那是我平生第一次吃过的美食,沙沙的洋芋疙瘩、筋道细长的面条、芳香扑鼻的奶汤,吃一碗还想吃一碗,嘴馋的没有办法。

有意思的是,大伯家经常发生母鸡失而复得的事情。一开始还以为哪只母鸡丢了,可是过了一段日子,那只母鸡却咯咯咯叫着,领着一群小鸡仔突然出现在园子里。原来母鸡已经习惯了在树林,或者草丛中产蛋和抱窝了。还有就是伯父擅长种植南瓜,到了夏天,凉棚和篱笆上结满了花花绿绿的南瓜,看着就是一种享受。

从我家到牧业队要经过魔石嘴、水库大坝和一大队三队,走大路花费时间长,我们就经常操近路。不过操近路有一个麻烦,就是常常遭遇狗挡道,尤其是水库大坝那一段,势必先要经过几个庄子,一只狗一叫,呼啦啦招来好几只,顾前顾不了后,心跳得"砰砰"响,头上汗都出来了。

因为老家是吐鲁番,经常有亲戚带葡萄过来,时间充裕就顺带去大伯和爷爷家,来不及的情况下,就由哥哥和我代劳。有一次我和哥哥去牧业队送葡萄,哥哥一大筐给大伯家,我一小筐给爷爷家。适逢当日天气炎热,我和哥哥口渴难挨,一路走,一路下意识从筐缝抠一粒葡萄塞进嘴里,等快到牧业队时,才发现两人筐子容量明显有所减少,这才你推我,我推你,都怕被两家老人看出破绽,落下埋怨。

有一年我几乎在爷爷家住了一个暑假,期间只干了一件事,就是拾麦穗。牧业队麦田靠近石人沟三队旱地梁,狭长一个沟谷,上方一个小涝坝,面积不等的麦田,像一块块黄色补丁,呈层级状散落在沟谷。我和牧业队的孩子，早上坐着马车去，下午扛着袋子回，一个月下来，打了整整一长口袋麦子，被爷爷奶奶夸了很长一段时间。

当然也有不乐意和担心的地方。男孩子喜欢洗澡，似乎与生俱来，尤其是我，见了水浑身痒痒，不下去泡一泡，难受死了。仔细一想，当年我之所以对拾麦穗乐此不疲，一个重要原因，就是和洗澡有直接关系。

小涝坝虽说不大，可对我们这些孩子来说，已经足够了。没到中午时分，麦穗已拾大半袋子，正好也是天最热的时候，急忙嚼几口干馕，三下五除二脱了衣裤，一个猛子钻进水里，那种舒心和惬意，哪里去找。和那些牧区的孩子相比，除了狗刨，我还会仰泳，一会儿手脚并用，前行、转向，来去自如；或两手紧贴大腿，靠双脚蹬水漂浮在水上，俨然胜出一筹，让别人羡慕得不行。

然而毕竟是一座涝坝，有深有浅，有淤泥也有水草，稍有不慎，或许就会遭遇不测。所以每天临行前爷爷都要嘱咐一遍：洗澡很危险，不要贸然行事。我虽口头答应，到时却我行我素。回到家爷爷再问我是否洗澡，我就撒谎说没有，然而一双红眼睛很快就戳破了谎言。"没有洗澡，眼睛怎么像是吃了人肉一样？"爷爷追问，这样一来，我就无话可说了。后来吸取教训，洗澡时不再扎猛子，可狐狸再狡猾，还是逃不过好猎手，只要爷爷在我黑瘦的干胳膊上，用指甲轻轻划一下，马上会出现一道白印子，原来这也是验证洗没洗澡的一个妙招，想赖都赖不掉。

后来牧业队园子杏树果树开始挂果，就交由爷爷负责看管，再后来实行包产到户，爷爷就一股脑儿承包了下来。于是我们就由喝奶茶、吃包尔萨克转入品尝鲜美的果实。看着土墙内枝头结满红红的苹果、黄澄澄的杏子，慕名而来的客户啧啧称奇，而爷爷则是童叟无欺，一律笑脸相迎，"先尝后买，不甜不要钱！"爷爷笑呵呵地说。

现如今大伯和爷爷早已成为故人，牧业队也被涝坝沟这个名称所取代，然而虽说物是人非，我们依旧对这片土地一往情深，因为这里独到的景致，也为这里日益兴旺的勃勃生机。

山那边来的亲戚

那天晚上天很冷，但我还是早早到达宴会厅，不是朋友聚餐，而是来参加婚礼。如果是本地人，晚来个把小时都无所谓，但因为是努尔大哥的儿子结婚，只能提前，不能迟到。努尔大哥老家是吐鲁番，前几年去过他家一次，虽说一溜土平房，却收拾得干净整洁，加之院落几乎被葡萄藤蔓覆盖，即便是烈日炎炎的盛夏，仍然感受到一种难得的凉意。

努尔大哥算是父亲这边的亲戚，额头长有杏核大小一个肉瘤，私下里我们都称他"努尔疙瘩"。他个头比较高，人也清瘦，和父亲相像的显著特征，就是脸长。我们小时候，一年半载都能见他一两次，不是在吐鲁番，而是在乌鲁木齐一个叫芦草沟的地方。维吾尔族有句谚语，说是"吃饱饭的地方比出生的地方好"，不知道是不是这个缘故，导致爷爷（维吾尔族习惯上把父母的双亲统称为爷爷和奶奶，这里的爷爷指外公）、伯父、乃至父亲等先后背井离乡，打长工，做小工，最后落脚一座煤矿，提着脑袋钻巷道，黑糊糊一干就是很多年，最后如果不是爷爷煤气中毒去了牧业队，或许父亲一辈子都留在那里。

记得"疙瘩"大哥很健谈，和父亲坐在炕头上，从上顿饭一直可以聊到下顿饭，话多得就像他家藤架上的葡萄，一串一串的。但感觉似乎年代久远，不是我们这个年纪能够听得明白。然而今晚，在自己孩子的婚礼上，他却判若两人，不但话很少，问一句答一句，看上去似乎还有些心不在焉，时不时扭过头留意身后那张桌子。那是一对新人及伴郎伴娘的专座,有人专门负责,尤其是我们维吾尔族婚礼,这种场合父母只能当座上宾,任凭风浪起,稳坐钓鱼台,不再为婚礼琐事操累,更何况婚礼其乐融融,井然有序。可他就是坐不住,总想跃跃欲试站起来,却又欲言又止,不知所措。一个年轻媳妇,估计是疙瘩大哥的什么亲戚,好像觉察到了他的心情,不时走过来耳语几句,他就转过脸来,有些不怀好意地笑一笑。然而很快就又忘了,扔下我们一桌子宾客,重又扭过头去,好像父与子掉了个,伸着脖子,注视着前方,一副随时听候吩咐的样子。

而儿子和儿媳,全然没有注意到他的举动,低着头,挨着身子,如胶似漆,窃窃私语,沉浸在新婚大喜的幸福和愉悦之中。疙瘩大哥显然沉不住气了,突然从座位上站起来,甚至索性离开桌子径直向新郎和新娘走去。先前那个女子眼疾手快,顷刻迎上来挡住他的去路,连推带搡把他送回原位。"这里的事不归你管,好好陪着客人说话就行,不然别人会笑话的!"女子一边两手按着疙瘩大哥的肩膀,让他安心坐下,一边冲我们会心一笑,算圆了场。

后来我才知道,疙瘩大哥的儿子,娶了一个乌鲁木齐的媳妇。种地人的儿子,能够在大都市攀上一门亲事,起码在他们那个村子而言,是一件具有轰动效益的大新闻。或许因为如此,努尔大哥才如此焦虑、紧张,加之婚礼是在200公里之外的乌鲁木齐举办,作为一个父亲,心情肯定非常复杂,但毕竟没有经历过这样的场面,坐立不安,或者说如坐针毡,都是情理之中的事情。

维吾尔族娶亲都在下午进行,说是新疆时间5点(北京时间7点),7点开席都很正常。尤其到了冬天,婚礼结束就已很晚。席间我问努尔大哥,今晚必须回吐鲁番么,他说必须回,外面大轿车都准备好了。那么远的路程,期间还要穿越天山后沟大峡谷,回到吐鲁番或许天就亮了。

说是今晚天冷,但要比起父亲去世时的天气,就感到身上舒服了很多。入土为安,从速安葬,这是我们葬礼一个显著特点。父亲头一天落气,第二天中午就下葬,接到报丧电话的疙瘩大哥一行,恰恰就在发丧之时赶了过来。那时灵车还没有驶出村子,就见眉毛胡子落满冰霜的疙瘩大哥几个人,等大卡车一停,踩着车轱辘,扒着车厢板,很是费力地跳进车厢。等到了坟地,顾不得天寒地冻,哈哈气,搓搓手,甚至亲自下到墓穴,送父亲最后一程。

我的履历表,籍贯一栏从小就填的就是吐鲁番,但直到父亲去世,我对老家,也就是生养父亲和母亲的那个地方,从来都没有一点整体印象。一是不懂事的那个年纪去过一两次,去是去了,回来就忘了;二是总是吐鲁番的亲戚不断来,而父母很少再回去,所以老家对我们只具一种象征意义。

即便亲戚轮换着来我家,但我还是搞不清楚辈分和相互关系,无奈之下,凡是男的老的都叫琼波瓦(大爷)、琼达达(大伯)或者琼阿卡(大哥),反之女的老的都叫琼阿娜(奶奶)、琼阿帕(大妈)或者琼阿恰(大姐)。时间长了记不住,有时候甚至连名字都省略,改以地名代替,譬如恰特卡勒舅爷、火焰山二叔、亚尔乡胖大婶等,别人听上去一头雾水,而我们一家人却心领神会。

说到吐鲁番恰特卡勒,应该算是父母真正的出生地,这几年我陪母亲去过几次,位居吐鲁番市东南方向17公里处,地势平坦,人口密集。村与村没有明显参照物,去一次迷一次路,亲戚开玩笑说:都说农村人到了大城市,分不清东南西北,想不到城里人到乡下,同样找不到回家的路。说者可能无意,听着却是有心,我就觉得心里多少有些酸楚。所谓亲戚,就是越走才越亲,而长时间不来往,尽管有很多客观理由,说到底是一件遗憾的事情。所以上次去恰特卡勒,母亲唯一健在的长辈,一刻不离跟着我们,一家一家走,一个人一个人介绍,不仅一遍又一遍指着母亲重复说:"这就是热娜汗,这就是热娜汗",而且连我和妻子,甚至连内地求学的儿女,都一同不厌其烦进行介绍。

在老家恰特卡勒,我深深感受到亲情的同时,也再一次对他们的生活感慨万千。我们去的时候,正好赶上一场罕见的大风,掀翻了不少温室大盆,地里的棉花秧苗也难以幸免。整个村落灰蒙蒙一片,窗台、饭桌、包括炕上毯子,都是厚厚一层沙尘。不但起风,还有沙尘暴,往南走就是荒漠,一望无垠,植被稀少,以前父母经常提到的坎儿井,早已废弃,干旱成了困扰村民的最大难题。村里年轻人和强劳力大都外出打工,留下的人依旧主要靠土地为生,靠地里生长那点庄稼,吃饱肚子还将就,发家致富实在很难。我就想到附近的艾丁湖,维吾尔语就是月光湖,多么美丽动听的名字,关键是艾丁湖仅次于中东约旦死海,低于海平面154米,是世界第二低地,围绕于此做做文章,或许有一条出路。

父亲在新中国成立前就离开了吐鲁番,弟兄三个还有爷爷,先后来到乌鲁木齐,一个弟弟死在了煤窑,老大辗转到了红土弯子,因为从小熟读古兰经,后来就成了阿訇。父亲和爷爷继续下巷挖煤,不过不是丢了弟弟性命的西山,而是跨过几道梁的东山,最后因了爷爷的关系,一个到了牧区,一个到了农区。到了牧区的爷爷,从此和牛羊打交道,父亲则离不开土地,后来干过生产大队长,也当过村支部书记。

实际上跟着爷爷的还有一个人,那就是爷爷的哥哥,长长的胡子是白的,浓浓的眉毛也是白的。不过不是鹤发童颜,而是实实在在的老了,不但胡须说明这一点,脸上深深刀刻般的皱纹也说明这一点。这个爷爷的哥哥、爷爷、还有父亲,起先一起也是在煤矿谋生,后来和矿上领导起了口角,一气之下,举家去了山那边的胜利牧场。

需要解释的是,我所说的山那边,其实就是天山博格达峰南侧。天山横贯东西,绵延千里,将新疆一分为二,统称南疆和北疆。因为山体浩大壮观,即使走得很远,天山依旧高耸在我们视野之中。尤其本身就像一个"山"字形的博格达峰,以其海拔5445米的高度,无论从哪个方向仰视,都是那么雄阔、挺拔,仿佛一位历史美髯公,巍然屹立,俯瞰众生,让人震撼,给人启迪。

爷爷哥哥去的胜利牧场,就在山那边,也就是博格达峰南坡。而胜利牧场和吐鲁番的分界线,则在达坂城镇。胜利牧场过了东沟,还要向东走,吐鲁番则经过后沟,一直朝南去。那个时候交通非常不方便,爷爷哥哥来到胜利牧场,虽嘴上不说,内心一定特别后悔。一则这里纯属牧区,种田没耕地,放牧没牲畜,过惯按月领钱的日子,生活水平一落千丈。二是牧场几乎全是哈萨克族,虽同属一个语系,语言交流上,还是存在很大差异。远离亲戚,没有说话的朋友,生活的负担,心里的负担都要一个人承受,日渐苍老在所难免。

我一直无法想象,爷爷哥哥一次次来往于乌鲁木齐和牧场之间,需要克服多少困难,忍受多少屈辱。100多公里,在交通极为困难的那些年来说,是非常遥远的路程。我猜想,从牧场到达坂城这20多公里,他大多数情况下,靠自己步行。而来到达坂城,或搭乘南疆过路班车,或低三下四求卡车司机捎一程。从乌鲁木齐到我家还有几十公里,不是坐米泉13路车,就是上石化19路车,剩下最后10公里,一种办法自力更生,靠自己"11"路车,另一种办法是跟在别人后面,搭乘拉煤的车。

夏天还好说,天长日久,好歹赶在落日前来到我家。冬天麻烦就大了,天寒地冻,饥肠辘辘,黑黢黢摸到家里,冻得嘴都张不开了。偏巧爷爷哥哥冬天来得多,眉毛胡子雪上加霜,脸膛红得像抹了一层血,父亲还好说,母亲伤心得一次次偷偷流泪。生活确实困难,不然不会寒冬腊月,从山南到山北,花那么大的代价,受那么多的苦。没有挣钱来路,花钱地方到处都是,尤其儿子大了要吃饭,女儿大了要穿衣,只有粮票布票没有钞票,这些火急火燎的难心事,一个都解决不了。所以不辞艰辛一次一次跑趟子,求弟弟吧,弟弟心有余而力不足,除了做几顿好吃好喝的,别无办法。

这也是爷爷自作自受。听母亲讲,奶奶在母亲很小的年纪,就过世了。爷爷很长时间都没有再娶,直到头发胡子都见白了,才如梦方醒,找了后来的奶奶。后奶是南疆巴州轮台人,有点钱都花在路上不说,人也体弱多病,隔三岔五躺倒在床上。后来就有了我们的宝贝舅舅,老来得子的爷爷视作珍宝,娇生惯养,宠爱有加,让舅舅过起了衣来伸手,饭来张口的依赖生活。然而死水就怕活勺舀,总归一天爷爷后奶会风烛残年,照顾舅舅肯定成为一种沉重负担。于是私下里一商量,就去吐鲁番过继了亲戚家一个女孩。想不到坐着火车回来的路上,后奶意外被车厢连接处的大铁门,重重地砸伤了两根手指,十指连心的强烈疼痛,瞬间让后奶失去知觉。当来到我家之时,后奶手指缠了很厚的纱布,憔悴得不像样子。而裹在毛毯里的小女孩,死死闭着眼睛,嘴角一抽一抽,仿佛忍受着巨大的委屈和不幸。

后来才知道,这个小女孩叫阿娜尔汗,虽说一日三餐粗茶淡饭,而且还要承担舅舅的残羹剩汤,依旧发育很好,成长很快,到后来真的成了家里一根顶梁柱,解决了爷爷后奶后顾之忧。由先前一个单身汉,一人吃饱,全家不饿,到后来续妻生子,继而再过继一个女儿,自己的日子捉襟见肘,哪还有能力接济山那边的哥哥。

如此一来,压力都到了父亲头上,一边五个孩子眼看着一天天也在长大,不但饭量日渐看涨,穿的戴的更是跟不上趟,一边则是父亲、岳丈、亲生哥哥,手心手背都是肉,左手右手都是手,两边都得兼顾。多了当然没有,然而让他空跑一趟,实在于心不忍。瓜子不饱是人心,给钱不多也是情义。这一点父亲确实做得好,每次给钱我们都看在眼里,记在心上。很多时候都是3块5块,小票子凑齐,整理好,亲手交到爷爷哥哥手里,他虽嘴上不说什么,眼里却噙着泪花。最多的一次给过两张5块,就是一个炼钢工人,手握钢钎捅炉火的票子。不要看区区10元钱,在当时可是顶大事呢,举一个最简单例子,当时两包方块糖,一块砖茶,就能换得一只小山羊,那是什么概念。直到1977年考上大学,去山东曲阜师范学院报到,坐火车学生买半票,也就38块而已,说给孩子听,头摇得像拨浪鼓,难以置信。

后来才知道,父亲打肿脸充胖子,寅吃卯粮,把还没有卖出去的羊钱,提前预支,打发了亲戚,却把亏空留给自己。等到时别人来我家拉羊,拿到手的钱,就远远不是想象中的数字。后来索性一到暑假,爷爷哥哥的几个孩子,轮流住在爷爷和我们家。老大吐尔逊天生哑巴,人又好动,不是上了这家房顶,就是惹了那家孩子,整天纠纷不断,却又要强行狡辩,嘴里"呜哩哇啦"说不清楚,脸涨得像一个紫红的茄子,干脆起了外号:"吐尔逊'茄子'"。

靠人接济,最终过不上好日子,爷爷的哥哥最终明白了这个道理。于是有一天最终搬回吐鲁番,不是荣归故里,而是落叶归根。回到亲人们当中,爷爷的哥哥如释重负,总算长长出了口气,然而随着长长呼出的那口气,人也似泄气的皮球,从此变得元气大伤,没过多久,就离开了人世。

后来听说那个吐尔逊"茄子",也在一次火灾中失去性命,没过上几天顺心日子,就匆匆告别尘寰。还有就是他的妹妹古瓦尔罕,结了婚,生了子,可是不等孩子成人,丈夫又病故。去年我们再去吐鲁番,见到古瓦尔罕时,她就把3个人高马大的儿子叫到跟前,一一向我们进行介绍。母亲问她孩子婚姻,她就说老大已经定亲,正在盖房子,打算趁早办了婚事。因为老二也找好了对象,等哥哥成家,接着再张罗老二的事。母亲就说:"说不定老二婚事没完,老三又开始催你了!""热娜汗阿恰(姐姐)说的是,所以我才着急啊!"古瓦尔罕掩嘴哈哈笑着,三个儿子则齐刷刷低下头,不好意思。

火焰山亲戚当中,来我家最多的是克里木叔叔,他个子不高,留着两撇小小八字胡。吐鲁番—乌鲁木齐来回跑,就像家常便饭,这很大程度上,取决于年轻时走南闯北。南北疆不要说,内地都去过很多地方,据说以前兰州城里还有他的商业铺子。因为脑子活,善经营,把家庭操持得像模像样,深宅大院,绿树成荫,墙上挂满壁毯,四周全是家具,一看就是殷实人家。

只要来到乌鲁木齐,他不光看他的两个哥哥(大伯和父亲),一个姐姐(后来父亲的姐姐也来到了乌鲁木齐),还有很多从前生意上的朋友,也要挨个上门问候一声。有一天我正在单位上班,突然接到一个陌生电话,接上一听,原来是克里木叔叔。我就问他咋知道我的电话号码,克里木叔叔笑着回答:"不是说,话要问跑江湖的,路要问跑长途的么,难道忘了叔叔是生意人出身,耳朵比兔子长,眼睛比猫头鹰亮,打听你的电话,那还不像吹灰一样"。

原来他打听到一笔葡萄干生意,只是因为生意伙伴远在火车西站,而他又有不见兔子不撒鹰的习惯,就让我带他去跑一趟。只有这时,我才发现克里木叔叔身体明显虚弱,动辄气喘,看上去脸色也不是太好,我就起了恻隐之心,掏出50元钱,塞进他的上衣口袋,他先是推辞,继而无声接纳,最后则流了泪。

这是我最后一次见到克里木叔叔,时间不长就听到他病故的噩耗。我们彻夜赶到火焰山,在一片哭声中,向克里木叔叔做最后道别。第二天不但参加了入土前的祈祷仪式,我还尾随着送葬队伍,一直来到他的坟前。这是一个年代久远的坟场,面积不大,却密密麻麻埋着不少亡人。有的坟墓看上去失去原形,有的坟墓则是新土堆成,还有几座耸起的坟墓,底座呈长方形,上方是穹庐状,清一色黄泥抹就,从泥土中来,再到泥土中去,还种原色最能表达生者的心境。

我西装革履半蹲在坟场边,直到亡灵下葬完毕,双腿麻木,失去知觉,再想站起身,需费九牛二虎之力。然而人虽起来了,却走不动路了,眼冒金花,两腿打战。我装作若无其事,极力掩饰窘态,直到人们陆续返回,我才弯下腰,敲敲腿,最后一个人,一瘸一拐离开墓地。

以前从山这边,到山那边,我们几乎走了半辈子,从今往后,又会需要多少年呢。

斑鸠飞落的庭院

维吾尔人有个传统,不管走到哪里,就把林木栽到哪里,房前屋后绿树成荫,村落连成一片,自然形成绿洲。茫茫旅途中,满眼皆是戈壁荒漠、滚滚黄沙,突然发现一座绿洲,久旱逢甘雨一样,心中重又燃起生命的希望。

特别是那些风餐露宿的骆驼客,四季奔波在望不到头的沙丘和旷野之中,行程还未结束,揣在怀里的干粮就吃没了。这个时候,就指望皮囊里那点救命水,不到万不得已不敢喝上一口,实在干渴难忍,就滴上几滴,润润嗓子。不然,很有可能命丧途中。于是期盼着眼前出现一座绿洲,到了绿洲就像是到了家一样。

所以栽种树木,撒下绿茵,成为人们生活的重要组成部分,一代代繁衍生息、传而承之。从而让一排排林木成为绿色长廊,让一座座绿洲星罗棋布,如同走进一片园林世界,满眼都是春天的色彩。

随便来到一个维吾尔农舍,虽然只是一座简陋的黄泥小屋,一座土炕和几样陈旧的摆设,然而却笼罩于一片浓荫之中。常常看到一位银须长者,手持长柄镰刀,正在修剪着树上的枝枝杈杈,长者的身后,跟随着几个光脚丫的孙子,一边"大当,大当"叫着,一边拖起一根根树枝,你来我往运回庭院。

树木的种类不同,品质也就有所不同。树梢插在地上成了篱笆,支干或许就是木勺和木碗的上好材料,而诸如椽梁和车辕等生活所需,离开了林木则一事无成。

林木旺盛了,鸟也随之飞来了,栖落在枝繁叶茂的树上,唧唧喳喳,引颈欢鸣,让庭院充满生活的情趣。人与鸟类的和谐相处,还表现在农舍的屋顶上。高高架起的一根根木架,那是专为野鸽和斑鸠准备的,一到开春时节,灰色的野鸽刚飞走,褐色的斑鸠又来了,整天"咕咕"叫着,好像是庭院的主人似的。

传说中野鸽子是一种吉祥的化身。据说很久以前,一个先圣遭遇敌人追杀,情急之中钻进一个洞穴,等敌人赶来的时候,却发现洞口已结上蜘网,而且就有几只野鸽子,若无其事在洞口觅食,于是先圣才躲过一劫。

如果说野鸽子和斑鸠栖息在屋顶上,还有一种鸟则干脆把巢筑在人们家里,这就是一只只黑色的精灵小燕子。她们冬去春来,周而复始,俨然成了农家的亲密伴侣。因为人们打小就知道,燕子最忠诚,也最善良,一旦选中一个做窝的角落,不管清贫还是富有,就终生和你相厮守在一起。"不吃你家的谷子,不吃你家的糜子,就在你家抱一窝儿子……"如泣如诉,感人至深。

前人栽树,后人乘凉。从一开始的风沙肆虐,沙进人退,到一排排防风林像哨兵一样,捍卫着村落的祥和与安宁,人们对于林木的情感与日俱增。因为树木扎下根了,人心就稳定了,靠着勤劳的双手,和建设家园的顽强毅力,遥远的雪水就引来了,贫瘠的土地就会生长出丰收的粮食,而粮食才是我们赖以生存的根本保障啊!

说到粮食的珍贵,维吾尔族人就像对待生命一样,心中充满着至高无上的敬意。谁都知道,馕是我们不可或缺的主要粮食,常言道:"一日不吃馕,两腿直打晃"。没有馕的日子,就像生活中没有空气一样,举足轻重的地位,别的东西不可替代。

出门在外,别的可以遗忘,馕却是一定要带上的。吃了家乡的馕,就像见到亲人一样,心中充满了力量和希望。家里来了尊贵的客人,别的可以没有,馕是万万少不了的,因为馕代表着维吾尔民族的深厚情谊,有了馕,饭桌上就像是沐浴着太阳的光辉。

所以在乡下农家庭院,醒目位置都耸立着一座馕坑。无论高低大小,一律黄泥抹就,给人以亲近感,遇上打馕的日子,整个村子弥漫着馕的香味。这种味道是特殊的,绵长的,就像一曲天籁之声,余音绕梁,回味无穷。我们仿佛有这样的感觉,馕是越嚼越有筋骨,越品味越是香气袭人,如同口腔所有味蕾都被调动起来,不仅余香满口,而且深入骨髓。

馕其实就是一种精神象征。譬如在人生的重要关头,也就是举行隆重婚典的时候,就有一项吃馕的特殊仪式。不同之处就是馕必须用盐水浸泡过,一对新人吃了,就意味着白头偕老,互不背叛。同样,如果谁将馕踩在了脚下,那就只有一种可能,是发了毒誓。所以说:馕是信仰,无馕遭殃。

当然,树木不仅是绿色屏障,让粮食的生长得到坚实保障,同时也是维系人们健康生存的宝贵营养。都说维吾尔族是吃着瓜果长大的,而这累累果实就是靠那些神奇的树木提供的。

被誉为树上包子的无花果,极富糖分和维生素,吃在嘴里,甜在心上。一颗颗挂满枝头的核桃,手一摇,雨点一样噼里啪啦掉下来,号称人参果,是补脑的上佳珍品。还有玛瑙一样晶莹剔透的葡萄,一簇簇,一串串,鲜鲜的,脆脆的,让人垂涎欲滴;还有灯笼一样摇摇欲坠的石榴,精神饱满,咧嘴欢笑,红彤彤,亮晶晶,不要说吃了,看着就是一种享受……

这些无与伦比的树上珍品,和那些生长在地里的种类繁多的甜瓜和西瓜,组成一道道甜美的瓜果盛宴,让维吾尔人的生活充满了阳光和幸福。进而联想到南疆乡下,之所以不乏长命百岁的老翁老妪,究其原因,就和多吃水果有一定的关系。

所不同的是,以往这些独具特色的瓜果,因为交通和闭塞的缘故,无法从资源优势转化为经济优势,大都被自己消化和埋没了。现如今,不少维吾尔人已经离开庭院,走进了市场。靠着经营有方的经济头脑,锲而不舍的勤劳品质,让一棵棵林果树,变成名副其实的"摇钱树",让原本贫瘠和落后的日子,逐渐殷实和富足起来。

在歌声中前进

早年在农村,出行就靠两条腿走路,遇上巴扎日,道路尘土飞扬,人们就脱下靴子搭在肩头,等靠近县城,找个水渠洗洗脚穿上,还跟新的一样。

因而毛驴显得贵重,成了庄户人的生活必须,从而结下深厚的感情。有些家庭或许家徒四壁,但庭院拴着一头毛驴,配有专用的食槽,一年四季精心伺候着。哪一天毛驴蔫头耷脑,表现出无精打采的样子,主人就围着毛驴团团打转,就跟自己害了一场病似的,眉毛拧成疙瘩,饭都没心思吃了。

实际上,维吾尔人与毛驴的关系由来已久,阿凡提的传说家喻户晓,同那头毛驴通达人性,形影相随不无直接关系。如果说阿凡提是智慧、善良的化身,毛驴则是勤劳、忠厚的形象。

现实中也有生动的例子,于田的库尔班·吐鲁木老人,因为翻身过上了好日子,为了感恩,便执意要骑着毛驴去北京,而且最终和毛主席紧握双手,成为珍贵历史镜头,感动了中国。

毛驴养得多了,与之相关的行业便应运而生。修鞍的,钉掌的,每个村落都有,方便得很。一些手艺人因此声名远扬,南疆有个"一杆旗"的地方,其实就是鞍匠的意思。说到这个名字,不由联想到街面上"一杆旗"抓饭馆,由鞍匠引申为餐饮,继而成为连锁店,可见经营者的战略意识和魄力。

随着生活条件的改善,由先前的出行骑毛驴,发展为改乘毛驴车了。维吾尔族礼节多,"乃孜尔""割礼"什么的,隔三差五就能碰到,而且喜欢宾客多多益善。碰到如此机会,毛驴车一赶,全家人都上路了。一时间,乡村道路上皆是赶路的毛驴车,一辆接着一辆,成了毛驴车的河流,叮叮当当响成一片。

这种时候,最风光的当属赶车的"阿绕乌其"(车把式)了,一手握着驴缰绳,一手挥动着鞭子。赶车的自然是一家之主,也就是头戴小花帽,留着八字胡的父亲。虽说手上的鞭子不停挥动着,却很少抽在毛驴的身上。毛驴是无声的伙伴,鞭子抽在毛驴身上,却疼在自己心上。不过歌还要是唱的,无论欢欣和忧伤,没有了歌声就像心已经死了一样。你听:"天空像海一样深远,大地像心一样无边,没有走不到的家园,没有看不到的笑脸",一个个都是生活的歌者,或深沉或婉转,因为发自内心,有一种打动人的力量。

然而真正意义上的"阿绕乌其",就是我们通常所说的马车夫了。毛驴车一头毛驴驾驭就足矣,换作马车就是另外一回事了。不仅车辐辘大上一圈,即使驾辕的车排子,也必须是上好的老榆木打造才行。关键是拉车的已不再是毛驴,而是四匹"咴咴"打着响鼻的高头大马了。

同样威风八面的马车夫,一定是村上百里挑一的儿子娃娃。比起毛驴,马的性子强得多了,加之马于马之间不投脾气,没有相当驯马本领,难以保证马匹步调一致,多拉快运。

最能体现马车夫真本事的是拉麦捆,装得就跟山一样,站在上面看不到马的身子。赶车时不是坐在车辕上,而是一手扬鞭,一手紧握着手刹绳,特别是遇上下大坡,心都提到嗓子眼上,只听得刹车板发出"呜嘎呜嘎"的响声,就像警报器一样震撼人心。等到把车赶到打麦场上,马车夫早已大汗淋漓,衣服整个都湿透了。

当然不乏惬意的时候,譬如拉着一车刚开园的甜瓜去城里上市,抑或顺道捎带几个乡亲,马车夫的兴致就特别高。不是随手卷上一根莫合烟，一边美不滋滋吞云吐雾，一边拉着家常；就是放开嗓子来上一段，其中《马车夫之歌》几乎成了保留曲目。"你要是嫁人不要嫁给别人，一定要嫁给我，捎上你的嫁妆，捎上你的妹妹，乘着那马车来"。

突然有一天，一辆拖拉机"突突突"开进了村子，人们像过节一样从四面八方闻讯赶来，众星捧月似的把这个稀罕物围了个水泄不通。一个个叽叽喳喳、指指戳戳，凑上去摸这又摸那，惊奇得不得了。甚至有个从未出过远门的白胡子老爷爷，突然走出人群，急忙赶回家里，抱了一捆青草就扔在了拖拉机前面，等了一阵见没有反应，便喃喃自语道："怎么光哼哼，不吃草呀？"惹得大伙笑弯了腰。

这种称之为"28"的拖拉机，形状就跟蚂蚱一样，跑起来却像蛇似的，左右摇晃，颠簸得厉害。可人们已经心满意足了，毕竟速度快多了，而且容易伺候，只要加上一箱柴油，一口气跑好长的路程，马车根本比不上。

而"肖普尔"，也就是司机这个称谓，已经开始深入人心，成为一种荣耀和特殊符号，见证生活的进步和变迁。开着拖拉机，"肖普尔"的感觉非同一般，皇帝一样坐在高高的机头上，手握方向盘，脚踩离合器，见了谁都要打个招呼，生怕别人看不见似的。

拖拉机就像风一样向前驶去，一排排树木很快就留在了身后。就是黑夜也跟白天一样，灯一照，亮花花的，美极了。"牙克西，牙克西，什么牙克西，开着拖拉机跑运输牙克西"。唱着这样欢快的歌曲，谁不感同身受，心驰神往啊！

到了笔直宽敞的柏油大道上汽车飞奔的时候，就是别一番生机盎然的景象了，从一开始的"69嘎斯"，到解放牌大卡车，再到"东风"系列，直到现在满地跑的大巴小巴，继而出入维吾尔农家的"TAXI"（的士）和各式卧车，人们的出行变得越来越方便，越来越迅捷了。过去从南疆到乌鲁木齐，长途跋涉，一路劳顿，没有几天几夜无法到达，现如今油门一踩，朝发夕至，简直新旧两重天。

最幸福的还是那些"肖普尔"们，不经风不挨晒，从此告别了"晴天一身土，雨天一身泥"的辛酸历史。最近，一位曾经"阿绕乌其"出身，现在靠种葡萄发家的远方亲戚打电话告诉我，说要亲自驾着他的"奥迪"来看望我们，言语间激情澎湃、感慨万千。

我就想，当他从吐鲁番出发，沿着吐乌大高速公路，途径戈壁、穿越后沟、绕过达坂城，一路饱览山川秀色，一定情不自禁哼着一首赞美的歌："开着心爱的'玛西纳'（汽车）带着甜美的哈密瓜，走到哪里，哪里就是美丽的家"……

神奇疆土，镶嵌着九颗璀璨珍珠

赛里木湖，一个美丽动人的传说

只因是大西洋暖湿气流最后眷顾的地方，所以才被称作大西洋的最后一滴眼泪。

然而我却宁愿相信"眼泪"的另一种诠释。那一天，当我徜徉于赛里木湖畔，为眼前浓墨一样的湛蓝湖水所陶醉，倏忽间，一位黑红脸膛的银须老人，仿佛天仙下凡，悄然来到我的身旁。

"小伙子，远方来客吧？"见我有些吃惊和发呆，老人慈祥的目光，阳光一样照耀着我。这时我才发现老人牵一匹枣骝马，缎子似的熠熠生辉。

"萨拉姆，阿克萨卡勒"，回过神来的我，按照民族风俗同长者握手、请安。长者回敬一句"萨拉姆"，随即又问我："小伙子，知道'赛里木'和'萨拉姆'是一个词么？"我如梦方醒，立即回答说"知道，知道，都是'平安'的意思！"

"那么小伙子，我再问你，可曾知道那个代代相传的赛里木湖传说么？"老人依旧慈祥地望着我，我似乎看到老人的每一根胡子，都深藏着一个动人的故事。"这个还真不知道，你是阿克萨卡勒，年事已高，学问也一定很深，快快讲给晚辈听吧？"我向来痴迷于历史典故，如此美妙时机，岂容错过呀。

我扶老人盘腿坐在草地上，洗耳恭听他娓娓道来。

这是一个似曾相识,却又深深打动心灵的历史传说。一个勤劳善良的牧羊少年,深爱一个如花似玉的妙龄姑娘。不幸的是,就在一对情人策马并辔走向幸福的时刻,专横跋扈的恶魔却起了坏心,狠心抢走了姑娘。姑娘誓死不从,伺机冲出魔宫,却因魔鬼们一路追赶,被迫跳入深潭。正当心急如焚的少年赶来之际,姑娘已经殒命,为了心爱的姑娘,少年也舍生忘死殉情于深潭,于是,这对恋人的真诚至爱和悲痛泪水,化作一汪湛蓝的赛里木湖。

老人讲完这个传说,捋一把银须,起身策马走向了远方,而我突然看到深邃而又宁静的湖面上,翩然游动着一对洁白无瑕的天鹅,随着一声声凄美的叫声,让我的心海掀起一道道波澜。

注:

阿克萨卡勒,直译为白胡子,引申义是德高望重的长者。

乌伦古湖,一座湖也以海相称

在准噶尔盆地北缘,因阿尔泰山诞生一条乌伦古河,穿越山谷牧场,流经戈壁村落,一路蜿蜒北上,成就一片浩渺水域,波光涟涟、五彩斑斓,由此以海相称,寄托太多的期望和梦想。

一方水土养育一方众生,繁衍生息离开水则一事无成。上苍赐福连绵无垠的大湖,仿佛一座聚宝盆,冬去春来,尽在一个"水"字上大做文章。

如果说阿尔泰山本身就具有"金子"的涵义,盛产种类繁多的不尽宝藏,乌伦古湖也因辽阔而容纳丰美物产,所以才享有"海"的美称,虽身处塞外干旱大漠,却有与江南水乡媲美的独特景色。

沿着风生水起的湖岸走一圈,一边是"风吹草低见牛羊"的草原奇观,一边是"晚上回来鱼满舱"的湖光胜景。泛舟劈波斩浪于湖面上,一边是芦苇深处"惊飞一行白鹭";一边是牧人策马岸上过,一片烟尘携一曲

"黑走马"的动人欢歌。

乌伦古湖的奇特还在于,一座湖由一大一小两个"海子"所组成,大海子又名布伦托海,海底坡降平缓,湖水清澈见底。尤其绵延二十里沙滩,银子一样纯净、地毯一样松软,是水上娱乐的最佳胜地。小海子也叫吉力湖,芦苇茂密,鸥鸟成群,其中就有白天鹅和斑鹤的身影,真正的"鸟类天堂"。

不过最值得称道的,还是乌伦古湖的珍稀鱼类,一是纯天然、味道鲜美,二是地方特产,别处难寻。新疆五道黑、贝加尔雅罗鱼,听听这名字,哪有不心驰神往、先"尝"为快的。据说乌伦古湖平均年产鱼类3000多吨,最高可达4500多吨,占新疆渔产总量的1/3以上。

乌伦古湖还有一个名字叫福海,意味着幸福和吉祥,拥有如此动听和美好名字的地方,一定也是充满祥和与期待的。

博斯腾湖,上苍泼洒的五彩浓墨

远衔天山、横无际涯,紧邻大漠、波澜壮阔,仿佛上苍泼洒的五彩浓墨,博斯腾湖,从此让最干旱的土地葳蕤、葱绿。

因了塔克拉玛干的存在,毗邻一些地名本身就包含荒凉色彩,就像库鲁克塔格,维吾尔语意为"干山",仿佛一道分水岭,一边是连绵起伏的流沙世界,一边是碧波翻涌的浩渺水域,而且只因有了博斯腾湖的滋养,焉耆盆地才蔚然一片绿洲,不是江南胜似江南。

泱泱大泽、浩浩汤汤,湖光山色、五彩斑斓,难怪被誉为"西塞明珠",日日不同风景,季季不同气象,看山山之影影绰绰,如同海市蜃楼,看水水之变幻莫测,好似浓彩重抹。而且随着日出日落,或波光涟涟如洒满一湖金钱,或似天上掉下一片湛蓝,或像湖底涌出一座绿色森林,或是铺了一层艾德莱斯丝绸,火一样艳丽,霞一般璀璨,怎一个"美"字了得。

聚千沟万壑冰雪之水之灵气,集农林渔牧副生息之大成,一座全国最大的内陆淡水湖,成就"华夏第一州"最"富饶的流域",博斯腾湖,因为碧波万顷而鱼跃禽飞、五谷丰登;博斯腾湖,因为源远流长才牛羊肥壮、瓜果飘香。"博湖的芦苇、焉耆的马、和硕的番茄人人夸",实乃因湖得福的真实写照。

博斯腾,维吾尔语叫"巴格拉西",翻译过来就是"绿洲",博斯腾湖,自然就是造就绿洲的湖了。

注:

(1)博斯腾湖位于新疆巴音郭楞蒙古自治州,蒙古语是富饶的流域。

(2)华夏第一州,巴音郭楞蒙古自治州总面积472472.1平方千米,是全国面积最大的地区级自治州。

天池,如诗如画的仙境

天山深处一池碧水,仿佛一面仙女梳妆镜,就这样亘古以来高悬半空,倒映着皑皑雪峰、绿色森林,偶有一片祥云飘过,则如水中盛开五彩莲花,如诗如画中,怀疑是否置身一处仙境。

实际上天池又名瑶池,儿时就听邻家奶奶讲,那是王母娘娘开蟠桃盛会的地方,虽说只是一个遥远的故事,却像刻骨铭心的一次亲历,打小让我对天池充满无限神往。

登上天池抬头仰望,巍巍天山,博格达三峰赫然并立,突兀插云,就像顶天立地一个巨大"山"字,统领绵延起伏崇山峻岭,恢弘浩荡、气象万千。

俯首静观,一湖半月形碧水,晶莹如玉,清澈见底。一阵微风轻轻吹过湖面,又顿觉波光潋滟,色彩斑斓,好像撒了一湖珍珠玛瑙,满眼都是璀璨的光芒。

更多的时候,仿佛一位画家一不留神,把绿色颜料泼在了水中,湖水随之变成一池绿色。是一种宁静的绿,深沉的绿,与山上的绿树连成一片,与流动的空气融为一体。

都说一池圣水天上来,如梦如幻,仿佛天赐神助,山与水完美映衬、情与景最佳搭配,甚至连空气都是绿色的,沁人心脾、如痴如醉。

如果说雪山高山仰止,一如银须白发长者,俯瞰苍茫大地,千百年来巍然屹立于人间。而天池,则更像一杯琼浆玉液,被长者年年岁岁托举手中,只有不畏艰难险阻,才能感受大自然的绝美馈赠。

喀纳斯,魂牵梦萦的"人类净土"

冰川、冻土、高山、河流,湖泊、森林、草原、湖怪,喀纳斯,一个鸡鸣闻三国的地方,就像她美轮美奂的蒙古名字,"美丽富饶、神秘莫测",似乎是在梦中相遇,却又仙境一样撞入我的视野。

好像把所有颜色的水都吸引来了,绚丽多姿、变幻无穷,因此又称"变色湖",那种湛蓝、那种翠绿、那种乳白、那种青黛……不识喀纳斯真面目,只缘身在五彩缤纷色彩中。

一片震撼心灵的纯净之水,让人迷醉忘返,而环顾左右,山峰滴翠,树木堆绿,层林尽染中山水融为一体,重峦叠嶂、柳暗花明,衔一线蓝天,听一声鹿鸣,鸟语花香里平添几多感慨、几多遐想,随一湾蜿蜒缱绻的五色水,云彩一样翩然而去。

来到喀纳斯,不能不去卧龙湾,河湾两座小心滩,就像两个巨大的脚印,传说连神仙都无法抗拒美景的诱惑。而登高俯视河曲全景,恰似一条蛟龙盘卧嬉水,因此才有卧龙湾这个美称。

还有月亮湾,像一轮弯弯的月亮,平静、安详,仿佛身处一幅山水画,感受来自奇山秀水的烘托和渲染;还有观鱼亭,远望雪峰、银装素裹,近俯湖景、烟云缭绕,想象中一条红色湖怪时隐时现,仿佛"雾里看花",体验的是一种久违的新奇和联想。还有云海佛光的奇观呈现、还有枯木形成的千米长堤、还有鸭泽湖珍禽飞起飞落的原生态景象……

如今,喀纳斯已成为一张神奇名片,盛邀八方宾客,一睹亦真亦幻的湖光山色，而那个越传越神的"湖怪"故事，则为喀纳斯披上了又一层神秘的面纱。

卡拉库里，帕米尔高原一块墨玉

帕米尔高原，天底下离太阳最近的地方。

帕米尔高原，心目中人世间最远的疆域。

最高的地方，造就一座冰山之父——慕士塔格峰，顶天立地、高山仰止。最远的疆域，天生一座卡拉库里——黑色的湖，仿佛一颗美人痣，衬托帕米尔的秀丽和神韵。

看神鹰在苍穹翩然翱翔，就好像大海驶过一叶飞舟，那种可遇不可求的极致蔚蓝和深邃，只有在远天远地、心无旁骛的境界与之邂逅。

就像卡拉库里湖，说是黑色之湖，实则色彩美至无以复加的程度，就像我们有时候用最简单的方式，化解最复杂的难题，一湖墨水，或许就是天地间最纯粹的礼赞。

皑皑冰峰脚下，一座高原湖泊，墨玉一样璀璨夺目。

而湖畔就是苏巴什草原，鲜花盛开、牛羊成群，一对柯尔克孜族姑娘、小伙，策马并辔走向毡房，袅袅炊烟中欢歌笑语婉转入云霞。

实际上，苏巴什就是水之源的意思，就像慕士塔格峰孕育克拉库里，而卡拉库里滋养水草肥美的土地，循环往复中，完成自然对于我们人类的一次次馈赠。

巴里坤湖，迷离蜃市罩山峦

天山由此出发，一直向西，像一条巨龙，浩浩荡荡绵延千里。

而巴里坤湖就是龙首的一颗绿色珍珠，集湖光山色之秀美，纳物华天宝之神奇，碧波荡漾，葳蕤葱郁不再是幻想，仿佛一处心灵栖息地，让一个逐水草而居的游牧民族,借此生生而不息。

很早以前,巴里坤湖还有一个名字叫蒲类海,意喻广袤而浩大,都说山有多高,水就有多深,云蒸霞蔚中牛羊满坡如波涌,水天一色里迷离蜃市罩山峦。

自古以来巴里坤就是一个门户,因为一座湖,让一条丝绸之路从此经过,留下几多传说和故事,就像源远流长的湖水,在我们的心海荡起波澜。

奶茶飘香季节,我来到巴里坤草原,一眼望不到边的绿色,毯子一样铺在大地,一座座白色毡房,则如破土而出的蘑菇林,倒影在湖水里,仿佛蓝天飘过一片白云。

一年一度的阿肯弹唱盛会,正在巴里坤湖畔进行着,如诗如画的场面,一如鲜花怒放的草原,成为一道独特的风景,被摄入电视镜头,抑或上了杂志封面,俨然一张精美的名片,走向全国、也一步步走向了世界。

如果说天山是一种大气磅礴,巴里坤草原就是一种舒缓宁静,而东西两座姊妹湖,则是大地一对深邃的眼眸,见证人世的过去、今天和未来。

注:

阿肯弹唱会,哈萨克民族群众文化活动。阿肯即民间歌手和诗人,通过即兴弹唱方式,表现包罗万象生活内容,实际也是一种文化节日。

艾丁湖,月亮一样的湖

人们知道吐鲁番,但不一定知道艾丁湖。

知道吐鲁番,是因为鲜美的葡萄,珍珠玛瑙一样,让人的心儿都醉了。不知道艾丁湖,是因为好像一颗苦杏仁,遗落于荒郊野外,天长日久不但干瘪味涩,或许就此陈迹、淹灭。

在吐鲁番东南30公里,艾丁湖像一弯月亮,就这样悄无声息不知多少年,背靠一片茫茫沙漠,让湖水也像月光一样熠熠生辉。因此维吾尔语中的艾丁湖,就具有双重意思,除去湖形似月,湖水皎洁也一如月光。

知道吐鲁番的人,也一定知道这是一座火州,就像满目红色的火焰山,真的就像烈火烧过一样,似乎连空气都干得没有一丝水分。由此想见,如果天上不降水,地上的那一盆稀世之水,不也照例就随之蒸发了。

所以即便是天山雪水,也只能通过坎儿井从地下流经。而裸露在地上的艾丁湖,终因经年累月风吹日晒,日渐萎缩、奄奄一息。看着皱褶如波的干涸湖底,触目皆是白茫茫的盐结晶体,仿佛降了一场特大霜雪,在人的心中蒙上一层凄凉和荒芜。

然而艾丁湖却创造了一项中国之最:海拔低于海平面155米,成为中国最低的地方(仅次于死海为世界第二低洼地)。我不希望一个远离海洋的内陆湖,一个月亮一样美丽动听的名字,重蹈大地的耳朵——罗布泊的悲剧,成为我们永久的遗憾。

注:历史上的罗布泊,酷似人的耳朵。

台特玛湖,死而复生的湖

曾经是塔里木河的尾闾湖,在若羌,在一个浩瀚的沙漠边缘。

曾经河湖一体,流水潺潺,甚至顺流注入罗布泊。

然而毕竟昙花一现,辉煌一时,更多的时候就像流动的沙丘,变为一座移动湖,直至最后因无源之水而干涸,只剩残存的红柳和胡杨,让根系固定在一个个隆起的沙包之上。

一条内陆河的断流,转瞬可以让一座台特玛湖成为不毛之地,一荣俱荣、一损俱损,强大的自然法则面前,生存成了最迫切的课题。

就像生物链造就一种非此即彼的依存关系,一条河断流了,一座湖却水漫堤坡,丰盈到了极致。于是引出生态调水的一项壮举,一次、两次、三次直至八次,让源源不断的博斯腾湖水,就这样滚滚流进塔里木河,一直向东再向南,让台特玛湖重又波光涟涟、鸥鸟飞翔,看一丛丛芦苇葱绿茂盛,充满生机和希望。

输水就想人体输血,特殊条件下,往往产生一种应急效应,然而造血才是走向新生的根本途径。就像我们生存的环境,天灾是一种不可抗力的因素,而更多时候,则是我们人为破坏导致的恶果。

所以还是要善待自然,就想善待我们自己本身,平时多种一棵树,绿了一片天地,也让后人得到阴凉。犹如一滴水折射太阳的光芒,一条母亲河就是上苍馈赠我们的最大财富。

如果再过几十年,顺着塔里木河一直走下去,远远看到碧波荡漾一片水域,那不但是台特玛湖的荣幸,也是我们人类自己的骄傲。

辽阔大地，流动三条绿色琴弦

新疆地域辽阔，风光绮丽，抬头仰望，崇山峻岭、绵延千里，环顾四野，绿洲戈壁、一望无垠。"三山夹两盆"，既是地形地貌的突出特征，也是"风景这边独好"的真实缩影。

所谓山河壮美，不仅有高山之巍峨、大地之葳蕤，更离不开河流之澎湃。事实上新疆这片神奇土地，有着许多纵横奔腾的河流，其中最著名的当属额尔齐斯河、伊犁河与塔里木河，一条流经阿勒泰山谷，一条贯穿伊犁草原，一条环绕塔里木沙漠，仿佛辽阔大地三条绿色琴弦，古往今来弹奏着生生不息的生命交响曲。

第一次与额尔齐斯河不期而遇，是在1996年深秋，当时我们走东线，经卡拉麦里来到阿勒泰富蕴县。或许被来时城边静静流淌的一条河流所吸引，顾不得车马劳顿，到宾馆我们放了行李就匆匆赶往河边。正是夕阳西下时，西天边晚霞灿烂，头顶上树叶婆娑，再看脚下，一条蜿蜒北上的河流，水域宽阔，流速舒缓，仿佛一个贤惠村姑，一路走，一路和牛儿羊儿打着招呼，诗情画意中，让我们的心不禁为之感动。

当时只感觉河水清澈透亮，镜子一样照得见鹅卵石清晰的纹理，又像一条金丝带飘向远方，和袅袅炊烟融为一体，却不知她叫喀依尔特河，和另一条库尔伊特河汇合之后，这才形成大名鼎鼎的额尔齐斯河，流经北屯、穿越布尔津，一路融入克兰河、布尔津河、哈巴河等众多支流，激流滚滚500多公里，流域面积5.7万平方公里，年径流量最大119亿立方米，仅次于伊犁河，号称新疆第二大河。

额尔齐斯河发源于阿尔泰山脉，那里富含宝藏，尤以黄金著称，因而阿尔泰又名"金山"，与之呼应的"银水"，就是额尔齐斯河。河谷宽广、水势浩荡，一泻千里、银波翻腾，滋润了土地，涵养了生灵，因而才有茂盛的次生林，绵延成一片绿色海洋，白杨、胡杨、青杨和黑杨，组成额尔齐斯河流域4大杨树派系，被冠之于"杨树基因库"的美称，成为画家笔下的风景，地理杂志的封面，让人趋之若鹜。

这种情景我是在途径北屯时感受到的，碧水茫茫、阡陌相连，远看群山绵延起伏、目不能及，山下绿树环抱着村落，而村落连着农田，农田通向草原。一条路像黑色的针线越来越细，直至消失在白云深处的一个山坳；一条河像白色哈达越飘越远，河有多长，绿色林木就有多长。

不时有牧人骑一匹高头大马，像风一样穿梭于牲畜之间，绸缎一样闪光的枣骝马，黑宝石般的一素黑，白里透青的雪青马，都是草原上数一数二的好走马。扬鞭策马的骑手，赶着畜群，就像赶着五彩祥云，生活的希望、幸福的憧憬，都寄托在羊群身上，哪里水草肥美，那里就是心中的家园。

阿勒泰大尾羊，一个让新疆畜牧业骄傲的名字，强健的体形、美丽的犄角，尤其硕大的尾巴，像磨盘一样赘在身后，曾几何时，那是寻常百姓家垂涎欲滴的稀罕物，切成块状锅里炼了，肚子才有油水呢。如今生活好了，人们与时俱进，"挑肥""拣瘦"，不再像过去一样奢望大尾巴，而是尽最大可能把瘦肉买回家，于是才有了品种改良一说，让阿勒泰羊甩掉大尾巴，轻装上阵，成为真正意义绿色食品。

实际上额尔齐斯河还有一项中国之最，即唯一一条流入北冰洋河流，也就是说，到哈巴河县以西之后，就注入哈萨克斯坦斋桑泊，后出湖再进俄罗斯汇入鄂毕河，最终一路向北流入北冰洋。

"伊犁河哎伊犁河，天山脚下牧场宽阔，草儿青青牛羊肥壮，马群盛旺遍地牧歌……"这是20世纪60年代颇为流行的一首歌曲，于今再一次轻轻哼唱,依旧让人从内心感到一种激动和亲切。人们提及伊犁,抑或亲自来到伊犁,无一例外首先会想到伊犁河,伊犁的富庶、伊犁的多彩、伊犁的梦一样让人流连忘返的诗情画意,都和伊犁河的名字连在一起,她是伊犁的符号和象征,更是伊犁的期望和未来。

我们经常看到这样一个场面,一群身着盛装的维吾尔族男女青年,簇拥一对即将走进婚姻殿堂的新人,拉着欢快手风琴,唱着动听喜庆歌,兴高采烈走上伊犁河大桥,让太阳金色的光辉照亮笑脸,让伊犁河柔美的清波留下幸福的身影。自然,当我们随意来到伊犁河谷一个最普通村落,看到挂满枝头红彤彤的苹果,或者从一个长长葡萄架下,走出一个慈祥老人,笑呵呵让你品尝一串生活的甜美,你的心或许一下就醉了。

那一年从伊犁驱车到那拉提,一路结伴伊犁河而行,从城市到乡村再到牧场,或蜿蜒迂回,在一片绿色中写下白亮白亮的"S"或"之"字;或只听"哗啦啦"水声像拨动的琴弦,却不知水从何处来,流向哪里去?伊犁河掩映在一片树荫里,却不断送来一身清爽。越是靠近天山,水流越是湍急,色彩越是变幻莫测,或绿似泼墨、或蓝如太空,有时甚至像滚滚乳汁,映衬在葱绿滴翠背景之中,洁净无瑕、温润如玉,怎一个"美"字了得。

正好赶上转场季节,更多的时候车让牲畜先过,只要远远看到扬尘升起,一定是有牲畜过来了,一群一群的羊群,拥挤着行进在前往冬窝子的路上,此起彼伏的"咩咩"叫声,在山谷或林间回响,间或一两声牧羊犬吠叫,与牧羊人清脆短促的口哨交织在一起,生动极了。

从未见过这么壮观神奇的场面,不但羊群一群接一群,还有牛群、马群,甚至骆驼群,300多公里的路程,几乎走走停停,停停走走,让我们饱览伊犁奇秀旖旎山水的同时,也为沿途转场的这种"特殊大军"叹为观止。我曾在一首题为《转场》的诗中这样写道:"天底下难得一见的浩荡队伍,滚滚尘埃中不见牲畜的首尾,从春草场到冬窝子,需要整整一个夏季的期待……"

因为有了伊犁河,伊犁河谷才这样宽阔,土地才这样肥沃,种粮五谷丰登、养畜膘肥体壮，除了最著名的伊犁苹果，还有更出色的伊犁"天马"，那可是汉武帝亲笔赐名，眼大晬明、四肢强健，力速兼备，挽乘皆宜，是不可多得的优良品种，自古以来受到特殊青睐，引以为荣。凭借得天独厚的自然条件，伊犁早已成为"塞外江南"和"鱼米之乡"，因而人们才说：不到新疆不知祖国之大，不到伊犁不知新疆之美，可见伊犁的不同凡响。

这不能不说得益于一条伊犁河的存在，而伊犁河不仅流域面积居新疆众河之首，同样还是一条国际河流，全长1500公里，源自于天山，终止于哈萨克斯坦巴尔喀什湖，又是一条典型的亚洲内陆河流。

"从昆仑千沟万壑，流下一条和田河；从帕米尔雪域高原，流下一条叶尔羌河；从南天山崇山峻岭，流下一条阿克苏河……"这是来自不同方向的三条支流，却在一个叫阿瓦提的地方，交汇成一条塔里木河，然后沿塔卡拉玛干北缘向东再向南，最终流入台特玛湖。

一条中国最大的内陆河，浩浩汤汤2000多公里，几乎涵盖了我国最大沙漠——塔里木沙漠的绝大部分，这在远离海洋，气候干旱，水流极易蒸发和渗透的地方，塔里木河无疑就像一条生命线，为塔里木盆地绿洲经济、自然生态和人民生活，提供了坚实可靠的保障。

从飞机舷窗俯瞰南疆大地，塔里木河如同一条打开的珍珠项链，曲曲弯弯，熠熠生辉，一侧黄沙滚滚、瀚海茫茫，一侧绿树成荫、满目添秀。两种色彩，两种天壤之别的视觉冲突，一个仿佛愁眉苦脸忠告："这里进去出不来，真正的'死亡之海'"！一个则伸出森林般的手臂欢迎："昔日荒漠变桑田，塔河两岸春满园！"

后来我终于走上塔里木河大桥，第一次和塔里木河亲密接触，这才感到脚底下仿佛一群骏马飞驰而过，那种由远及近的波涛汹涌，那种一泻千里的浩荡气势，刹那间让我激情澎湃、诗兴大发："让两岸葳蕤，使生命延续，卫兵一样延绵耸立的胡杨林，日复一日，年复一年，为塔里木河遮阳蔽日，送上一片浓荫，既是一道壮观风景，更是一种坚忍不拔精神……"

那天太阳高悬头顶，不一会工夫大汗淋漓，头像蒸笼一样冒着热气，可谁也不愿离开大桥，在就像馕坑一样烘烤的土地上，看到这么一条绝无仅有的滔滔河流，在两岸绿色长廊一样胡杨林夹道护送下，一路奔涌，一路犹如拨动着琴弦，为苍茫大地献上一曲郁郁葱葱的生命之歌。

"塔里木"在古突厥语中，意为"注入湖泊、沙漠的河水支流"。"塔里木河"一名见于《清史稿》，在维吾尔语中包含"无缰之马"和"田地、种田"双重含义。塔里木河就是一条"母亲河"，用她绿色甘甜的乳汁，让土地生长希望，给生灵带来福音，把美好送到人间。哪里流水潺潺，哪里就是瓜果飘香的绿洲，哪里绿树环抱，哪里就是欢歌笑语的村落。

这就让我想起塔里木河畔的刀郎木卡姆，一个个头戴巴旦木花帽的银须鹤发长者，或像怀抱着一轮太阳，让手鼓铿锵而又节奏；或让卡龙琴、艾捷克、弹拨尔，塔里木河一样弹奏古老而又婉转的旋律。一个嘶哑的声音像号角，起承转合中引领震撼人心的大美和声，不知疲倦，物我两忘，仿佛滔滔河水，一浪高过一浪。而那些踏着节奏起舞的男男女女、老老少少，则好像农耕在田野、狩猎在密林、打鱼在河边、奔走在路上，载歌载舞，尽显岁月的悠久沧桑、普天同乐，感戴自然的慷慨馈赠。

一个突出感受，水是大地的命脉，树是人类的庇荫，就像眼前这条塔里木河，从她诞生的那一刻起，就注定造福南疆、惠及万众，即便毗邻一座望而生畏的浩瀚沙漠，也要百折不挠、一往直前，给大地送上一片绿色的慰藉，为人类创造生命的奇迹。

如阳光一样灿烂

今年的边城,秋天持续时间格外漫长。已是十一月下旬了,树叶只有零零星星飘落。马路两边的草坪,依旧泛着一层翠绿。冬季似乎是一个顽皮的孩童,尽顾着自己玩,却把季节更替这件事给忘了。所以冬天的第一场雪迟迟不见落下来。

秋高气爽,阳光灿烂。如阳光一样灿烂的是人们的笑脸。建筑工地上工期顺延了,让不少紧缩的眉头顿然舒展;早市上人流如织,小商小贩数着辛苦钱,心里暖洋洋的。上了岁数的老人也是惬意,相互搀扶着,来到洒满阳光的广场,伸伸腰、踢踢腿,在欣赏风景的同时,让自己也成为一道风景。其实,最为欢呼雀跃的还是那些帅哥靓妹,轻便时尚的秋装,引领都市新潮流,尽显潇洒、一展妖娆。

在同一片蓝天下,沐浴同一个太阳的光辉,这是一件多么幸福的事情。我时常这样猜想,一个人的心里,哪怕是照进一缕阳光,他(她)的心都会豁然敞亮。犹如窗口飞进一只蝴蝶,传播的是花的芬芳,春的气息。

此时此刻,我的心就是这种感觉。深秋的阳光照在身上,仿佛春天的温暖荡漾在心里。不由萌生诗意,感受秋风拂面,如同感受少女撩动的纱巾;瞥一眼树上的红叶,好像是一枚精美的诗笺,寄托情思、寓意哲理。

诗人的心境,澎湃的激情。感受生活,其实就是在感受阳光;生活是多彩的,阳光是灿烂的。以一个诗人的名义,我说:如阳光一样灿烂的笑容,是诗的,是画的。

是在这个深秋所邂逅的一个小小的片段。

那天上午正好闲暇。妻子说去咨询有关儿子考研事宜,我便陪同前往。或许是坐办公室时间太长了,身心都有些疲惫,偶一置身于久违的阳光下,我就懒得动弹,不想下车了。把头靠在副驾驶座位的靠背上,摇下车窗,让阳光从挡风玻璃上照进来,间或有习习和风吹在脸上,我可以一览无余外面的景致,而别人却不会注意我的存在。车载台上正在播放一支伊犁维吾尔民歌,曲调悠扬,婉转动听,仿佛把我带到遥远的乡村,像一个农夫一样,一边蹲靠在土墙上晒着太阳,一边追忆着曾经那甜蜜的恋人。

朦朦胧胧中听到有咯咯的笑声,我睁开眼睛,直直身子,寻声望了过去。不知什么时候在大楼一侧,也就是车头的前面一点,已经站着一大两小三个女人。所说的大一点的女人,看上去似乎四十出头,围着红头巾,穿着皮上衣,黑裙子黑皮靴,最醒目的是她手中的布料提兜,也是红色的,但比一般提兜大上一圈,我估计是自己手工做的。两个年龄尚小的姑娘,一个十七八岁,扎着两个小辫,一袭牛仔服,一笑就露出雪一样白洁的牙齿。而另一个姑娘也就顶多二十来岁,烫了波浪似的卷发,一脸阳光,几多娇媚。

我刚开始以为她们是为维吾尔族,听到传来的说话声,才知道是哈萨克族。此时她们正在热烈地商讨着什么,尤其两个姑娘不时相互比划着、争论着,脸上一会儿紧张,一会儿轻松,然后一起朝向年长的女人,像是两只小鸟,扑棱着翅膀,唧唧喳喳叫个没完。而年长的女人不急不躁,摸摸这个姑娘的头,弹弹那个姑娘的灰,不紧不慢地说着。之后,年长的女人打开手提兜,从中取出一个湖蓝色文件夹子,抽出一张贴有彩照的表格,一遍一遍地交代着。小姑娘两眼笑成一条线,不住地点头,而大姑娘连连高声说:"知道了,知道了。"随即拿着那张表,连蹦带跳地跑进了大楼。

我就断定这是一家母女仨人。

莫非是大姑娘刚刚大学毕业,今天是她到新单位报到的日子,因为第一次跨入社会的门槛,难免激动和紧张,母亲不放心,带着妹妹来给她鼓鼓劲、壮壮胆;抑或是参加了一个志愿者计划,目的地是偏远的牧区,她要像苏联电影中的瓦尔瓦拉一样,当一个优秀的乡村女教师,给那里的孩子送去知识和希望。我看到母亲和小女儿,在目送大姑娘走进大楼之后,两个人的表情都有些焦急,眼里流露出期盼的目光。

这个时候太阳已经升得很高,天空洗过一样,湛蓝湛蓝的,无一丝云彩。大楼门前是个小广场,周围长着一排排高大的白杨树,一阵秋风吹过,树上窸窸窣窣发出声响,于是就有几片树叶随风飘落,穿橘黄色马甲的责任区保洁员,立刻拿着小扫把和簸箕前去打扫。由于地处市中心,人来人往的,身上都披着一层阳光,说说笑笑地从大门前走过。进出大楼的人也为数不少,从一辆辆汽车牌照来判别,除了本埠以外,更多来自南北疆。妻子上去没有下来,那个姑娘也没有下来。妻子不下来我倒不着急,而那个姑娘不下来,她的母亲和妹妹就不耐烦了。刚才她们已经是坐在了门外侧的石条凳上的,好像还和那个保洁员聊着家常。现在母亲却不时地看表,后来又指着大门给小女儿说了几句什么,女儿就站起身,跑向大门里边瞧了瞧,又匆匆返回母亲身边,耸耸肩,两手一摊,似乎告诉母亲没有看到姐姐的影子。

然而就在此时,那个姑娘"噔噔噔"从楼里跑了出来,一定是带来了一个好消息,她刚说了几句,妹妹就高兴得从石凳上弹了起来,又笑又跳的,母亲肯定比女儿还要高兴,甚至已经开始流泪,不然手怎么在眼上擦来擦去的。母女仨人又是一阵交流,尤其那个小女儿近乎手舞足蹈,她又是拥抱姐姐,又是亲亲母亲的脸,仿佛幸运之神降临在自己头上,笑脸一如阳光灿烂。

很明显,那个姑娘是下来取一样东西的,而那样东西依旧是在母亲手上的提兜里。这一回是她亲自打开了提兜,仍然是那个湖蓝色的文件夹,好像是夹在其中的一份打印材料,姑娘认认真真一页页翻看,确认无误之后,向母亲和妹妹叮嘱了一下,转身就要返回大楼。然而刚走出去几步,就被母亲叫住了,母女仨人就跟排球赛场上一样,躬着腰,头对头,窃窃私语一番,随后同声叫上一声,这才了事。不过她一边往楼里走,一边不住回头和母亲妹妹说着话,也就是在这个当儿我发现,母女仨人交流时分别用了母语和汉语两种语言,母亲讲母语,两个女儿也以母语为主,同时夹有流利的汉语。

不管是哪一种情况,反正姑娘已如愿以偿,等待她的将是一条洒满阳光的道路。许是触景生情,我突然就想到了我的一对儿女,想到了他(她)们远在千里之外的校园生活。和眼前的这两个姐妹一样,我的儿女也正处于天真烂漫的年龄,表达思念之情,只能通过电话和短信。我倒罢了,妻子却感情脆弱,生怕孩子有个头疼脑热的,没个照应。特别是在做新疆特色小吃时,恨不能插上翅膀飞到孩子身旁,让他(她)尽情享用。就像这个母亲,女儿的幸福才是她最大的幸福。我想我的孩子也会有今天这样的选择,但愿他(她)们也能这样:阳光灿烂,笑对人生。

妻子终于从楼上下来了,上车后她满面春风,催我快一点回家,说要和孩子赶紧通话。我说:"不着急,我还要等一个人。"妻子问是谁?"我说我不知道。"妻子就说我有病。其实我也觉得我有些反常,似乎总也看不够那母女仨人灿烂的笑容,哪怕她们和我没有一点关系。

早晨一小时

早晨锻炼一小时,成了我生活当中的必修课程,否则就是一块心病,一天都觉得无精打采。

年轻的时候,身体像三岁儿马,硬棒得很,有个毛病啥的,抗一抗就过去了。上了岁数则不一样,凡事都玄乎,身体稍有不适,人就变得紧张,遇上个大病重症,就好像是大难临头,不要说再去抗病,不散了身架就烧高香了。

生命在于运动,最好的办法就是锻炼。

尽管已是亡羊补牢,我还是遵照医嘱,开始坚持运动。因为工作关系,早中晚三个时段,只有早晨适合于我,而且以一小时为宜。

每天闻鸡起舞,以走路的方式进行锻炼,行动路线经过反复比较筛选,最终确定先绕公园一周,再顺道拐向早市,即完成了功课,菜也买了。起先还确实不甚习惯,依恋被窝,懒得动弹。挣扎着起来了,一瞅表过了钟点,就借口时间来不及,取消当日计划。三天打鱼,两天晒网,折腾了一段日子。后来逐渐适应,习惯成了自然,每天一到时辰,瞌睡就醒了,简单洗漱一下,精神抖擞去上路。

公园面积很大,因早先是个湖塘,故取名南湖公园。公园保留了湖水特色,大大小小有几块水面,或许正是得益于这块风水宝地,湖边新落成的一组高层建筑,索性就叫做"水清木华"。公园满目皆是绿色草坪,一片片因地形而错落有致的花卉和树木,平添几分秀丽、衬托一种独特。设计曲径通幽的林间小道,造型新颖别致的大小桥涵,让人的心灵在一种优雅的环境中得到净化。那高高矗立的硕大视屏,不仅提供各种讯息,也播放精彩大片。而那宽阔的市民广场,活动集会锣鼓喧天,彩旗招展;平常日子则是百姓休闲娱乐的家园,让人的情操在和谐的氛围中得到陶冶。所以南湖公园又名市民广场,大概用意就在于此。

每天从走出楼道的那一刻起,我就明显感受到呼吸的舒畅,身心的愉悦。想想多年来蜗居在鸽笼似的楼房中,只要一上去,就懒得再下来,实在是一大损失。正是东方鱼翻白肚的时候,皑皑雪峰笼罩在薄纱般的雾霭之中,偶有微风吹过,身上一阵凉爽。早起的晨练者,已陆续从各个角落来到南湖,根据其特长各就各位,于是充满活力的一天就这样开始了。与其说早晨的空气宜人,不如说早晨的风景独特。独特的风景中,体验的是生活的变迁,时代的进步,我们这座城市不再是偏远的一隅,如今到处呈现出一派繁荣的景象。

其实公园就是社会的一个缩影,所到之处都能感受到一种和谐、富足。我总是觉得,时间太仓促,眼睛不够用,不能完全捕捉每一个鲜活的细节,只能走马观花看个大概。好在日复一日行走在同一条线路,也就管中窥豹,从中得出一个完整的印象。

南湖公园因湖而得名,不妨先从垂钓说起。据我观察,垂钓者普遍起得早,有步行的,有骑车的,也有开着桑塔纳的。穿鱼饵、放长线、抛渔竿,动作连贯,一气呵成。然后择一清静之地,点上一支烟,或打开一本书,开始耐心等待。古人说:与其临渊羡鱼,不如退而结网,说的是凡事都要亲自实践。可这个过程太漫长,没有涵养难以坚持长久。就像高英培和范振玉的相声段子,说有个街坊向老婆吹牛,说河里的鱼是一拨一拨的,今儿没钓到不要紧,明儿还来一拨儿呢。到头来是一条没钓上,只好去菜市场买鱼来冒充了。看来"姜太公钓鱼,愿者上钩",并不是所有人都能做的,然而人们趋之若鹜,除了修身养性之因素,更多的可能是一种时尚。

公园遛鸟族已形成了一定规模。在东北角那片密林旁,挂在树枝上的一排竹编鸟笼里，一只只五颜六色的鸟儿亮开歌喉，你方唱罢我登场，各领风骚三五分。婉转动听悠扬，仿佛天籁之音，似乎此曲只有天上有，人间难得几回闻。而鸟的主人大抵是一些长者，沉湎于绝妙之音的同时，不忘谈谈国家大事和生活琐碎，不时有爽朗笑声传出，和鸟的欢唱形成共鸣。我打小爱鸟，因为生活在乡下，和鸟接触的机会就多。离我家不远有一片苜蓿地，四周长满了树，一到夏天鸟就多了起来。我不知道那些鸟的学名，就自己起了名字，譬如"穿树林""黄喇叭"和"大头郎"，都是根据各自的习性颜色及叫声琢磨出来的。就说那个"穿树林"，就喜欢在密林当中穿来穿去，尤其到了抱窝的时候，再也不愿飞远。一旦有人接近鸟巢，扑扇着双翅在地上蹦跳，而且边跳边叫，给人一种受伤的错觉。可是当你追上去的时候，"嗖"的一声就飞向不远处，继而重复前边的过程。我们村上有个知青，一听到我说起鸟来，就痴迷得不行，非要我掏一窝小鸟给他，我不假思索就答应了。之后我有事没事去苜蓿地转悠，瞅准了一个鸟巢做上记号，等雌鸟下蛋孵雏。等到小鸟破壳而出，我怕养不活就没忍心掏窝。然而这时正好赶上暑假，我就随母亲去爷爷家住了些日子，回来再去瞧时，小鸟都已出窝了。我就再怕见到那个知青，一听到他的声音，我早早就藏起来了。第二年再想兑现承诺时，人家已经回城，最终成了憾事。所以如今每每经过这片鸟林，我不由放缓脚步，心想或许当年那个知青就在这些遛鸟族之中，只是我已不再认识罢了。

　　喜欢健身运动的始终是一个主体。不论男的女的，老的少的，都在各自的群体，展现着运动的无穷魅力。健身操旋律优美，节奏欢快，动作编排空间大，可以充分展开想象的翅膀，自由发挥。尤其是在新疆这片热土，浓郁的民族歌舞热烈奔放、激情四射，独特的艺术感染力让人流连忘返。所以各地健身操都少不了民族歌舞动作，而且成了保留节目。与之相映成趣的是另一处的太极表演，古朴舒缓，刚柔相长，传统音乐伴奏下彰显一种中华武功。野马分鬃、白鹤亮翅，一招一式，形神兼备。自古至今流派纷呈、经久不衰，一是强身健体之需要，二是传承光大了民族文化。不仅如此,太极神功还影响到了国外,造就了为数众多的蓝眼睛、高鼻梁的洋弟子,再一次印证了一个道理:越是民族的就越是世界的。

　　公园里还有不少跑步的人,也有和我一样行走的,只是速度快慢不同而已。不过有一位老人与众不同,印象深刻。那一日恰巧迎面碰上,我一下就被吸引住了,即使擦肩而过,也由不得回头张望。我还是第一次遇到一边走路锻炼,一边旁若无人放声歌唱的人。老人鹤发童颜,精神矍铄,从急行军似的走路姿态,一眼就看出是当兵出身。不信你听:"革命军人各个要牢记,三大纪律八项注意……"不就是军歌吗。不要说我,许多人都驻足看着老人,特别是一些年轻朋友,感到格外稀奇,相互问道:"这是哪个时代的歌,怎么没听过呀?"过了两天又碰到他,依旧一二一的军人步伐,所不同的是换了一首军歌:"毛主席的战士最听党的话,哪里需要哪里去,哪里去就哪安家……"无独有偶,还有一位老人,同样也是在歌唱,但不是在行进当中,而是站立在湖塘边上,手持一本歌曲集,目不转睛,底气十足,反复高唱着中央电视台《夕阳红》栏目主题歌:"最美不过夕阳红,温馨又从容,夕阳是晚开的花,夕阳是陈年的酒……"声情并茂,意味深长。从老人一丝不苟的认真劲来猜测,可能参加了一个老年合唱团,说不定还担任领唱角色,正在为一场重要的演出精心做着准备。这些年来,不少老人已不满足于小家庭的含饴弄孙,而是融入社会的大团体,通过各种方式发挥着余热,自娱自乐的同时,也感染和影响了别人。

　　毕竟是生活在同一个城市,晨练时经常碰到一些熟人,彼此打个招呼,或简单寒暄几句,然后说声再见就各奔行程。而如若遇上老K,就一定是个例外。老K是过去的一个朋友,个子比我高,身体比我壮,还有更重要的一条,比我能说会道。第一次迎面相遇,人还没到跟前,话就先过来了:"走路不行,要跑呢,身上的脂肪,必须通过大运动量锻炼,才能燃烧分解。"我就说:"你不是也没有跑么?"他就说他的情况和我有所不同,无论我怎么追问,他都打岔把话题扯开,倒是我如实讲了走路的缘由。老K一听话又来了:"这样的话,你早上就不能锻炼了。医生都讲了,空腹运动会引起低血糖,那样可就糟糕了!"后来又多次碰上老K,他依旧先声夺人,不过不再说我应不应该晨练,而是主动打听我的血糖指数,当听说我近日血糖偏高时,他似乎沉不住气了:"我本来控制得很好,昨晚吃了几块西瓜,一下又上去了。"原来老K和我同病相怜。有意思的是,他不仅也在坚持空腹运动,而且在时间和距离上要胜我一筹才行。老K好像形成了习惯,一见到我先问走了多长时间,如果我说一个小时,他就说他走了整整八十分钟;再问我走了几公里,我说最多三公里多一些,他马上会告诉我,他不多不少走了五公里,仿佛跟米尺量过似的,精确的很。

早上一小时,虽不能尽览南湖公园所有风景,依然让我感到心旷神怡、一身轻松。满怀一种愉悦的心情借道去早市,一天的光阴都解决了。

不过,临了我还想再赘述一点,那就是宠物狗的问题。其实只要有人牵着,不影响到别人,也就无关大碍。问题是有些狗——而且包括个头大一些的狗,有时候一两只,有时候三五只,就那么放任自流地穿梭于草坪与人行道之间,冷不防蹿至脚下,令人担惊受怕。前些天听朋友讲,他去晨练,不小心被一只小狗撕扯了裤脚,当时并未在意,回到家才发现伤口流血。于是感到问题严重,急忙跑到防疫站又是检查,又是打狂犬疫苗,既耽误时间,又在心头留下阴影,而狗的主人却浑然不觉。再则,环境如此优美的地方,狗跑来跑去的,一不留意让人踩上一脚秽物,心里又是什么滋味呢……

徒步之旅

这些年人们开始热衷于户外运动,层次高的是那些山友,从头到脚都是专用品牌装束,行动路线充满惊险和刺激,甚至有一对情侣别出心裁,在博格达峰下举行了一场浪漫的婚礼。位居其次的,当属那些骑车族。每逢双休日,通往市郊的道路上,随时可以遇上他们结伴远行的身影。头戴各色流线型头盔,脚蹬不同款式自行车,一阵风似的经过田野和村庄,在亲近自然的同时,也让自己成为一道亮丽的风景。

而我,到了知天命的岁数,也附庸风雅赶起了时尚,用妻子的话说:"都一把年纪的人了,才知道'潇洒走一回'了"。这个"走",就是徒步。所谓徒步,并不是通常意义上的散步,也有别于体育竞赛中的竞走项目,而是在乡村山野间进行的一种走路锻炼。因为是有氧运动,且无需特别技巧和装备,从而成为户外运动最为典型和普遍的一种,备受青睐。

诗人海子说:面朝大海,春暖花开。行走在蜿蜒的山路上,则是蝶飞鸟鸣,心潮澎湃。正值农历谷雨时节,路两边的山坡上,绿草如茵,牛羊成群。途经一片庄稼地的时候,一些熟悉而又亲切的场景便映入眼帘:一个女人赶着一辆毛驴车,正往地里运羊粪,高高的粪堆上,坐着一个半大小子,一手抓着车厢板,一手紧握着插进粪堆里的铁锨把。因正好要过一道沟渠,随着女人"得球,得球"一阵吆喝,毛驴一使劲,驴车随之剧烈摇晃起来,半大小子就猴子一样,"嗖"的一声从车上跳了下来。再看庄稼地里,几个女人一边拉着家常,一边用锨散着羊粪,不时有朗朗的笑声传向远方;而几个男人则左手扶犁,右手挥鞭,正从地的另一头开始耕地,拉犁的牛呼呼喘着粗气,黑黝黝的泥土浪花一样,从犁铧两边翻卷着,不一会儿空气中便弥漫着泥土的气息。

经过村庄继续向东,就是一个慢上坡。这个慢上坡对我而言,却有着相当的难度。不仅线路长,而且中间几乎没有缓冲地带,加之我向来做事一鼓作气,五公里左右的路程走下来,人就像开锅的汽车一样,浑身冒着热气。不过,我依然一如既往,乐此不疲。因为在这短暂的大汗淋漓之后,随之而来的却是身心的放松和精神的愉悦。而这种放松和愉悦,则是我们日常生活中最希望得到,却又往往与之失之交臂。

不知是年龄缘故,还是压力使然,我越来越向往农村的生活。哪怕住的是土坯房,吃的是粗茶淡饭,只要远离城市的喧嚣和拥挤,即使生活上清贫一些也无所谓。听着乡间的鸡鸣狗叫,看着地里的庄稼开花结果,说到底是一种享受。

人就是这样不可捉摸,小的时候总觉得农村落后闭塞,整天与牛羊为伴,让孤独和寂寞像黑夜一样笼罩全身。后来跳出农门吃上了商品粮,就俨然以城里人自居,上班拿工资,住宅是楼房,逛商场学会挑三拣四,买点菜和小贩斤斤计较。可天长日久之后,就感到不是那么一回事了,最突出的就是人多车多,就跟蚂蚁搬家一样,各顾各的,忙碌得很。而且可笑的是,门对门住着,却经常不知道彼此叫什么名字。如果换作乡下,一个村上的人熟悉得跟一家人似的,不要说来往了,就是相互借个油盐酱醋,使唤一下牲畜,那都再平常不过了。

所以事到如今,如果隔些日子不到乡下走一趟,就浑身有些不自在。特别是妻子,动辄就想回乡下住上几天,"脑子里整天都是汽车的声音,就像敲种似的,嗡嗡响个没完!"她说。这,或许是我选择徒步的一个初衷,既锻炼了身体,同时又满足了回归田园生活的愿望。

的确不一样。当我们来到磨石嘴河坝边,在一排排茂密的榆树林里,被脚下一片片的野蒜苗所吸引的时候,小鸟一样一去不复返的童真重又飞了回来。我们张开双臂,孩子般"哇噻,哇噻"地尖叫着,继而扑下身子,仿佛几十年前一样,大把大把掐起了野蒜苗。

早些年,一到开春,正是农村青黄不接的时候,我们便结伴来到磨石嘴,掐上一些野蒜苗回家,让母亲拌凉菜或包成饺子,味道别具特色。望着河坝边茂盛的翠绿色野蒜苗,妻子和同来的女同学蹲在地上不起来,一边掐着蒜苗,一边贪婪地说:多馋人的野蒜苗啊,真想把亲戚朋友都叫来,一人掐上一大堆,然后变着花样,美滋美味慢慢享用。过去"瓜菜代"的时候,粗粮吃细粮卖,吃野菜是生活所迫。而现在生活水平发生了天翻地覆的变化,却挖空心思粗粮细做,像玉米羹和烤白薯都成了香饽饽,如果遇上个卖沙葱,卖黄花菜的,就高兴得不得了,更况味道鲜美爽口的野蒜苗呢。套用欧阳修《醉翁亭记》之中的一句话,就是喜翁之意不在走,在乎山水之间也。

徒步的妙处是让你越走越上瘾,而且不断改变计划线路,甚至有可能超越体能极限。去南山乌拉斯台那次徒步,就让我和妻子记忆深刻。因为十分清楚海拔高度和行动距离,事先我们做了必要的准备,诸如遮阳帽、纯净水和方便食品,能带的都带了。这次徒步人员比较多,考虑到个人情况,我和妻子笨鸟先飞,一前一后向着目标行进。毕竟不同于以往的慢上坡,刚一上路就觉得有些吃力。等我们爬上不足200米的山梁,已经气喘吁吁,两腿发软了。我就嘱咐妻子稍事休息,自己则顺着山梁继续前行。这个时候大部队已经赶上来了,有几个年轻人虽说负重徒步,依然快速超越了我。我就有些不自量力,咬紧牙关紧随其后。

乌拉斯台的景致是非常迷人的,抬头向上看,巍巍天山、皑皑雪峰,侧首望两边,松如泼墨、林涛阵阵;而脚下则仿佛铺了一条绿色的地毯,牛儿羊儿低头啃着草皮,牧人则侧歪在马背上,简直就是一幅恬静散淡的油彩画。我似乎忘了徒步的本意,无暇顾及这如诗如画的风景,头上冒着热汗,牛一样喘着粗气,步履艰难地弓着腰几近爬行了。

到了既定的修整地点,已接近中午时分,等妻子精疲力竭到达,几乎连说话的力气都没有了。如果吃过喝过之后,和妻子一样原地休息也就罢了。可我好了伤疤忘了痛,看着别人争先恐后向着更高的目标前进,就又坐不住了。然而这次却是半途而废,最终没能到达终极目标。离那座平台不足50米的时候,我就觉得再也无法坚持下去了。不仅气喘胸闷,上气不接下气,头也疼得厉害,而且好像眼珠子都要崩出来了。因为好几年前在青海湖鸟岛,也曾遇到这种情况,我只能到此为止了。

和我的这段经历相比,朋友的那次深山雨夜之行,才真正称得上险象环生。朋友告诉我说,那天他们一行十几人下午进山,因为早先有人走过这条线路,预计四五个小时之后可以到达出口。然而到了预定的时间,他们却还在山里转悠,不用说是迷路了。这个时候夕阳西下,嶙峋的山影野兽一样将他们笼罩其中。更为糟糕的是,山里的天气说变就变,一阵雷鸣电闪之后,噼里啪啦的雨点开始从天而降了。

路越走越远,天越来越黑,他们只得深一脚浅一脚,摸黑前行。因为身处大山深处,又是在雨夜,四周不时传来猫头鹰和野兽的叫声,有几个姑娘吓得不轻,止不住哭出声来。

而在山的出口处,等待接送的司机朋友不停地打电话,却始终无法与大部队取得联系。于是就把电话打回城里,让城里的家人都想想办法。接到电话的家人霎时开始牵肠挂肚起来,甚至有的家人还想到了报警。

与此同时,在城里的某一个餐馆,一个没能同行的朋友,也是在此左等右等,就是不见他们归来。然而令这个朋友哭笑不得的是,他想走而餐馆老板却不愿意。老板说,饭菜都是预定好的,既然都是朋友,劳驾买了单再走。好在他天生聪慧,趁老板一不留神,神不知鬼不觉地溜之大吉了。

后来朋友告诉我说,幸亏那天晚上遇上了一位牧人,才将他们最终带出了大山,不然被蛇咬了,或是失足滚下山去,对谁都无法交代。其实那天朋友是叫我一起去的,因为有了上次教训,加之听说线路复杂,我就婉言谢绝了。徒步的意义在于精神愉悦,如果路遇不测,让身心受到一些意外伤痛,那就没有任何价值了。

沙枣花开，香飘四野

沙枣树和榆树、白杨一样，是我们小时候见得最多的三个树种，榆树根深叶茂、树冠若伞，不但遮阴，也能养人，尤其到了树上结满榆钱，捋下来掺和面粉蒸着吃，别有风味。白杨树又叫窜天杨，意寓生长速度快，猴子一样往天上窜，能防风，也能盖房当椽子。而我所要说的沙枣树，看似普通，实则贵重，一如戈壁荒滩红柳和梭梭，耐盐碱、抗干旱，浑身是宝、价值很高。

记得小时候沙枣花开时节，村上孩子不分男女，聚拢到沙枣树下，男孩子脱了鞋子，撅着屁股，蛤蟆一样四肢伸开往树上爬，凑准一个花开最艳的大树枝，嘴里一边喊着"别过来，这是我先占的地方"，一边骑在树枝上，折几根小枝条，先送到鼻子跟前，闭着眼睛闻一闻，随后找个空当往下一松手，小树枝就像一把小伞一样飘落下去。

女孩子先是仰着头，遮着眼，一边麻雀一样叽叽喳喳嚷嚷，一边指手画脚指挥，生怕最好的一枝让别人抢了先。因为这时候她们都不会空手而来，一人手中一个瓶子，不管是长的圆的，新的旧的，一律干净得一尘不染。由于注意力特别集中，一不小心互相撞个满怀，早已盛满水的瓶子一晃荡，水就洒了。于是赶紧就往泉水边跑，咕嘟咕嘟灌满，重又回到沙枣树下，朝着树上男孩子就喊："咋还不往下扔萨，朝上望得我脖子都酸了！"

男孩子往下扔树枝的时候，不约而同都要再喊一声"我扔了，快闪开！"而女孩就自然躲闪到一旁，沙枣花香气诱人，可也浑身长满尖刺，扎一下，受不了。和男孩子一样，女孩子得到树枝，也要照例先闻一闻，再瞅一瞅，然后才开始彼此攀比，这个说我的花多，那个说她的花艳，如果走到半路觉得不理想，男孩子还要再一次爬到树上，直到女孩子满意为止。女孩子天生热爱花花草草，虽说当时家境一律贫寒，却无一例外窗明几净。冬天窗台上摆几盘蒜苗，是一道风景，也是一道精美的菜。而到春天，女孩子们就喜欢将沙枣花插进瓶子里，三五天换一次，家里始终香气不断、温馨无比。

沙枣树开花在5、6月份，花一开，树上黄灿灿一片，四野香气飘荡，从鼻腔口腔吸进去，似乎五脏六腑都被醺然，有一种短暂的醉意和超然。沙枣树有大有小，大的好像楼一样高，枝杈也很多，抬头望一眼，头上的帽子就掉到地上。小的脚下踩个凳子，就能够得上树上的花枝，那些年村上植树造林，道路边栽了两排沙枣树，就属这种相对小的树种。坐在马车上穿行其间，看着头顶上花团锦簇，浓烈绽放，仿佛满树披戴黄金甲，光彩夺目。似乎空气被喷了芳馨剂，被风一吹，立时四处弥漫开来，整个沟谷都成了香海。赶马车的车把式陶醉其中，触景生情，漫上一曲悠扬动听的"花儿"，一车人心里都痒痒。

我们村上曾经有过两棵古老的沙枣树，据老人们讲，他们小的时候树就已存在，可见树龄很长。一棵长在村部旁，一棵位居于去往旱地梁的涝坝附近。村部旁的这一棵，因被圈进私家菜园子，被人看得紧，花开只能闻其香，结果只能望梅止渴，干着急，没办法。

旱地梁跟前那一棵，就成了我们这些捣蛋鬼经常光顾的理想场所，除去花开折树枝，还有掏鸟蛋、吃沙枣等很多内容。那时候村上人少，生态也好，山上有野兔子、呱啦鸡和狐狸。一次上山追野兔子，围追堵截中野兔子无路可逃，钻进石板窝子，可我们找了一天一夜也没有找到，就一致认为野兔子挖了一条暗道逃走了。经常还能看见狐狸钻进麦田，叼一只鸡就风一样不见了踪影。特别是有一个蝙蝠洞，顶壁上密密麻麻吊着一层蝙蝠,吱吱叫个不停,我们猫着腰钻进去,随时都有蝙蝠掉在身上,吓得浑身打战。

而树上都有鸟窝,斑鸠的、喜鹊的,甚至还有猫头鹰的。有一种叫"大头郎"的鸟,学名伯劳,通体以灰褐色为主,翅及尾黑色,尾外侧羽毛则鲜白色,眼睛周围一圈又明显黑色。"大头郎"生性凶猛、机智,善捕食鼠类、蜥蜴以及小型鸟类等,吃不了就储存起来,即便像鸽鹞子这样的猛禽也不惧怕,只要感到威胁到鸟巢和雏鸟,舍生忘死迎上去猛追猛啄。

伯劳把鸟巢筑在沙枣树最高的树枝上,我们攀爬了几次都没有成功,一是树枝太细,尖刺太多,即使拿一根木棍子也够不着。二是尽管头上蒙了衣服,"大头郎"依旧不依不饶,一次又一次进行突然袭击,搞得我们手忙脚乱,担惊受怕,最终以失败告终。有孩子就说,什么鸟蛋都见过,唯独"大头郎"鸟巢不得靠近,这哪里是"大头郎",明明就是"大头狼"么。

沙枣树树干呈褐红色,树叶则是银灰色,长长的,扁扁的,像一叶扁舟,中间有一条明显的白色竖道。沙枣花含苞待放的时候,像一把合起的小绿伞,直立着。花一旦开放,一簇簇,一排排,一团团,鲜黄色、分四瓣,花蕊自下而上,由豆芽一样的白嫩、晶莹,转换为小蜂般的紫红、精巧。古人以"忽如一夜春风来,千树万树梨花开"譬喻冬天雪淞美色,我则用"香薰飞鸟醉朦胧,色迷路人误行程"形容沙枣花开春日奇景。

花季过后开始孕育沙枣果实,先是一粒小绿豆,而后一如沙枣树叶,呈现一层银白色,指甲盖一样大小,青涩、粘舌头,难以吞咽,有一枚扁形枣核,牙口好嚼着感受丁点枣仁的滋味,有甜也有苦。到了成熟季节,葡萄一样垂挂着,似一粒粒黑豆,只有根部少许银白,看着诱人,吃着变甜,我们就急不可耐,如饥似渴,一股脑爬到沙枣树上,一边揪着吃,一边往衣兜里装,然而物极必反,沙枣吃的多了,沙枣重又由甜变涩,最后唾沫都咽不下去。

然而沙枣树毕竟有着巨大诱惑力,到后来就连村部旁、私家菜园子的那棵沙枣树都不能幸免。那一天我们一群男孩子无聊之极,就开始玩羊拐骨游戏,有个叫哈山的孩子因为输完了羊拐骨,就向赢家借了再玩,赢家不答应,说除非爬上那棵沙枣树,揪一把沙枣给他吃才行。哈山就蹑手蹑脚,屏住呼吸,乘人不备猴子一样爬到了树上。殊不知那家大人,也就是我们平常都叫"老赛哥"的赛普勒,提着一根棍子随后也爬到了树上。"哈山,老赛哥,哈山,老赛哥!"我们看到此景,立即齐声朝树上喊,意思是让哈山藏在树上不要出声。

然而一个双目失明的老者,不但劲大能爬树,耳朵也出奇的灵敏,一边拿着棍子敲敲打打,一边"GPS"一样迅速定位,眨眼工夫就爬到了哈山藏身的树枝旁。哈山急中生智往下溜,"老赛哥"顺藤摸瓜拿棍子打,仿佛一老一小两只壁虎,围着树干躲猫猫。然而狐狸再狡猾,也斗不过好猎手,哈山最后无路可逃,只好硬着头皮,从沙枣树上跳了下来。

沙枣树还产树胶,尤其是树龄高的沙枣树,到了夏天就分泌一种胶状液体,褐红色,黏糊糊的。就有女人采了拿回家去,掺上清水梳头,先是黑亮黑亮,后像发胶一样让头发固定下来,即使刮大风也不变形。就像奥斯曼描眉一样,沙枣树胶很早就被人们利用了。当然还有沙枣的药用价值,包括树叶、花卉、果实都能入药,不失为一种珍贵树种。

早年曾经有一首广为传唱的歌曲——《送你一束沙枣花》,"坐上大卡车,戴着大红花,远方的青年人,塔里木来安家。来吧,来吧!年轻的朋友,亲爱的同志们,我们热情地欢迎你,送给你一束沙枣花"。煽情的歌词,优美的旋律,像磁铁一样吸引了来自五湖四海的支边青年,屯垦戍边,保家卫国,献了青春献终身,献了终身献子孙,就像沙枣树本身,不畏酷暑、严寒,耐得住寂寞、贫瘠,一辈子默默无闻,一辈子造福人民。

1993年在天津大学学习期间,一天进行文艺联欢,来自阿克苏的同学阿布力孜引吭高歌,真情演唱了《送你一束沙枣花》,歌美嗓子也美,而且载歌载舞,落落大方,深深打动了在场每一个人。而我更是刻骨铭心,如今想起来,仍然记忆犹新、历历在目。

儿时的游戏

过去的记忆,就像是刻在石头上的文字,总是抹不去的,印象中最深的,还是儿时的游戏。

那时的农村,文化生活非常单调,既是家境殷实一些的人家,家里也不会有一台电视。不像现在,又是上网又是泡吧的,只要兜里装满钞票,足不出户就可以享尽娱乐的奥妙。所以有人调侃:犁地基本靠牛,点灯基本靠油,娱乐基本没有。挂在家家户户墙上的小喇叭,就成了一个稀罕物,让人们在劳作之余,听听新闻和文艺节目,消除疲劳。

我们这些半大孩子,正处于特别好动的年纪,对那种"只闻其声不见其影"的小喇叭,刚开始还有些好奇,时间长了,就觉得没有多少意思,放学一回家,赶紧揭开锅,盛上一碗饭,叽里咕噜匆匆吃了,蹦着跳着就出了家门。

当然是相伴着去玩游戏了。所不同的是,女孩子的游戏花样少一些,抓子、踢毽子和扔沙包什么的;男孩子就不一样了,游戏名目繁多不说,而且随着季节的变化,游戏项目也随之发生变化。夏天滚铁环、捉迷藏、砸桃核;冬季打雪仗、滑爬犁、打陀螺,不怕玩不过来,就怕时间不够用,尤其到了寒暑假,就成了我们的世界。还有几种游戏是不分季节的,而且也是最有意思的,比如打尜尜和玩"比石",也就是通常所说的羊拐骨,冬夏都可以进行,一旦玩上了很快就会入迷,不分出个你赢我输不肯罢休。

那时候课业负担一点都不重,加之是一所乡村学校,地处偏远,有些课程根本开不起来,课后作业其实随堂就可以完成,留下更多的时间就玩游戏了。一到课间操,男女生各自为政,界线分明,尽心玩起了各自的游戏,一时间满校园一片嘈杂,仿佛赶巴扎似的,热闹得很。回到家时间就更充裕了,即使帮父母做一些家务劳动,也不会耽误多少工夫,也许看我们笨手笨脚,说是帮忙实则添乱,活干不到一半就把我们撵走了。和我们那时相比,如今的学生简直就像生活在水深火热之中,不说别的,就一个书包,足有几十斤之重,跟个山一样,压得学生直不起腰。说是都在进行素质教育,可戴近视眼镜的却日渐增多,为了高考那座独木桥,不知让多少孩子未老先衰啊!

不过,既然是游戏,都有其一定的游戏规则,虽地域有别,但规则大同小异,只有共同遵守,才能公平竞争。以玩羊拐骨为例,就有光板和缠丝之分,更有甚者还会灌铅。所谓光板,就是说羊拐骨上没有任何附着物,光板一个;缠丝则是在羊拐骨缠上铁丝或铜丝,明显就有了分量。而灌铅的程序就有些复杂了,先要在羊拐骨上钻一小孔,然后找来铅丝绕作一团,放进铁勺在烈火中冶炼,等铅丝完全化成铅水之后,再小心翼翼灌进小孔。聪明一些的,用一块骨头渣子封上小孔,看着也是一个光板,可内涵大相径庭,独占优势。

羊拐骨不但分为"温海"(右后拐骨)和"索罗"(左后拐骨),而且还有背背窝窝和香九臭九之别,背背即背面,窝窝即正面;香九就是上方,臭九就是下方。窝窝优于背背,香九胜于臭九。具体玩法有"泡克"和"三太板"两种。"泡克"就是双方各取一个羊拐骨当子,并立放在一起,在外围再划一个圈。然后将各自的砣子握在一块,来回往地上撂,看谁取得优先权。接下来取得优先权的一方,走到事先规定好的距离,习惯性地用脚在地上来回踢一下,将砣子提的高高的再撂至脚下,不管香九臭九,都可以拾起砣子,站在原地来投掷圈里的子,如果正好将子击出圆圈,就算是赢了,反之对方再来。"三太板"则是先在地上画一条横线,长短要适中,各自取一子立着摆在两头,然后也是撂砣子,优先者在规定的地方飞九,要是没能飞九,而是窝窝或背背,就由人家站在摆子的线上,用他的砣子来击你的砣子。无论是击子还是击砣子,必须达到三脚的尺码,不然就轮至对方来击了,所以才叫"三太板"。因而,这个时候往往就看谁的砣子厉害了,记得那时都盼着家里宰羊,尤其喜欢个大的羯羊。一到宰羊的时候,就再也不出去胡乱跑了,争着抢着要给父亲搭手,又是递东西又是抓羊腿的,刀子在眼前晃来晃去的,都不觉得一点害怕。最折磨人的是宰了羊却迟迟不煮羊肉,或者只煮前腿肋骨,而偏偏留下后腿,急得我们就像热锅上的蚂蚁,眼泪都流下来了。

当下的孩子身上,不是 MP3,就是手机之类的高档货,而我们那个时候,兜里装的都是羊拐骨,鼓鼓囊囊的沉沉地吊着,走路的时候"哗啦哗啦"响着,所以衣服其他地方还新着,衣兜却早早就烂了。我们一有机会就互相进行攀比,看谁的羊拐骨多而且好。关系好的都搭伙,将各自的羊拐骨,交由一个最可靠的伙伴保管。于是山羊的、绵羊的、大的小的,甚至连狍鹿的都有了,其中有各自长时间积存的,更多的是赢别人得来的。许多羊拐骨都上了颜色,红的蓝的都有,有些大一点的,使着就顺手,有缠丝的,也有灌铅的,看着就舒服。因为非常看重自己的东西,谁家都有一个藏羊拐骨的坛子,不是塞进麦草垛中,就是埋在羊圈里,时间太久就有可能忘了,到时想起来拿出来一瞧,上面绿绿长了一层毛,就跟出土文物似的。

我特别喜欢赢羊拐骨,一玩起来不吃不喝的。和同龄人玩的时候,我赢的时候多,输的时候少,即使输了,到头来大抵都会再赢回来。可我就是不知高低深浅,偏要和高年级学生比试比试,不仅输了,而且连老本都搭进去了。那一天是个星期天,哥哥和一起搭伙的邻居,翻过山去煤炭厂卖鸡蛋去了,我待在家里闲着没事,就去上庄子赢羊拐骨。先是和几个半大小子玩,结果都赢了,后来人家叫来了哥哥,我没有见好就收,一走了之,经别人一激将,就索性和人家玩上了。我也不想想,我是一个人,单枪匹马,人家是好几个,这个不行那个上,轮番接替。先是"跑克",只赢了一把,再没沾上边;就玩"三太板",让人家赢了个底朝天。我就一不做二不休,将人家带回家门口接着玩,直到输完了一坛子羊拐骨,我才如梦方醒,吓出一身冷汗,再也不敢进行下去了。后来,哥哥和邻居发现一坛子羊拐骨不见了,还以为是被人偷了,一问才知是被我输了,气不打一处来,将我骂了个狗血喷头,幸亏母亲及早发现,要不,非挨他俩一顿揍不可。无奈就找人家往回赢,这回轮到他俩轮番上阵了,一边赢一边回过头来骂我,或许赢得实在艰难,骂着骂着竟哭上了,我的鼻子也不由一酸,流下眼泪,我知道自己闯下了大祸。

打夯夯是一项富有情趣的游戏,在乡下孩子中间比较盛行,有时大人手都痒痒,自觉不自觉就加入了孩子的行列。打夯夯其实并不太复杂,对场地要求不高,视线越宽敞越好。随便找两块砖头,将夯夯担在上面,手心手背决定先后,躬下腰将夯夯撬向空中,然后奋力一击一气呵成。打夯夯讲究眼疾手快,同时手上有劲才行。时间掌握恰到好处,才能准确击到夯夯,手上有力,夯夯就飞得越远。夯夯有两种,一种是比较平常的,木头不粗不细,一柞来长,两头削尖,因而击夯就选择扁形木棍;另一种叫做"鸡蛋夯",顾名思义像鸡蛋一样,粗圆状的,击棍也随之改用大头棒了。打夯夯所以吸引人,关键在于捡夯者必须屏住呼吸,而且高声号叫着,一口气从捡到夯夯的地方跑回原处,这就叫"嚎唆"。距离近了还好说,如果正好遇到一个击夯夯高手,又是那种"鸡蛋夯",只听"嗖"的一声,就不见了踪影。"嚎唆"的时候,围观者要不择手段进行干扰,不是喊他的名字,就是讲一些笑话,"嚎唆"者注意力稍不集中,就会中间断气,于是前功尽弃,从头再来,如此三番,体力耗尽,蹲在地上捂着肚子一个劲告饶,围观者就"轰"得一片笑声,纷纷指着"嚎唆"者齐声喊:"赖皮,起来从来,赖皮,起来从来!"

不过,凡事都有个尺度,把握不好,就会遭遇不测,打夯夯尤其如此。因为要用力击打夯夯,而夯夯两头都是尖的,一不小心失手落在谁的头上,轻则擦破一块皮,重则就是头破血流了,这倒霉事还真让我赶上了。

有一回我们分成两拨，进行打尜尜比赛，玩得正起劲的时候，突然看到一个小家伙，抱着脑袋就蹿出来了，一边跑还一边大声哭喊，一看立刻就吓一大跳，只见孩子头上鲜血直流，连白色衣襟都染红了。见此状我们一哄而散，跑得无影无踪。第二天刚一到学校，我们就被叫到校长办公室，见孩子的爷爷已和孩子正坐在那里，孩子的头虽然已经包扎上了，但脸上仍留有哭痕。而孩子的爷爷气得眼睛瞪得灯泡一样，山羊胡子一翘一翘的。不等我们站稳，孩子的爷爷就让孩子指认，到底是谁让他受到了如此伤害。我做梦都没有想到，孩子竟然不假思索走到我面前，指着我的鼻子说："就是他。"如今那个孩子早已成了父亲，但头上那一块疤痕还在，每当见到我时，依旧指着头发当中那一坨白斑，开玩笑说："看看吧，这就是你给我留下的永久纪念。"

打这之后，我就很少再打尜尜，但毕竟还是个毛孩子，游戏的本性不会丢，离尜尜远了，但离其他游戏就近了。特别是到了冬天，滑爬犁和踩脚马子，就成了最大的大乐趣。大人们盼下雪，是期望来年五谷丰登，说："雪，雪，大大地下，蒸下的馍馍车轱辘大。"我们盼下雪，是想着滑爬犁和脚马子更过瘾。把爬犁牵到高高的山上，脸朝天平躺在爬犁上，两手死死抓住牵绳，脚一蹬，爬犁就似离弦的箭一样，风驰电掣地向下冲去，只听得耳边风"嗖嗖"地响着，脖子和袜子里都钻进了雪，冷成个透心凉都全然不顾。脚马子有双板和单板两样，双板宽一些，下面固定有两条钢筋，踩着稳当；单板高且窄，下面仅有一根钢筋，没有相当功夫，脚是踩不上去的，即使勉强踩上去了，也是一滑一个跟头，摔得鼻青脸肿的。我一直踩着单板，如果看到上下学路上，一个家伙倒背着手，飞速而去，不用问，那就是我了。

在雪地上滑爬犁和脚马子，似乎不能代表真实水平，于是更多的时间在冰滩上度过。我们那里有多处泉眼，一到冬天就形成很大的一个冰滩，成了孩子们的最佳去处。我在冰上滑脚马子的时候，经常会表演一些高难动作，比如雄鹰展翅，还有锦鸡独立，特别是锦鸡独立，动作难度大，必须经过刻苦磨炼才能达到要求。每当我单脚着地，另一只脚高高伸向后方，挥舞着双手风一般从人面前飞过，那个潇洒劲，谁见了谁竖起大拇指。

除了滑冰，就是打陀螺。那时陀螺很少有现成的，都是我们自己加工而成。有螺丝陀螺，也有电杆陀螺，而电杆陀螺又有双电杆和单电杆之分。当时螺丝和钢蛋还好找一些，沥青却非常紧张，所以经常去附近工厂偷油毛毡，因为我们最爱玩的，就是让陀螺相互撞击的游戏，一旦钢蛋和主体分离，就赶紧撕一片油毛毡做替代，点着火后，油毛毡就"滋滋滋"开始往下滴油，于是，顺着钢蛋严严实实滴上一圈，等凉却下来，再用拇指顺时针抹上一遍，沥青自然凝固，就重新可以玩了。

自然，我们也会在冰上玩羊拐骨，所不同的是，不再是投砣子，而是顺着有子的方向，平平地滑过去。如果正好击中，就听得一声脆响，砣子和子都滑出很远，不知去向。这个时候就显出技术的高低了，其实功夫还是在手腕上，轻了不行，重了同样也不行……

三十多年过去，却仿佛就在昨天，一切都是历历在目，记忆犹新，就让人想起那些游戏的主人，多了一份想念和牵挂。不过，我想说的是，还有许多有趣的游戏，都还不曾涉猎，到底成了遗憾。

说说毛驴

突然想起这个标题:说说毛驴。

毛驴是一种力畜,生就卑微,最具耐力。正是基于这一特征,适应性才极强,在某种程度上超过马和牛,甚至骆驼。在农业社会毛驴和人的关系最直接,也最实用。从春耕到秋收,几乎所有环节都与之襄助有关,拉套驮运碾场,都派得上用场。即使农闲,也歇缓不下,小媳妇骑着回娘家,老公公急着要推磨,离了毛驴确实不行。

或许如此,人们才拿毛驴不当回事,自古至今处于陪衬地位。虽说物以类聚,但赞歌都唱给了它的近邻,其中当以马为首。仅名称就美得让人落泪,譬如"天马""汗血马""千里马",如今人们爱屋及乌,甚至将豪华轿车也冠之以"宝马",成了身份和财富的象征。而关于马的成语和民间传说,更是多如牛毛,信手拈来,且多是溢美之词,像"一马当先""老马识途""马到成功"就是。

继而牛,更是一出生便美其名曰:初生牛犊不怕虎,多么豪迈和气派。即便几近暮年,也是厚爱有加,倾注特殊情感,通常还带有象征意义。什么"老黄牛精神""老牛自知夕阳短,不用扬鞭自奋蹄",多好的褒奖啊!

而牛马并列的时候,也用"牛溲马勃"来表示,还说二者皆可入药,神不神!就是将马和骡子扯在一起,都会说"是骡子是马拉出来遛一遛",起码没有扬抑哪一个的意思。最后再与骆驼相比,也是稍逊一等,因为再不济,骆驼也还赢得一个"沙漠之舟"的美誉。再说人家野骆驼现在与大熊猫齐名,已经成了稀世珍宝。

然而毛驴则不同,关于它的记载大抵都和低贱懦弱相关。儿时看小人书《东郭先生》,最深刻的印象是,狼一来驴便屁滚尿流,逃之夭夭。后来上了中学,在语文课本上读到柳宗元的《黔之驴》这则寓言,才知道尽管驴儿使尽浑身解数,到头来终因"黔驴技穷"而被老虎"断其喉,尽其肉,乃去",悲哉。

说实在的,人们之所以对毛驴爱不起来,我想,可能和这些历史传说有关吧。不然,对驴的形容不要说是褒义了,连中性词都不多见。"驴唇不对马嘴""死驴不怕狼啃""好心当做驴肝肺""清风灌驴耳",一言一蔽之,皆是贬损,没一句好听的。而我们维吾尔族人则更直截了当,将那种下流龌龊之辈干脆来一句"伊邪克"!即毛驴子,更是淋漓尽致。当然,有些时候竟然也会发挥到极点,不是有"卸磨杀驴"一说么,简直就是过河拆桥,吃饭砸锅,把事情都做绝了,惨吧!

但我还是想唱反调,为毛驴鸣不平。

毛驴口粗,对饲草没有过高要求,不像牛呀马呀,草料不对口味,闻都不闻。记得儿时放寒假,一到晚上,马号就成了最好去处。所谓马号,其实就是马厩、牛棚和驴圈的统称,我发现牛和马吃的都是上好的苜蓿和稻草,而且还要不时添加饲料。常见的是玉米和油渣,间或麸皮。长草短喂,粗料细喂,都是饲养员必须要掌握的。

这些优待轮不上毛驴,偶尔轮上一回,也是牛马吃剩的残余。毛驴的饲草就是包谷秸秆,铡都不用铡,打开捆往槽上一扔,慢慢嚼吧。

然而,最不起眼,也是最不可或缺的粗活细活,都由毛驴来承担了。比方旱地梁上驮水,大伏天的,收割的人焦渴不堪,远远看见毛驴驮着两大木桶酽茶,一步一摇晃地"啃哧、啃哧"走来,乏困顷刻消除。再如谁家缺个煤、拉个粪,抑或送个病人,驴车一套就走了,方便,也灵活。尽是些琐碎,但却是庄户人的好帮手。都说细节决定成败,用在毛驴身上一点也不过分。哪怕是死了,都为人类做着贡献,"天上龙肉,地上驴肉",可见一斑；而东阿阿胶则是有病祛病，无病健身的滋补佳品，让多少人享用。

有两个经典故事，最能说明问题。一个是阿凡提，一个是库尔班·吐鲁木。

人们之所以喜欢阿凡提，因为他是幽默和智慧的化身，给人带来欢乐和幸福。不要说在新疆，在中国是个家喻户晓的形象，就是在国外也备受推崇。1993年我去乌孜别克斯坦，就在历史名城布哈拉看到一尊阿凡提的雕像。这其中毛驴就是一个重要载体，没有毛驴，那些美妙的传说就不会流传至今，让人百听不厌。

而库尔班·吐鲁木，传奇之处就在于他要骑着毛驴，千里迢迢去北京。正因为如此，才显得不同凡响，让世人叫绝，最终得以和一代伟人双手紧握在一起，成为珍贵镜头，载入史册。今天这个著名的故事已搬上银幕，我想，和库尔班大叔一样，那头幸运的毛驴也该彻底好好风光一回了。

向往伊犁

关于伊犁的最早记忆,还要追溯到孩提时代。一日家里来了位不速之客,头戴金丝绒红圆帽,脚蹬黑色长皮靴,从说话时的豁牙老嘴来判断,来者比父亲年长许多。

长者在我家一住就是一个多月,期间不分昼夜和父母拉着家常,而且不时朗声大笑或感伤而泣。我们这才搞明白,长者来自遥远的伊犁河畔,至今孑然一身,此次远道而来,不为别的,就是想过继一个孩子,养儿防老,打发余生。

或许是看我天生乖巧听话,这个慈眉善目、据称是我们一个远亲的伊犁客,一口一个"儿子"地盯住我不放,甚至后来为了感化我,索性摘下胸前的纪念像章,硬是别在了我的军帽上。

纪念像章当时极为盛行,一些小青年为了得到一枚,有时铤而走险进行抢夺。远亲给我的是难得的套式纪念像章,上面是五角星状,金边红心,中央是光灿灿的毛主席头像;下面则是长条徽章,"为人民服务"五个大字熠熠生辉。不幸的是,如此珍贵的纪念像章,只在我的头上炫耀了一个上午之后,就被哥哥和邻居"卷毛",一番花言巧语和几个棒棒糖就瓜分了。

父母最终没有答应远亲将我带走,不然我就会像他一样客居伊犁,度过一生。然而虽说没有成为伊犁人,可那些关于伊犁的美好故事,却磁铁似的深深吸引着我。

后来去山东曲阜上了大学,因为同宿舍的韦建国就来自伊犁,再一次让我对那一片神奇的土地充满幻想。

从韦建国娓娓道来的描述中,我似乎已经置身于伊犁这个塞外江南,看一排排高大挺拔的白杨树遮天蔽日,听蜿蜒绵长的伊犁河水波涛翻涌;苹果园里,悠扬的手风琴伴着姑娘翩翩起舞,草原深处,矫健的骏马驮着小伙风一样飞奔……

不仅如此,伊犁还是一个造就语言天才的地方。这一点同样在韦建国的身上得到充分印证。他虽说是壮族,却精通维吾尔语和俄语,平时我们聊天之时,他纯正流利的维吾尔语,一点也不比我逊色。然而当他卷着舌头叽里咕噜说起俄语,我就张口结舌无言以对了。

伊犁的多民族成分,让韦建国潜移默化中得到熏陶和涵养,特别是在俄语上的深厚造诣,为他以后的成就奠定了坚实的基础。这个曾经来自伊犁师范学院的佼佼者,后来去了中亚和新西伯利亚,继而在广西民族学院任教,接着再到陕西师范大学,一步一个脚印,让他一跃成为国内知名学者,不仅译著颇丰,学术研究也是硕果累累。

20世纪90年代初期,我终于来到了伊犁,步入阿合买提江大街,游览伊犁河,走进苹果园,梦中的情景一一重现,虽说皆是走马观花,浮光掠影,依旧让我感受到了伊犁的别样风情和民俗。只是由于来去匆匆,更多的美景没有尽收眼底,算是一大遗憾。

正是因为如此,从而才对伊犁难以释怀,加之喜欢舞文弄墨,就对反映伊犁的文字特别关注。其中就有朋友艾克拜尔·米吉提的《哦,十五岁的哈丽黛哟……》,著名作家王蒙的伊犁系列《淡灰色的眼珠》。我就觉得作家笔下的少女哈丽黛、穆明老爹、抑或好汉子伊斯马尔,才是伊犁真正生活场景下的典型形象,无论一颦一笑,一举一动,都是那么亲切自然,富有魅力,从而将一个充满生机和活力的伊犁展现在人们面前,过目难忘。

再一次来到伊犁,则是几年前的事情。为了弥补上一次的遗憾,我们专程去了那拉提。的确美得无法形容：天就像洗过一样，蓝得像一望无垠的大海，一片片随风而动的云彩，仿佛一叶叶船帆飘向远方。错落绵延的群山，层林尽染、色彩分明，就像浓彩重抹的油画，给人一种强烈的视觉冲击。一座座白色毡房，蘑菇般盛开在绿草如茵的草地上，滚滚而去的一河碧水，琴弦似的激荡着游人的情怀。

同样，来到喀拉峻，不能不感叹那深邃高远的人间天堂。造访特克斯，不能不折服那八卦街衢的大智大慧。还有霍尔果斯，让我们看到了东联西出的生机勃勃景象；还有察布查尔，让我们领略了鱼米之乡的祥和安康。

如今再到伊犁，感受的则是新的更大的变化，首先是体现在出行方面，先是一改以往伊犁不通火车的历史，破天荒让一列火车来往于乌鲁木齐与伊犁之间，除去车马劳顿之外，还能在舒适而又平稳的环境里，一路前行，一路观赏沿途的风景和变化。再则就是果子沟高速路高架桥，像是一把巨大的琴弦，横跨于崇山峻岭之间，日夜奏响美妙动人的旋律，给人以赏心悦目的真切体验。加之天上像大鹏般飞翔的航班，真正意义上实现了高速公路、列车和飞行的三结合，不但从根本上缩短了行程距离，更主要是让伊犁这块大美山川，一下子成为旅游和投资的热门之地，吸引着全国乃至全世界的目光，因而才有"不到伊犁不知新疆之美"的由衷感叹。

与之相适应的是对口支援轰轰烈烈的民生建设和日新月异的看得见、摸得着的深刻变化，体现在文化和旅游方面，各具特色的节日像雨后春笋般应运而生：山花节、杏花节、阿依特斯、麦西来普，回族"花儿"，丰富多彩，美不胜收，令人慕名而至，流连忘返。

谁见过一眼望不到边的紫莹莹、浓艳艳的薰衣草，葳蕤葱郁，沁人心脾，甚至连空气都弥漫着一种梦幻般的氤氲和芳馨，这是一种大自然最美丽的惠赐和熏染，就像伊犁大地美轮美奂的多彩生活，永远在我们心中留下最绚丽的记忆。

等待

人的一生中会遇到各种等待,期盼游子归来是一种等待,渴望鸿运当头也是一种等待。套用俄罗斯大文豪列夫·托尔斯泰的一句模式:就是预期的等待都是甜蜜的,未知的等待各有各的焦虑。

我的焦虑完全源于妻子的病痛。

过了不惑之年,正是各种疾患悄然侵入肌体的时候,看着气色尚好,实则有了病因,不看医生不知道,一去检查大小都有些毛病。妻子的病就是在近日的一次例行检查中发现的,以前不知道也就罢了,现在得知有病,就感觉非同小可,马虎不得,当即决定住院。

其实只是普通的妇科疾病,主治大夫一再说这种病很常见,患者日渐趋于增多,只需做个小手术即可。看似轻描淡写,但我依旧焦虑,心里七上八下的,安静不下来。倒是妻子显得坦然,反过来做我的工作,说又不是没有上过手术台,一切顺其自然,没什么可怕。

我就有些汗颜,堂堂七尺男儿,竟不如一个弱小女子。

妻子确实刚强,自从为人妻之后,承担了繁重的家务不说,还额外遭受了两次身体的创痛,虽大伤了元气,却依然二十四年如一日,殚精竭虑、相夫教子,从一个风姿绰约的少妇,熬至皱纹爬上额头,个中滋味,局外人难以体会。

第一次做手术是 20 世纪 80 年代初期,因为难产,肚子疼痛难忍,妻子自作主张,做了剖宫产手术。那一次我不在妻子身边,只让母亲一个人分担着惊恐。第二次做手术则是1999年的事情,因为那一年澳门回归,我记忆犹新。这一次是胆结石,做腹腔镜。好在我自始至终陪伴着妻子,让她的痛苦减轻了一半。

都说事不过三,想不到这种事情偏让妻子摊上。尽管说是一个小小的手术,无需紧张,但繁琐的检查,重复的会诊,仍让我心里疙疙瘩瘩的,觉得事情并非如此。明明事先已经拍过片子,院方却说只能作个参考,不能就此定论。既然是住院,就要从头再来,逐项检查,说这也是替患者考虑,万一再有其他毛病,可以一并治疗。随后X光片,B超,心电图一起上。期间因为间或咳嗽,一时找不到症结所在,医生就建议再做一个脑CT,被妻子拦住才算作罢。

总算等到了手术的时刻,我的心随着妻子一起飞进手术室,仿佛热锅上的蚂蚁,开始了焦虑和漫长的等待。

因为是一家大型医院,手术室走廊人满为患,这个病人刚进去,那个病人又出来了,走马灯似的,一个接着一个。走廊上专用的两排椅子已经座无虚席,不少人只能靠墙站着,一个个脖子伸着长长的,两眼一眨不眨地盯着手术室的大门,只要大门"喀啦啦"一响,还不等护士喊病人的名字,家属们立时蜂拥而至,都想在第一时间接近亲人,送上一句关怀和安慰。

以前或许不曾留意,眼下总觉得病人实在是太多,而且各个情形异同。大多数病人是推着进去躺着出来,有老有少、有男有女,或不省人事,一动不动;或眼睛闭着,却不住呻吟,听着让人揪心。只有个别的病人站着进去,又站着出来,但表情却是痛苦的。知道亲人手术时间可能会长,家属就替换着轮流出去吃点东西,时间尚不确定的,只能寸步不离,眼巴巴盼着。

这个时候,人们最怕的是大门旁边那扇窗户什么时间打开,因为这扇窗户一旦打开,就意味着哪个病人可能遇到什么新问题,需要和病人家属及时沟通。我就在心里默默期望手术室的大门随时打开,那样或许出来的就是自己的妻子。至于那扇窗户，则情愿关闭的时间越久越好，这样至少可以缓解一下楼道的气氛。

手术室的门是电动的，一会儿"喀啦啦"开了，一会儿"喀啦啦"又关上了，推出病人时就会有人如释重负，若是只有一个护士单独走出，就招来一些失望的叹息。我盼着大门打开的频率再加快一些，但就是不见妻子出来，而与此同时那扇窗户不但没有闲置着，反倒显得尤其繁忙，不停地有颗头颅从里面伸出来，紧随其后的就是一声"某某的家属"的高叫声，让本来就不安的心愈发跟着紧张起来。

在这之前，我几乎已经戒了吸烟的坏毛病，此时竟不知不觉犯了烟瘾，心里似乎有一只猫的爪子抠着，痒痒得厉害。我习惯性地将手伸进衣兜，确是空空如也。就想下楼去买，又怕这节骨眼上妻子刚好做完手术，错过迎接机会，只好去楼梯口徘徊。那里有不少烟民，正吐着一团团烟雾，解着心中的忧愁。我试着想张嘴，讨得一根烟，过过烟瘾，但始终张不开嘴。就一次次做着深呼吸，看似在放松身心，其实是在刻意吸着廉价的二手烟。

突然听到有人一遍一遍大声叫着妻子的名字，我以为手术结束，快速赶了过去。然而声音却是由那扇窗户发出的，我的心一下子由焦虑转向紧张，双腿开始发软，头上也都冒出汗来。心想不是说只是一个小手术么，怎么如此大呼大叫的，让人担惊受怕。不过还好，并不是妻子有什么不测，而是手术室的刘医生托护士向我转告，说妻子手术正在顺利进行当中，已确诊无关大碍，稍事等待就会出来，让我们夫妻团圆。

我的心已经开始流泪了，是喜悦，还是疼爱，我说不清楚。凡事只有亲身体验，才会有刻骨铭心的感受，就像这次等待，虽说只是短短的一个小时，却让我心潮跌宕、度日如年。这那里是等待，分明是一种煎熬啊……

阳台上的鸟

大哥家的楼房掩映在一片林荫之中,林中间或几棵白杨,清一色榆树。榆树看上去都有些年头,枝繁叶茂、葳蕤葱郁,于是就成了鸟的栖息地,叽叽喳喳,飞进飞出,极富情趣。

第一次到大哥家的新居,正是春暖花开的时候,站在五楼阳台上,伸手就能触到树上的榆钱。记得小时候吃不饱肚子,一到树上缀满了新绿的榆钱,我们就像灵巧的猴子,从这棵树上下来,又爬到另一棵树上。捋一把榆钱装进挎兜,再捋一把塞进嘴里,等回到家的时候,挎兜塞得鼓囊囊的,嘴也糊得脏兮兮的。

触景生情,不由得感慨往事不堪回首。然而就在这个时候,头顶上突然传来鸟的叫声。我不由抬头寻声仰望,就看到一只小鸟栖落在高高的树枝上,亮开歌喉,情不自禁地歌唱着。鸟的腹部是鹅黄色的,声音婉转悠扬,尤其是每次叫到最后,都有铃铛一样清脆的回音。

因为毕竟是在农村长大,孩提时代都有一段掏鸟窝的经历,见过的鸟自然多了。有些鸟虽说叫不上学名,但我们都给起了名字,像"大头郎""窜树林""包包吃"什么的,很是形象,一说都知道。

不过头上这只鸟,我还真不知道叫什么名字。从颜色上看有点像早先的"黄喇叭",可听声音却又不是。我就有些纳闷,于是回到客厅向大哥求教。大哥就咧嘴一笑,说这种鸟以前他也不曾见过,说不定是谁家的宠物鸟没有看好,飞了出来。"叫不上名字的鸟多了,不一定都是别人家飞出来的。既然声音像铃铛一样，就叫'黄铃铛'不行吗？"这时，做完礼拜的岳母从里屋出来，一边掐着"泰斯比哈"（念珠），一边开玩笑说。听岳母这么一说，我和大哥都觉得很是贴切，就笑着点头称是，便以"黄铃铛"来指代树上的小鸟。

大哥家的客厅和阳台相连，中间用玻璃隔挡分开，只要回头一望，阳台上的一切尽收眼底。时隔不久，就发现"黄铃铛"停止歌唱，由树枝飞落到阳台的台沿上。很快，就又有几只尾随而至。这才看得一清二楚，一律都是灰翅膀、黄肚子，而鸟喙和鸟爪子则是红色的。来来回回在阳台沿上跳跃着，追逐着，突然窜过来一只鸽子，便扑棱双翅"嗖"的一声惊飞了。

这种鸽子我再熟悉不过了，除了脖子和尾巴是褐红色，其余都是一素白，人称"旦布代尔"，是家鸽中最常见的一种。鸽子在不停咕咕叫的同时，旁若无人地啄食阳台沿上的食物，等嗉子鼓成一个明显的疙瘩之后，这才跳到阳台地面，低头将喙伸进一个水盆，然后仰首伸直脖子让水流进肚子。这样反复若干次数，才算吃饱喝足，复又跃上台沿，梳理梳理羽毛，稍稍打个盹，不慌不忙地飞走了。

我这才弄明白，原来见有鸟雀光临阳台，平日工夫大嫂就有意将剩饭剩菜放在台沿上。久而久之，鸟儿们摸着了门道，捷足先登、不请自来。后来大嫂就慢慢和这些精灵有了感情，索性连饮用水都提供上了，如果哪天阳台上少了几只鸟，嘴上就念叨个没完。

后来再到大哥家，我就特别留意阳台上的变化，看是不是有新的鸟儿造访。很快，就有一只蓝白相间的小鸟撞入我的视野。长长的尾巴，长长的喙，尤其是啄一口食，尾巴就迅速点一下的样子，马上让人回想起儿时在河边嬉戏的情景。那时候我们经常在河边碰上这种鸟，就这样尾巴一点一点地，顺着水边找食吃，好像蜻蜓点水似的，很少在一个地方逗留。因为喜欢水的缘故，我们就叫它"水雀"。还是和以前一样，"水雀"往返穿梭，来去匆匆。刚看着还在阳台上觅食，脸一转就已渺无踪影；你还以为它远走高飞了，一回头却又在水盆当中"扑腾扑腾"洗澡呢，滑稽得很。

进入夏季,阳台玻璃隔挡的那扇门就会敞开。有一天中午午睡的时候,隐约听得客厅一片嘈杂,而且不时伴随着鸟翅呼啦啦扇动的响声。跑到客厅一瞧,餐桌吃剩的西瓜皮上,落满了一群闹得正欢的麻雀,随着主人一声吆喝,惊慌的麻雀又呼啦啦扇动翅膀,叽叽喳喳叫着落在了树上。

最让人心动的还是那些燕子。乌黑发亮的羽毛,俊俏轻快的翅膀,状若剪刀的尾巴,因为最喜接近人类,往往将巢筑在农家的屋檐下,秋去春来,矢志不渝。如今又在大哥家的阳台上看到了燕子的身影,不是一只,而是五六只一字排开,齐刷刷相拥在那里。我猜想这可能是刚出窝的小燕子,在父母的引领下,路经此地稍事休憩而已。你听那孜孜不倦的啼叫,多么亲切,多么富有人情味:"我不吃你的谷子,我不吃你的糜子,我在你家抱一窝儿子……"

我原以为到了冬天,大哥家的阳台会呈现一种萧瑟景象,去了才知道依旧还有不少鸟在坚守。最多的是麻雀和山雀,还有一只被大嫂唤作"霸王鸟"的黑鸟。之所以叫它"霸王鸟",是因为这只鸟生性好斗,善吃独食。不管是同类,还是别的什么鸟,只要被它遇上,喙和爪子并用,一阵猛烈攻击,不赶出阳台不会善罢甘休。

那天我正好碰上这只"霸王鸟"。咋一瞧,好像是一只乌鸦,可没有乌鸦个大,而且叫声动听别致,远非乌鸦能比。说是"黑巴儿"鸟,尾巴又长出一截,同样关键是声音差距太大,一个天上一个地下。

我就看到,这只"霸王鸟"野蛮驱逐了一群麻雀之后,长时间赖在阳台不肯离去。低头啄一阵吃的,再昂首美妙地叫上一阵,跳上跳下的,显得有些浮躁。不一会儿,一只同样的黑鸟翩然而至,"霸王鸟"一反常态,双爪并拢,甩着头"噔噔噔"蹭到黑鸟跟前,身子贴着身子,嘴对着嘴,表现出一副十足的媚态。"看到了吧,只有在女朋友来的时候,'霸王鸟'才会变得乖巧,好像换了一个鸟似的。"看我看得出神,大嫂一语道破了天机。

后来我就发现,大哥家的阳台还真是有些与众不同。半圆形的,分两个层次,一根根竖条状的材料上下连接,好像一个大大的鸟笼子。所不同的是,别人家的鸟笼子挂在屋里,而大哥家的却挂在露天,一年四季鸟儿进出自由,让人亲近鸟儿的同时,也亲近了自然。

高考纪事

1977年的深秋,我高中毕业,在一所乡炭厂小学代课。因家与学校中间隔一道山梁,每天放学后,我都会站在高高的山梁上,一边享受着清凉的山风,一边欣赏着家乡的景色。高瞻远瞩中,一天的劳顿随风而去,留下一副好心情,侧耳倾听那来自乡村高音喇叭的声音。

恢复高考的喜讯就是在这个时候传来的。我清楚记得当时天特别晴朗,太阳的余晖洒满整个村庄,金灿灿一片,缕缕炊烟从各家院落袅袅升起,在高音喇叭播放新闻的间隙,不时伴有牲畜牧归的"哞哞"叫声,一派田园自然风光。

我几乎是屏住呼吸听完那则喜讯的。害怕遗漏一个字词,甚至辅之一只手在耳旁,就像怀揣着一只小兔子,心"嘭嘭"跳个不停。以前听老师多次讲过大学的故事,言辞中充满激情和留恋,后来私下里偷看小说,每当读到这方面的描写时,也多是浪漫和神秘,就觉得那是天底下最美好的生活。但就像做梦一样,这种生活虚无缥缈,离我们这些农村孩子太遥远,根本难以实现。所以当我刚听到那则新闻时,还以为耳朵出了毛病,直到后来确认无误,我高兴得在山梁上跳了起来,随后疯了似的,连蹦带跳一溜烟跑回家中,惊得正在刺墩下面觅食的呱啦鸡和野兔子魂飞魄散,有一只野兔子跑出去很远又停下来,回过头竖起两只前爪看着我,不知道发生了什么事情。

毕竟是一件事关前程的大事情,同学之间开始奔走相告,彼此传递着相关信息。一个个虽摩拳擦掌、跃跃欲试,但又不知该从何下手,心里急得跟什么似的。如果打听到谁有一套复习资料,哪怕路有多远,都会匆忙赶过去,夜以继日手抄一份,如获至宝一样揣在身上,走到哪里带到哪里。

那时不像现在,教学条件非常落后,不要说多媒体教学和远程教育,就是正常课程都很难开全开齐。因为就读于一所乡村中学,任课老师少,物理和化学时断时续,一瓶子不满半瓶子晃荡,心里没底。就指望文科了,不过,那时所谓的文科,也并不是真正意义上的文科。首先,文史地当中,只有语文政治坚持上了下来,而历史地理三天打鱼两天晒网,无法前后连贯,自成一体;再则,就是所学都是课堂那点知识,没有课外辅助参考,更重要的是没有城乡之间横向比较,知识面就窄,形不成竞争优势;另外,由于是恢复高考第一次,而且我们已毕业离校,学校难以掌握具体去向,无法集中进行补习,全靠各自临时抱佛脚,考场上见了。

我在我们班上应该说是学习比较好的一个,尤其是作文,很早就崭露头角,让任课老师和同学刮目相看。当时语文课本上有一篇原新疆维吾尔自治区主席赛福鼎·艾则孜的散文《红隼》,文笔优美、意境深远,让我喜欢得不行。我就仿照其文风,也炮制了一篇关于苍鹰的散文,因为文中提到诸如乔戈里山峰和叶尔羌河等地理名称,事后被一位老师看到后,就感到有些吃惊,怀疑我是不是抄袭了别人的文章。我就猜测,老师大概第一次碰到这种情况,不然,在他看来,一个身处天山北麓的乡下学生,怎么会了解塔里木沙漠南缘的辽源而陌生的景致呢。

然而我心里十分清楚,机会从来都是针对有准备的人的。仅凭平时那点积累,要想在高考中脱颖而出,概率几乎很小。很快就听人讲,有一个老三届考生复习特别刻苦,仅模拟作文就写了十几篇,而且全都背得滚瓜烂熟,说是"临阵磨枪,不光也亮"。我就深受启发,白天继续代课,夜晚挑灯鏖战,从古文翻译到时世政治,从历史大事记到一个具体方程式,拾遗补缺、巩固提高,直到雄鸡破晓。如此一来,学习是有所长进了,人却瘦成了一根干棒子,眼圈黑黑的,就跟熊猫似的。

在惴惴不安的期盼当中,终于迎来了高考的日子。因为都是乡下考生,必须提前一天赶到城里,看考场,安顿住处,时间仓促了不行。那时不像现在,农村交通条件很差,没有班车和的士,而且路况也不好,进一趟城要费不少周折。我们几个要好的同学,头一天早早约好赶到公安厅煤矿,求爷爷告奶奶,搭乘上了几辆运煤车,先是在一个叫做地磅的地方下车,等车过磅。遇上好的司机或许会一直带进城里,反之就到此为止,另想办法。我们那天还算幸运,当听说我们是进城赶考的学生,师傅二话不说又让我们继续坐到了医学院,然后换乘一路公交车,行至北门,这才紧张而又好奇地一路打听,一路寻找到考场——当时的十八中学。

第二天就要高考了,对我们这些农家子弟而言,是一个人生转折的重要关头。城里有亲戚的都去亲戚家借宿,我们几个则来到红卫旅社,也就是伊斯兰大饭店的前身,说是养精蓄锐,迎接挑战,实则谈天说地,一夜没睡。我们几个都是第一次住旅社,虽说睡的是通铺,价格也比较便宜,大概只有五块钱左右,但毕竟是在城里,就有了一种奢华的感觉,这里摸摸,那里瞧瞧,话题自然就多了起来,有点指点江山,激扬文字的意思,不过说来说去,话题最终都自觉不自觉回到高考上来,彼此开玩笑说"苟富贵,勿相忘",不管是谁金榜题名,都是同学加兄弟,友谊地久天长。

我们是在喜悦和诚惶诚恐中走进考场的。都是农村孩子,孤陋寡闻的,哪见过如此阵势,人山人海的不说,又是警察又是救护车,戒备十分森严,走进考场就如同走进战场,心理素质差一点的话,不要说答题了,吓也吓晕了。

说起来,现在的孩子就像是生活在蜜罐子里面,一人高考,全家出动,说是考孩子,其实是在考家长。这个营养素,那个保健品,有的甚至搬进高档宾馆,开销不菲。一到每年六月的七、八、九三天,所有考场门口都是家长云集,一个个踮起脚尖,伸长脖子,翘首期盼着,那种望子成龙、望女成凤的焦灼心态,简直到了无以复加的地步。而我那时就相当寒酸了,不要说有父母陪伴,就连钢笔都是残缺不全,只有笔套而没有笔帽,不能像别人一样别在胸前,或是放进文具盒,而是直接就装进衣兜。然而就是这只破钢笔,在那两天紧张而又漫长的考试中,给我源源不断提供笔墨不说,也给了我不少灵感和激情。

我至今记忆犹新的,自然还是题为《每当想起敬爱的周总理》的那篇作文。大概是总理逝世时间不长,大家都还没有从巨大的悲恸当中走出来,缅怀他的丰功伟绩,要说的话自然很多;抑或我本身就参加了学校的一系列悼念活动,当时的感人情景,就像电影一样,都一一重又复原,让人激情澎湃,妙笔生辉。我就觉得钢笔在考卷上行云流水似的"刷刷"响着,停都停不下来,一会儿工夫就写满了密密麻麻的文字,再想添加一些只言片语,都已经没地方可下笔了。

还有就是地理试卷上的一道试题,印象一直比较深刻。我记得那道试题是这样问的:南斯拉夫一艘远洋货轮到达我国广州,要途经哪些水域?许多同学一看到这个题目就懵了,不知如何回答是好,下来后纷纷拥到我跟前问个究竟。我就有点得意,因为从高一年级开始,邻居钱老师家那本世界地图三天两头就被我借来,从头至尾一页不落地翻阅。尤其星期天放羊的时候,这本地图就成了我消遣解闷的好东西,躺在山梁上一看就是一个上午,连羊跑了都不知道。我真的被那些奇妙的图例迷住了:什么颜色代表山峰,什么颜色代表海洋;国界和洲界有何不同,公路与铁路怎么区分?当然我最关注的还是各国的首都和主要城市,从亚洲到欧洲再到非洲;从北美到南美再到大洋洲,就像毛泽东诗词中所描绘的那样:"坐地日行八万里,巡天遥看一千河",简直其乐无穷。所以当同学们问我该如何作答之时,我就说:"远洋货轮从南斯拉夫到广州,途经地中海、苏伊士运河、红海、亚丁湾、印度洋、马六甲海峡和我国南海,最后到达广州。"同学们就都吃惊地说:"咋这么复杂,难怪把人都给绕糊涂了。"

至于政治、历史和数学,就没有那么幸运了,虽说事先也尽量做了复习,但毕竟没有高人指点辅导,仿佛盲人摸象,不能突出重点,各个击破,而是眉毛胡子一把抓了,效果不是太好。那时因为没有"一模、二模"和"三模"之说,虽说考试之后也估算了分数,但毕竟缺乏经验,估算的分数不是高了就是低了,心里七上八下的,没有着落。现在多好,高考结束时间不长,就可以通过多种手段查询分数,快捷得很,自己是不是已经中榜,或者是该上哪个批次的学校,只要了解了分数,心中就有了定数。

终于有一天,父亲带回了大学录取通知书。就这样在焦急的等待之后,我总算打起背包,扛上行李,在来年的春天踏上了东去的列车,在孔子故里,我的母校——山东曲阜师范学院,开始了大学四年的寒窗生活。

亲历解放生产力

秋天是收获的季节,也是庄户人最劳累的时候。一年的辛苦和希望都在地里长着,沉甸甸的一大片粮食,直到颗粒归仓,才能睡个囫囵觉。

这个节骨眼上,劳力弥足珍贵。人口少的人家,担心天有不测风云,只好花钱雇劳力,虽说加大了成本,却避免庄稼烂在地里。

岳母家八个子女,除一个儿子靠种地为生,其余都住在城里。到了秋收之际,便及时转换角色,轮流赶到乡下,或操镰,或挥锹,俨然一个庄稼汉,在洒满阳光的田野上,体验一种久违的成就感。

而最近的一次秋收劳作,却因内容和形式都发生了巨大变化,让我们在短暂的高强度节奏中,真正领略了技术创新的威力。

以往都说农活很苦,关键是生产力落后,除了犁地和拉运等少量劳动靠机械,其余大都要人工完成。面朝黄土背靠天,日出而作、日落而息。就以玉米而言,从一粒粒播种到土壤之中,到最终再一粒粒从棒子上剥离下来,期间要经过间苗、除草、壅土、施肥和浇灌等繁琐环节,如果遇到病虫害,还要及时进行防治。而这一切不仅费时,也很费力,很多人都吃不消。尤其是玉米长过头顶的时候,穿梭于其中,除了经受馕坑一样闷热和烘烤,脸上难免被锋利的玉米叶子刮伤,一道一道的,让汗水一浸,就像伤口上撒了一把盐,疼痛难忍。

问题是很多时候并不能保证劳有所获,特别是苦了一个夏天的庄户人,眼巴巴看着一袋袋的粮食卖不上一个好价钱,心里没着没落的,不知如何是好。掐指一算,机耕费、种子费、化肥、农药和水费一大堆钱,说不准还赔了呢。

而且这些成本当中并不包括人工费,实际上人工这项成本比重最大,也最消耗人的精力和体力。庄户人约定俗成这样一个不成文的规矩,就是通过相互"骗工"的方式,完成一些急难重活,也就是你家地里活忙我帮你出工,反之我家急需劳力你来搭手,而且给谁干活谁来管吃。

如此一来,同样的劳动可能就会多次重复。比方打场,因为场地有限,从摊场到扬场,一般会持续好几天,要是赶上下雨,顺延到何时就没有定数。为了让别人给你出工又出力,首先你不能磨洋工,即使体力不支也要强打精神,人累不说,更重要的是心累呀。

不过,农业增效、农民增收和农村稳定的"三农"问题,已经提到了党和国家的重要议事日程,最重要的标志,就是连续印发的中央"一号文件",不仅让九亿中国农民吃了一颗定心丸,而且得到了越来越多的实惠。

首先是破天荒免去了持续千年的农业税,让老百姓一下子从繁重的经济负担中解放出来。接着又是粮食和农机具补贴,用农民自己的话说:"以前种地给国家交钱,现在国家给我们贴钱,成了真正的主人啊!"

所以,当我们结束了先前在田野里的那种原始秋收方式,转而回到庭院,看着一台"嗡嗡"作响的新型农机具,在最短的时间,将一大堆掺杂着草屑和渣滓的葵花籽,传输、清扬、筛选、装袋,快捷有序、一气呵成。不要说我们几个连襟和内弟们看呆了,就连耄耋之年的岳母也砸嘴叫绝。"活这么大岁数,第一次看见这么快的东西,啥机器呀?"岳母说。

问了师傅才知道,这台农机具叫粮食清选机,而且还是新疆本地制造的,就是属于国家补贴的农机具,14000元的价格,国家补贴了4000元。因为是拖在拖拉机后面,平时跑运输,秋季专事粮食清选。因为生意兴隆,收入可观,虽说糊得灰头土脸,面目全非,心里却喜滋滋的。

而我们也由于分工明确,各司其职,一直显得忙而不乱。挥锨者往传输桶里不停铲着葵花籽,一任葵花籽像黑色石油一样滚滚翻涌而上。经过几道筛子来回筛选和清扬,草屑被吹散到院外,渣滓(上等饲料)被分流在一边,而清洁之后的一粒粒乌黑饱满的葵花籽,则沿着出口哗啦啦顺势装入袋中。

尽管我们的衣服和头脸被飞扬的尘埃弄脏了,甚至气喘吁吁,汗流浃背,但我们也一如那位师傅一样,个个喜上眉梢、谈笑风生。一个多小时的宝贵时间,60元钱的优惠价格,说到底是一件划得来的事情。重要的是,在这紧张而富有成效的时光里,第一次亲历了解放生产力的快乐。

与歌相伴

一段时间以来,我的晨练路线都是相对固定的。每当东方预晓,大地笼罩在一片氤氲的气韵之中。街上行人很少,除了间或一辆汽车风一样驶过,四周静悄悄的。

这个时候,我已跨过宽阔的马路,沿着一溪潺潺清流,来到一片密林之中。呼吸着新鲜的空气,聆听着鸟儿的鸣唱,让身体通过生命在于运动的体验,感受一种全新的都市生活。

就这样,每次出过一身汗之后,我都要习惯性经过一个小区,然后来到菜市场,捎带买些早点和蔬菜,晨练才算画上句号。

我所经过的小区,是在原有基础上扩建而成的,新老建筑浑然一体、规模不小。加之一所大型综合医院坐落其中,沿街店铺林立,生意兴旺,从早到晚人来车往,一派繁忙景象。

自然,每天早晨,我就会看到保洁员劳作的身影。

保洁员都是按片区划分责任的,一把大扫帚扛在肩上,小笤帚和簸箕放在清洁车里。一路走一路打扫,神情专注,动作麻利。像一只不辞辛苦的啄木鸟,为城市清除污垢;又像一只快乐的蜜蜂,给人们送上一缕温馨。

注意到她,还是一个细雨霏霏的春天。

那天我刚好经过小区的时候,天上淅淅沥沥飘起了毛毛细雨。杜甫诗曰:好雨知时节,当春乃发生。从小喜欢诗文相伴的我,沐浴在洋洋洒洒的雪花一样无声的细雨中,不由心旌摇荡,诗兴而发。然而就在这个时候,天上的霏霏细雨忽然变成了瓢泼大雨,不等我反应过来,就已经像个落汤鸡,刚酝酿了一半的诗作,仿佛小鸟一样一去不回了。

我就近躲在一片廊檐下,等雨水过了再说。这个时候,我就隐隐约约听到有歌声从对面传来。起先,我还以为是对面楼上的歌声,抬头望去,楼上窗户关得紧紧的,不像是那里的声音。再望楼下门洞一瞧,发现有个人倚墙而坐,仔细一听,歌声原来是从门洞里传来的。

似乎注意到了我的存在,歌声的音量转而由弱变强,我就知道这歌声是由收音机发出的。是著名的帕夏侬夏的女高音,那样高亢和嘹亮,让我感受到一种民歌的魅力,心情再一次激动了。

雨很快又停了下来,在我准备离开的同时,门洞里的人也走了出来。是个女的,而且就是一个保洁员。就见她扛着扫帚,拉着清洁车,在帕夏侬夏歌声的陪伴下,沿着马路忙碌起来。

以后路过这里的时候,我就有意识放慢脚步。只要听到歌声,我就知道是她了。和其他几个保洁员相比,她的年龄好像年长一些,个头不是太高,身体也有些消瘦,乍一看去,给人一种力不从心的感觉。可是工作起来就好像换了一个人似的,浑身有一股使不完的劲。扫帚所到之处一尘不染,而且不放过任何一个拐角旮旯,即使藏匿在花砖下的纸屑和瓜子皮,也都被她清除的干干净净。这就好像她身上的工作服,从来都是刚刚洗过似的,让人看着舒服。

我发现她的收音机是装在上衣兜里的,这就丝毫不影响她的工作。仿佛一个流动的音箱,走到哪里歌声就跟随到哪里,成为马路一景,让不少路过者驻足欣赏。

都说保洁员是马路天使,因为他们的存在,才使我们所居住的城市始终保持一种干净整洁的环境。就像她一样,虽说只是其中普普通通的一位,却用自己的心血和汗水,换来了社会的认可和尊重。我觉得她就是一道城市风景,挥舞着一把大扫帚,就好像书法家挥毫泼墨一样,有一种游刃有余的大家风范。

所不同的是,她始终与歌相伴,通过悠扬悦耳的歌声,让劳作不再成为简单枯燥的重复,精神上收获一种愉悦和慰藉。而且随着时间的推移,我也仿佛受到一种感染,如果哪一天错过和她相遇,就觉得少了什么,心里有些不太对劲。

然而更多的时候,我还是和她如期相遇。扛着扫帚,拉着清洁车,人未到,歌声先来。说真的,我也是打小听着收音机长大的,即使随着网络时代的到来,我的床头依旧放着一台收音机。然而,我都是以听新闻和体育节目为主,听歌的机会很少。所以每当这种时候,我总觉得这是一种意外补偿,因而特别留意她所带来的歌声。

"不登上巍峨的高山,

美好的前程难得看见;

不骑上黑色的走马,

难以穿越茫茫荒原……"

这是木卡姆当中的一个片段,传至我的耳边,有一种打动人心的力量。我磨磨蹭蹭移动脚步,注意力集中到歌声之中,似乎有点忘我的感觉。

"声音再放大一点吧!"一个女人的声音。

"声音再大就成喇叭了。"她回答。

"老公的病好一点了吗?"女人问。

"托你的福,好一些了。"她说。

"你可真行,一点都不知道苦和累。"女人又说。

"有歌声陪伴着,就忘记什么是苦和累了"她回答。

问她的也是一位保洁员,穿一身和她一样的天蓝色工作服,脸上一幅羡慕的样子。这期间收音机里的歌声一直没有停止,虽然她一边和那个女人交谈着,可是依旧没有放下手中的工作。只见她一会儿扫着马路上的垃圾,一会儿折转到人行道上,蹲下身子清除砖缝里的污物,一心二用且互不影响。

　　后来因为外出学习的缘故，我就错过了经常和她照面的机会。等学习归来继续我的晨练行动，就真的再也没有看到她的身影，而与之相伴的歌声，也随之成为一种永久的怀念了。

乡村岁月

村上小涝坝旁有一棵大榆树,据最年长的伊斯玛子哥讲,他很小的时候,就听他爷爷说,这棵榆树超过了百岁。那么到现在树龄到底有多长,我们几个孩子掰着指头算了一个上午,也没有得出正确的结果。因而一个个不由仰头朝树上看,树上除了一棵棵又粗又长的枝杈四处延伸,就是伞一样遮天蔽日黑压压的树叶。遇到风吹大树,头顶上窸窸窣窣,仿佛筛着麦糠似的,一阵声响之后,稀稀拉拉几片树叶,鸡毛一样随风而落。

大榆树根深叶茂,浓荫覆盖,平常大人在树底下乘凉、聊天。孩子们猴子般爬到树上,春天揪榆钱,夏天捋树叶,榆钱自己吃,树叶喂料羊。到了树上鸟抱窝的时候,偶尔也会掏雏鸟。雏鸟刚开始眼睛都睁不开,嘴尖一点黑,两边一溜黄,红彤彤、毛茸茸,好像一个个指头蛋子,小得不能再小。即便如此,我们依旧手捧着带回家,背着大人,将雏鸟放进小纸盒子。小纸盒子还要垫上棉花团,或者羊毛,看上去真的像个鸟窝。雏鸟不好养,关键是喂食相当麻烦。先要去外面土坷垃下面捉蚂蚱,尤其是那种黑亮的油蚂蚱,囫囵个雏鸟吞不下,只得掐头去尾小心喂,喂多了会撑死,喂少了长得慢。然而三分钟热度一过,我们就失去耐心,索性重新爬上大树,将雏鸟放回窝中。而且还要仔细观察,看雏鸟父母亲是否弃巢而去,如果那样的话,还得另想办法,不然小鸟饿死了,罪名担不起。

大树底下是一排老式平房,靠东是两家住户,一户懒汉吾守尔,孩子多,不干活,鞋子露出了脚趾头,脏兮兮像个癞蛤蟆,气得老婆三天两头和他闹离婚,他依旧鼾声如雷,死狗一样睡不醒,简直拿他没有办法。另一户夫妻都是强劳力,人又精明,小日子过得有滋有味。可惜一个炕上滚上七八年,就是生不下一男半女,着急得像热锅上的蚂蚁。于是吾守尔家的孩子,不少在邻居家蹭饭,看上去就跟亲戚一样。

朝西是村上醋酱房,师傅是奇台那边请来的。实际就是两口子,男的干粗活、累活,女的最后把关。醋酱房除了他们夫妻,别人不得入内,说是把细菌带进去,醋酱就吃不成了。那时节还没到大树底下,远远就闻得到醋酱的味道,醋的酸劲大,提精神;酱油则香醇,入肺腑。第一次出醋酱,全村齐出动,大人小孩一大片,大树底下围着圆圈排队。汽水瓶子,罐头瓶子,甚至输液的葡萄糖瓶子,洗吧洗吧都拿来了。肚子本来就没有油水,拌个凉菜,做个汤,如果再没有一点调味品,庄户人日子还咋过呀。我就想还是队长有远见,那么远把匠人请来,搞一点小副业,挣点小钱不说,关键是让乡下人的生活,从此有了味道。

说到队长,我就想起一件往事。那一年村上来了知青,其中两个小伙子板凳还没坐热,就为谁睡里铺,谁睡外铺起了纠纷。先是动嘴不动手,两个人伸着脖子,公鸡一样头对头嚷嚷,唾沫星子乱飞。继而嘴里没好话,手也开始推推搡搡,最后那个叫"黄毛"的大个子知青,趁对方不留神,抄起一根扁担打了过去。说时迟那时快,队长像是从天而降,伸出胳膊挡住了扁担。知青的脑袋瓜子算是保住了,队长的胳膊却被打折了。不过后来队长并没有追究大个子"黄毛",而是让人扶上驴去邻村找了接骨匠"尕老汉",打鸡蛋、上石膏、缠纱布,胳膊胸前吊了个把月,总算没有落下后遗症。

从此知青都害怕队长,不是因为他骂人就像老子训儿子一样,而是他的从容大度和不计前嫌。譬如那个大个子"黄毛",按理说队长总有秋后算账的一天,可是直到他最终招工,告别农村,队长也从未拿"扁担事件"找过一次他的茬。相反,队长还经常往他的宿舍钻,先是看知青下棋,后来则教他们下"方"。地上一蹲就是半天,忘了吃饭不说,脸也糊得五麻六道,每次还要自己搭配一口袋莫合烟,虽说得不偿失,他却乐此不疲。

我也喜欢去知青宿舍,一是因为有书看,二是出于画画的缘故。那时候我爱美术,先素描,后水粉画,只是因为家境贫困,不是缺颜料,就是找不到好纸张。恰巧有个知青钟情于绘画,绘画笔、颜料和纸张齐备不说,还有一个军绿色画夹,整天背在身上,一有闲工夫,打开画夹,取出纸和笔,要么对景写生,要么看人素描,那个架势,真像一个大画家,令人羡慕。

因为有了纸和颜料,我的绘画兴致极高,先铅笔打底,后上色渲染。包括山水风景,人物建筑,临摹的多,创作的少。不过水平不算低,索要者为数不少。特别是长条松鹤图,松树浓墨重彩,丹顶鹤细致勾勒,加之岩石突兀,云彩变幻,整个画面搭配合理,疏密有致,画一张被人拿走一张,一时洛阳纸贵,小有名气。

除了绘画,我还是一个篮球迷。我个子不高,却总想在篮球场上一显身手,只是机会太少,不要说上场参战,连摸一把篮球的几率都不多。常常是大人们打球,而我们充当看客,村队之间比赛时,只能替大人抱衣服,看东西,当个板凳队员的资格也没有。

出了村上大院子,就是一个篮球场,虽说土场子,却很平整。篮球架子是村上木匠按标准做的,白底黑边,篮板中间方形图案,黄篮筐,白篮网。遇到正式比赛,篮球场不但要用石灰划边线,还要将中线和罚篮区标注清楚。白克力和塔伊尔是球队主力,一上场一个总喜欢说"阿勒得芒"(不着急),一个立刻回应"麻库勒"(知道了),不但配合默契,球技也出色,打一场赢一场,别人甘拜下风。

我们总是在大人们休息的时候,过一把篮球瘾。运球,跑三大步,投篮,打不了全场,就分开打半场,简直就像过节一样,高兴得连羊吃了人家的麦苗都不知道。然而就是好景不长,不是大人们继续操练,我们被清了场,就是"怕卡"(矮个子)力提普回家,把球带走。我们低三下四央求他，一再保证说，打完篮球后就立马送到他家。可力提普根本不听这一套，一手将上衣搭在肩膀上，一手托举着篮球，屁股一扭一扭，头也不回地走了。最为可气的是，他一边走，还一边抬起一条腿"咚咚"放响屁，就跟炸弹似的，震动很大，我们就背后骂他"皮夐"。"难怪找不到老婆，原来如此把人不当人，等我长大了，一次买 10 个篮球在他眼前晃，看把'怕卡'力提普不气个半死！"不知谁这么自我一安慰，我们都笑着觉得心理平衡了。

经过篮球场往上一拐，就是村上马号。说是马号，其实还有牛棚和羊圈。马号长长一溜昏暗的黄泥土房子，前边是门，后边墙上有几个洞口。一是排潮气，二是清马粪。积攒了一冬天的马粪，铲成一堆一堆，然后由壮劳力从那些洞口清出去，运到田里去，是上好的肥料。牛棚四周是干打垒土墙，横竖放几根长木头和椽子，就把诸如玉米秆、苜蓿和从米泉三道坝拉来的稻草堆积如山，不但挡了风霜雨雪，也为冬季牲畜的草料做好了准备。

而羊圈就和牛棚紧挨着，放羊的是一个戴眼镜的下放干部。因为羊倌是南方人，加之又是城里坐惯办公室的，哪里和羊群打过交道。刚开始不是顾头顾不了尾，让羊群像一盘散沙，聚拢不到一起；就是闻不惯羊圈总也挥之不去的膻腥味，即便烈日当头三伏天，也要戴着口罩，有时候捂得气都上不来。

然而时间一长，戴眼镜的羊倌，就和羊群打成一片了。不但知道哪里水草肥美，还能辨别出什么是三瓣野苜蓿，从而确保没有一只羊被胀死。为了叫起来方便，羊倌给每一只羊编了号，起了名字，只要他一叫，羊就非常听话地走到他身边，闻闻这，嗅嗅那。而他也从不让羊失望，要么一块糖，要么一粒盐，要么吃剩的半块饼干，羊儿吃进嘴里，他就喜在心上。所以羊倌不敢轻易走进羊圈，否则就像投降似地，两手举得高高才行，因为羊儿都嘴馋，一股脑围上来，羊倌有些招架不住。

时髦女人

时髦女人时髦的时候，我们还是乳臭未干的毛头孩子。那是20世纪60年代末、70年代初，农村还没有实行联产承包。除了各家有限一点自留地，都是大田耕作，统一上、下工。记得每天早晨钟声一响，扛着铁锨锄头的，拿着铲子挎着筐的，赶着马车吆着牛的，都按各自分工，到田间地头或者旱地梁上，面向黄土背朝天，日出而作，日落而息，受累太多，收获却很少。

那时候农村还很苦，整天土里刨食，包括不少女人都是灰头土脸，显得邋遢。除非有个节庆，走个亲戚什么的，换一身干净衣裳，擦一把雪花膏，就已经算是打扮了。如果穿双高跟鞋，或者用烤热的筷子卷了刘海，绝对就是时髦女郎，回头率高得惊人。

别人夏天太阳晒，冬天寒风吹，不到收工时间，不敢偷偷溜回家。都知道队长脾气大，又是一个炮筒子，如果正好被他逮住，劈头盖脸骂一顿不说，还要开会做检查。这都罢了，最害怕年底扣工分，虽说一个工分不值几个钱，可也是熬日子熬出来的，心疼呢。

时髦女人却不用担心这一点。因为身兼赤脚医生一职，不是参加乡医院定期培训，就是在村医务室取点药，抑或接受一个零时性任务，说忙有空闲，说闲却坐不住。身背一个紫褐色药箱，正中间白色圆形图案，映衬一个红十字，走到哪都受追捧。不是说她水平有多高，关键是药箱里有真货。紫药水可以消毒，人丹不但祛风健胃，还能降暑。尤其是夏收割麦子，经常发生割破手指的情况，这个时候时髦女人打开药箱，先抹碘酒，再缠纱布,最后裹胶布,动作麻利,伤者满意。

大人都喜欢时髦女人,有个头疼脑热的,只要打声招呼,哪怕是半夜三更,风雨交加,她都无怨无悔登门看病。然而五六岁的孩子见到她,一个个扭头跑开了。怕打针是每个孩子的天性,到了打防疫针时候,家家都会传来孩子的哭声。所以谁家孩子晚上不睡觉,只要大人说一声叫医生来打针,准保孩子没瞌睡都会紧紧闭上眼睛。

时髦女人平时都穿白大褂,天气稍微有点凉,就把口罩戴上,加之留着一对长辫子,乌黑,发亮,显得高雅,有气质。时髦女人什么都好,就是婚后十几年没有生个一男半女,留下遗憾。因而她喜欢招孩子,让我们隔三岔五去她家玩,即使翻箱倒柜,闹腾的一塌糊涂都无所谓;而且把自家羊儿狗儿鸡儿捯饬得就跟孩子似的,让别人看傻了眼。

我第一次看到她给一只小山羊,找了小辫,抹了红脸蛋,走到哪,小山羊就跟到哪。不仅如此,时髦女人还以妈妈自居,蹲下身子和小山羊亲热交流。有意思的是,每当她亲昵地叫一声女儿时,小山羊条件反射一般"咩咩"回应,乍一听,以为就是叫"妈妈"呢。还有就是鸡和猫,不是抹红了翅膀,就是脖子上吊了小铃铛,而且都有一个生动的名字。譬如一只公鸡个头大,叫声嘹亮,就称其为"高音喇叭";而一只小母鸡天生胆小、脆弱,则取名"苦命丫鬟"。而那只猫是抓老鼠高手,功劳大,就送一个雅号:"太上皇"。

别人家的狗看家护院,时髦女人家的狗简直就是宠物。一只小花狗,总也长不大,而且连一只小山羊都斗不过。一般的狗来了陌生人,最起码要叫几声,它不但不叫,反而趴在地上,背着耳朵,吐着舌头,摇着尾巴,仿佛跟你是老相识,很亲热。时髦女人不但不反感,相反很喜欢,脖子上套红圈,耳朵上戴红花,到了冬天,还破天荒给狗儿穿了四只小红鞋,在村上引起长时间热议。

那样一个年代,有那样一些奇思妙想,说到底不是一般女人所能做到的。尤其是把家狗家猫当做宠物梳妆打扮,不但在农村是一件新鲜事,即便换做城市,也是走在时代前面的女人。

都是朋友

儿子喜欢小动物,到了乡下,总爱往山上跑。这让父母很担心,说山上有蛇,毒性大,不小心碰上了,跑都来不及。儿子就安慰说,他手里拿着棍子,一边走,一边打草惊蛇。如果真的遇上蛇了,他也不害怕。因为他是学校足球健儿,速度跟国家队高峰一样,脚下一提速,蛇连屁都闻不上。

有没有碰到过蛇,我们不清楚。倒是时不时带回来一些小虫子,会飞的蚂蚱、滚粪团的屎壳郎,还有紧要关头丢下尾巴逃生的壁虎,妻子就叨叨:不怕蛇咬,也不嫌虫子脏啊,快拿出去扔了,恶心死了。儿子费心巴力弄回来的东西,咋能说扔就扔了,只是由捧在手里,转为存放在瓶罐之中,等回城时偷偷塞进背包,掩人耳目。

不听大人言,吃亏在眼前。一次去父母家,高高兴兴跑出去,不大一会儿,鼻青脸肿缩回来了。问及原因:被蜜蜂蜇了。我出去一看,蜂窝就在路边桥下涵洞里,显然蜂窝被捣毁了,四处都是残留物,而蜜蜂一点都没有放弃的意思,飞进飞出,"嗡嗡"的声音直升机似的,让人不敢靠近。再看儿子的额头、面颊,好几处都起了红包,上面还抹了不知谁的鼻涕(民间有鼻涕止蜂蜇痛的说法),脏兮兮的,狼狈不堪。

后来虽不再轻易捉这逮那,可迷恋小动物的秉性,还是很难改变。先是非要我们买一个鸟笼子,再配一对虎皮鹦鹉,挂在阳台晾衣竿上,观其行,听其鸣。美其名曰在完成家庭作业,心思却总是在鹦鹉身上。续水、添食,或者清除鸟粪,能干的活他都干了,不再让我们操心。甚至有几次再到爷爷家，他索性提着鸟笼子，让老人看新鲜。父亲就开玩笑说："电视上都是老人在遛鸟，轮到我们家，却是孙子提着鸟笼子，莫非你也是个小老头啊！"

后来不知怎么搞的，鸟笼子的小门突然开了，一只鹦鹉跑出来，翅膀扑棱棱一扇打，就从敞开的窗户飞走了。落单的那只鹦鹉，从此萎靡不振，没有心思吃喝，也不再鸣叫，仿佛被遗弃的孤儿，一副可怜兮兮的样子，令人心痛。后来又去买了一只鹦鹉，品种和颜色都接近一致，但很难达到最初的亲密、和谐。有时相反还要争斗，叽叽喳喳，跳上跳下，搞得羽毛都掉了，在空中乱飞。妻子怀疑异性相吸，同性相斥缘故所致，最后眼看着一笼不容"二鸟"，就干脆打开笼子，将鹦鹉放生。

然而室内干燥，容易上火，儿子就又动员我们养鱼。一则可以观赏，二则增加屋内湿度。于是买了小鱼缸和五六条鱼儿，红白黄红四种，浴缸里游来游去，屋内有了动感和生气。然而时间不长，红黄白三种鱼都先后翻了白肚，漂在水上面。只有那条黑鱼，摇着尾巴，嘴一张一张，瞪着眼睛坚守着。我就以为先前那几条鱼，可能儿子一时疏忽，耽误了喂鱼，有可能就是饿死的。从而一日三餐，按时按点，将最后一条黑鱼，一顿不差供养着。同样好景不长，一个月之后，那条黑鱼也在没有任何先兆的情况下，悄无声息离开了我们。

于是再买鱼儿，而且大的放进鱼缸，小的养在圆状透明玻璃花瓶里。可是依旧天有不测风云，先是花瓶的小鱼相继死亡，随后传染病似的，鱼缸里的鱼，也无一幸免，一个不剩地死了。我们就分析，花瓶里的鱼是缺氧所致，而鱼缸里的鱼是得病而死。后来经行家点拨，才知道鱼儿没有饿死的，只有撑死的。我们那些鱼之所以没有活下来，很大程度上是鱼食喂得太多了。

一天儿子去小舅那里，正好看见小舅要把一只雪橇犬送人。雪橇犬个头大，富有耐力，而且长得有点像狼。以前电视里看到过，北美雪原，茫茫无垠，七八只雪橇犬，拉着爬犁，长途奔驰，不达目的，丝毫不会松懈，真正意义上人类的忠实朋友。儿子告诉我,小舅的那只雪橇犬是别人送给他的,现在他又要转送给别人。虽说只有短短几天,雪橇犬就和他形影不离,这一点儿子也有切身感受。刚一见面,它就摇着尾巴,立着前爪,仿佛站起来一样,和儿子亲热,如同久违的亲人,有一种相似拥抱的感觉。而到了小舅相约的地方,突然看到一个陌生人等候在那里,本来跟着一起下车的雪橇犬,就跟有了预感似的,重又扭头往车里钻。好不容易拉出来,关上车门,雪橇犬就开始围着车子转圈,让小舅的朋友无法靠近。见小舅把绳子递给朋友,自己钻进了车子,雪橇犬转而拽着绳子向儿子求救。身子一扑一扑,双目直盯着儿子的眼睛,儿子看着不忍心,却也只能拉开车门钻进去。雪橇犬依旧不离不弃,拽着绳子,扑着身子,头一伸一伸向前冲,直到车子跑远,不见踪影……儿子后来告诉我,那只雪橇犬太通人性了,即使再不情愿随他人而去,也不会"原形毕露"而伤及别人。"那一刻,差一点我的眼泪也下来了!"儿子说。

　　时间不长,女儿又神不知鬼不觉,不知从哪里弄来一只小宠物狗,跟一只猫一样,小小的,白白的,蜷卧在那里,仿佛一团棉花,软绵绵的。女儿先用温水给小狗洗澡,擦干后还喷了香水,随后床上铺了小绵毯子,甚至包括一个小枕头,算是给小狗营造了一个小环境,很温馨、极舒适,比她小时候睡觉的床铺好多了。那么小的一点东西,声音也细小,活脱脱就是一只小白猫。食吃得很少,却打喷嚏一样,不停地咳嗽,我和妻子都猜测小家伙有病,或者肠胃不好,不治疗挺不过去。那天女儿不在家,我和妻子正在休息,就听得脚底下有微弱的声音在叫,抬起头一瞧,原来是宠物狗在叫。我就让妻子也起来,看小东西究竟要干什么,妻子不起来也罢了,一看到妻子坐起身子,宠物狗仿佛见到救命稻草,伸着脖子朝她"汪汪汪"一声一声叫,声音很小,但意思很明白,不能丢了它一个,我们独自享清福。那副神态,还真像一个撒娇的小孩子,妻子看不下去,就下去把它抱上床,小东西立马安歇了,身子蜷缩在一起,闭着两眼,"咕噜咕噜"睡觉了。

都是朋友

161

"两个舌头"

现实生活中,我们经常遇到这样一种人,除了讲母语,还掌握一两种其他民族语言,水平高者,语音纯正、交流自如,仿佛如鱼得水,将语言天赋发挥到极致。因为不可或缺的桥梁和纽带作用,这种人通常都很受人尊敬,民间还有一个雅号:"两个舌头"。

第一个给我留下深刻印象的,就是父亲。父亲没上过一天学,是连自己名字都不会写的"睁眼瞎子",但这丝毫不影响他超强的语言交际能力。维吾尔族街坊闹纠纷,父亲责无旁贷,将双方当事人请到家,茶饭供着,动之以情,晓之以理,好话说上一箩筐,直到冰释前嫌、握手言好。

家乡地处半农半牧丘陵地带,沟谷种田,山上放牧,到了羊群转场,山里的牧民就像走亲戚,到我家坐一坐、聊一聊。父亲忙前忙后,一边嘱咐母亲准备好吃的,一边让客人既来之、则安之,仿佛多年不见的亲弟兄拉家常。一个哈萨克族,一个维吾尔族,炕上盘腿一坐就是几小时,没有一点语言障碍,全凭父亲精通哈萨克语的缘故。

家乡汉族和回族人口居多,维吾尔族处于少数,然而父亲先是生产大队长,后来是支部书记,一干就是十几年,除去正直的人品和一腔热情,最关键是他极强的汉语水平。我曾听父亲打过这样的比方:鸟有了翅膀才飞得高,车有了轮子才跑得远,人要是多一个舌头,就等于多了一份财富。如今父亲已经过世多年,但每每遇到老街坊,总有人竖起大拇指对我说:"热合曼书记,可真是一个好人啊!"

后来走上工作岗位，就发现周边不少人有"两个舌头"，有的擅长维吾尔(语)译汉(语)，有拿手汉(语)译哈萨克(语)，更有甚者兼而有之，一人会说三种语言，真正的语言天才。有个教育界朋友，多才多艺、随机应变，因经常出色主持文娱活动，人称"模范主持"。

　　"模范主持"最大本事，最终还是体现在对不同语言的准确把握。记得一次野外联欢，各族师生黑压压一片，朋友再次被推上主持位置。只见他随手将本杂志卷成话筒状，即兴来了段开场白："我兄妹一样亲爱的老师们，我鲜花一样漂亮的同学们，你们看：蓝蓝的天上白云飘啊飘，就像我的心跳啊跳，不是我肚子没有真金子，就害怕大家看够了还说 NO、NO……"朋友先是右手抚胸，继而摇摇手，一脸委屈的样子，惹得四周笑声一片。

　　"模范主持"是哈萨克族，开场白则是讲汉语，明显带有夸张色彩，尤其那个英语单词，一开始就营造了宽松气氛。就像现在一些明星主持，动辄要反串角色一样，朋友也一专多能，唱歌跳舞，毫不逊色。

　　就以唱歌为例，朋友除了熟知《天鹅之歌》和《燕子》等哈萨克族经典歌曲，对其他语种优秀曲目也情有独钟，到什么山唱什么歌，张口就来。一个偶然机会，我见他一边摇头晃脑，一边手打拍子哼唱着，走过去一瞧，发现他对着日记本在练歌。日记本已显陈旧，除了工作日记，就是抄录的一大堆歌词，各民族都有，有些歌词还做了注音和眉批，密密麻麻、杂乱无章，只有他自己看得懂。

　　他用维吾尔语演绎《达坂城的姑娘》，发音纯正、地道不说，感情也真挚、炽热，仿佛自己就是如痴如醉的情郎，哪怕千年等一回也在所不惜；而蒙古族《祝酒歌》，也是"模范主持"保留节目，多亏他有一副金嗓子，圆融、高亢，让"金杯银杯斟满酒，双手举过头"的深情厚谊，连同婉转、悠扬的曲调，长久在人的心头萦绕、回荡。最典型的是他演唱京剧《红灯记》，尽显李玉和大义凛然、宁死不屈的英勇气概，尤其是那句经典台词"谢谢妈！"，从"模范主持"嘴里说出，别有韵味，记忆犹新。

20世纪90年代初,我刚到县上工作,经常下乡,一天来到一个牧业乡,适逢乡上研究牧业生产,乡机关和村队干部都在场,几乎都是民族干部,清一色哈萨克语,争先恐后,气氛热烈。

等到一个汉族干部发言,我还以为要用翻译,不曾想,他一张口我就目瞪口呆了,不折不扣的哈萨克语,自然流畅、水到渠成,丝毫不亚于先前的发言者。如果"只闻其声,不观其貌",你很可能把他当成哈萨克族,"铁杵磨成针,功到自然成",在他身上得到充分印证。

后来这位朋友从一名普通科员,提任到领导岗位,就隔三岔五跑城里,不是争取资金,就是报告乡上近期工作,尽最大可能解决实际问题。虽说职务发生变化,但衣着打扮依旧如故,风尘仆仆、不修边幅,所不同的,就是腋下多了个黑色公文包,遇上开会和研究工作,就掏出本子快速记录,仔细留意一下,多为由右至左的哈萨克文。

一方水土养一方人,朋友打小生活在牧区,与哈萨克族朝夕相处几十年,耳濡目染中,不仅练就一口标准纯正的民族语言,就连生活习惯也入乡随俗,水乳相容。就拿最常见、也最典型的"刀削肉"而言,足见其"冰冻三尺,非一日之寒"功力。

一盘手抓肉,刚从锅中捞出,香气四溢,也灼烫难挨,手难得靠近。就见朋友挽袖、洗手,随后习惯性跪坐在盘子前,挑上一块肉,熟练麻利地削了起来。肉烫刀子又快,不是所有人都能胜任的,不是手烫得扔了,就是"东一棒子、西一榔头",削不下完整一块肉。而朋友则不停翻转着手中肉块,刀子不紧不慢依次削着肉,大小匀称、肥瘦搭配,吃在嘴里,美在心头。

吃肉的过程,也是倾心交流的过程,就听"科斯塔克"(村子)、"赛木雅"(家庭)、"焦耳斯帕"(计划)和"都如斯"(在理)之类日常生活用语,就那么自然随意从朋友口中一一道出,让餐桌充满温馨。

接触的人多了,遇到的奇闻趣事就不少,譬如最近一天,我正在办公室翻阅材料,随着一声敲门,径直走进来一个陌生人。陌生人60出头,戴一顶黑礼帽,人还未到跟前,两只手先伸了过来,这显然是维吾尔族见面礼,我就急忙起身和来者握手、寒暄、让座,并很快断定他是个回族。

然而他一开口,则完全像是一个维吾尔族,自始至终没有一点忘词的意思,滔滔不绝、谈笑风生,而且带有明显的喀什噶尔口音。原来他是父亲生前一个朋友的亲戚,因为工龄计算问题,打听到我前来进行政策咨询。

"水流走了石头在,奥斯曼褪了眉毛在",说起早年的一段工作经历,长者精准用了一句维吾尔族谚语,我就有些惊诧。"阿卡是乌鲁木齐人,说话咋是喀什口音?"我问他。"父母是莎车人,而我在喀什生活了半辈子,如今黄土都快埋身子了,口音当然变不过来了。"长者证实了我的判断。

维吾尔语分为三个方言区:中心方言、和田方言和罗布方言。其中中心方言分布最广,东起哈密,西至伊犁,南抵喀什。方言的差别主要是语音和词汇,譬如吐(吐鲁番)鄯(鄯善)托(托克逊)一带发音有些直和硬,而和田地区发音则带拐弯,仿佛唱歌一样,非常动听。

今年8月我们去了一趟和田,期间结识一个刘姓汉族同行,不但维语说得好,一口和田腔,即便是说汉语,也带着那么一点拐弯调,用老刘的话说:"同饮一河水,习惯成自然",耐人寻味。

艾德莱斯和地毯是和田一大特色,前者色彩鲜艳、对比强烈,是维吾尔族妇女十分喜爱的丝绸料,穿在身上尽显柔软、轻盈和飘逸之风采,是一道亮丽的风景线;后者历史悠久、图案别致,每一个维吾尔族家庭不可或缺,或挂在墙上、或铺在地上,就如当地谚语所说:"天上有多少云彩,和田有多少地毯",不但美观,也很实用,如果不亲临现场切身体验,就算白来一趟和田,遗憾得很。

我们就在老刘的引领下,先后实地参观了艾德莱斯绸制造工艺和地毯生产过程。老刘是这里的常客,不断和熟人打着招呼,一副笑容可掬的神态,给人亲近感。更多的时候都是老刘在介绍,一边介绍,一边时不时停下来，征询一下劳作者的意见。"套格日么，哈塔？"他说，意思是对还是错，依旧拐着长长的弯。劳作者就笑嘻嘻连声回答说："套格日，套格日"。

艾德莱斯绸编制染织工艺极其复杂，所有工序全部由匠人手工操作完成。一口大铁锅先将蚕茧煮沸缫丝，然后抽出缕缕青丝，并丝卷线、上架分干，再经过扎染、图案设计、捆扎，最后分线上机织绸，形成产品。我们一边听，一边看，不仅为古老艾德莱斯绸织染技艺得到传承而欣慰，也为老刘如数家珍地一腔热情而感染。

地毯生产车间具有一定规模，一座座织毯架下，坐着一排排能工巧匠，除了几个男性长者，清一色如花似玉的姑娘。地毯的尺寸和图案都是规定好的，薪酬按所完成面积大小计算。事先就听老刘说，地毯的制造过程尤其复杂，从捡毛、开毛、纺纱、加捻，到染色、上经、编织、修正，大约100多道工序，特别熬人，一般人受不了。

或许工序多，难度大，要求精益求精、一丝不苟，从而造就一代又一代织毯高手，发扬光大、推陈出新，让和田地毯的名声走出新疆，享誉世界。我们就看到一条条色彩艳丽、制作考究的毯子悬挂在陈列室，有的反映自然山水，有的呈现历史建筑，有的重塑传统图案，无论哪一种，都是劳动智慧结晶，凝聚着辛勤汗水和心血。

最令人感动的是，老刘一刻也不停顿地忙碌着，一会儿拉开一条毯子，兴高采烈介绍一番；一会儿再拉开一条毯子，滔滔不绝讲一段故事。因为毯子大而沉重，老刘身体又不好，一阵工夫，他就头上开始冒汗，让人实在不忍心。

那天恰好经过玉龙喀什河大桥，就看见河水中人头攒动，呈现一片繁忙景象，我误以为拦坝抗洪，老刘一听就笑了："我说阿达西，难道没听说过和田盛产美玉吗，那是人们忙着捡玉呢，而不是你所说的拦坝抗洪！"

于是我们又从老刘的口中，得到不少和田玉的知识，什么青玉、黄玉、墨玉和羊脂玉，其中羊脂玉最为稀少，方显珍贵，是玉中极品。而根据和田玉产出的环境和方式不同，又细分为子玉、山流水和山玉，老刘神采奕奕，两眼放光，言语中尽显一种自豪感。

随后我们就来到和田玉石交易一条街，一边辨识和欣赏着，一边听老刘和摊主讨价还价。"布塔西康其普鲁，让斯么雅嘎么？"（这块玉多少钱，真的还是假的），老刘问，一副笑脸，语调拐弯。"让斯塔西，芒其普鲁。"摊主先说是真的，接着伸出五个手指。"白西玉孜？"500么，老刘说。"雅克雅克，白西蒙！"不是不是，5000元，摊主回答。"拜客克依买提，不卖依都！"不行，太贵了，老刘说，先是摊主摇头，这回则轮到老刘摇头了。

后来意犹未尽，老刘还带我们来到玉龙喀什河下游，扔掉鞋子，走进水中，俨然一群淘玉客，像模像样体验了一把捡玉的乐趣。只是五光十色石头捧了一大把，却没有一块通过老刘验收合格的。"刚从水中捡上来，看着个个都像玉，等风吹日晒再一瞧，一块块原形毕露，一毛不值！"老刘断言。

虽说最终没有得到一块和田玉，但老刘拖着长腔的和田漂亮的维吾尔语口音，他对当地风土人情的痴迷和钟爱，以及让我们感到宾至如归的那种亲和力，却一直影响和感染着我们，其价值远远超过和田玉，永远铭记在我们心里。

待到花开烂漫时

追溯我家养花的历史，大概已有20个年头。刚从乡下搬到省城，租住在陈旧的土坯房里，除了几样简单的家具，屋内看不到些许绿意。有一天，连襟抱着一盆君子兰登门造访，于是仿佛蓬荜生辉，让我们在寒冬腊月感受到一种春天的温馨。

君子兰生长在一个硕大的花盆里，让人联想到乡下的水缸，粗琢、笨重，臂力不强搬移吃劲。连襟打老远专程送来，气喘吁吁、大汗淋漓，我就有所歉疚，连声说："大冬天的，让你受累了！"连襟手却一挥："不管怎么说，也算是一次乔迁之喜，因为条件所限，就只能送一盆君子兰了。"他说。

其实我很清楚，对于这盆君子兰，连襟是花费了不少心血的。按妻姐的说法，尽管养了不少花草，连襟唯独对这盆君子兰情有独钟，只要下班回家，就一头扎在花上，连工作服都来不及换下，好像是在养育孩子似的，几乎到了废寝忘食的地步。

这盆君子兰由最初的几片小绿叶，长到一簇葳蕤葱绿，仅花盆就更替了好几个，直到现在这盆时，花已到了极盛期，花开花落几春秋。而且由于根须发达膨胀，最终导致花盆破裂，好在连襟是一名技艺高超的钳工，凭借铁丝对花盆进行了精妙的扎箍，不露一丝痕迹。

就在那一年春节，这盆君子兰第一次在我家开花。起先，只能看到一缕黄色，像丝绸一样夹在层叠厚实的叶片当中，妻子喜出望外，一边高声叫着"开花了、开花了"，一边忙不迭地找出线绳，将叶片分向两边，固定好。不到几日,一朵朵花瓣,雨后春笋般争相盛开,仿佛一束黄手帕,生机盎然飘扬在一团绿色里,昭示着一种美好和幸福。

也就是从这盆君子兰开始,妻子爱屋及乌,对养花有了一种浓厚的兴趣,甚至我也移情别恋,从一心只读圣贤书的"书呆子",转而成为一个痴迷于奇花异卉的"花仙子"。

后来住进了楼房,家里的花盆也就慢慢多了起来,除了君子兰,新增了橡皮树、马蹄莲和鹅掌红等品种。然而不知什么缘故,这些新增花卉很快就凋零或是枯萎了。特别是那棵橡皮树,妻子操心最多,只要一有空,就搬一把椅子坐在旁边,按照不知从哪里学来的养花秘籍,一遍一遍用啤酒擦洗着叶子。开始看上去绿油油、亮灿灿,可是到头来叶子却掉得一片不剩,成了真正的"光杆司令",甚至最后干柴一样,死了。

花死了,养花的心却不能死。妻子就想到了乡下的弟媳,她在庭院里养了很多花,一年四季鲜花盛开,五彩缤纷,跟个花园一样。弟媳告诉妻子,她的经验都是从实践当中来的,比方施肥和浇水都有学问,仔细琢磨了,花就好养了。最让妻子高兴的是,弟媳答应带几盆花给妻子,如果以后花养不好了,她还负责包换。

然而有些花卉在乡下长得好好的,进了城就水土不服了。不是蔫头耷脑没有生机,就是只长叶不开花,红花没有绿叶不行,绿叶少了红花也不行。就像"鹅掌红",盛开时节,就如同一枚枚火炬,挺立在一片片绿叶之上,方显得鲜艳夺目;而"马蹄莲"之所以给人一种冰清玉洁的高贵气质,不也是由于绿叶的衬托和渲染所致么?大千世界相辅相成,才能相得益彰,我们说生活丰富多彩,就在于其多重性和包容性。都说养花可以陶冶情操,关键是在于品味一种哲理。

一个偶然的机会,得到一盆三角梅,就和先前那盆君子兰一样,花盆灰头土脸,很不起眼。然而她旺盛的生命力,完全可以和君子兰媲美,给一束阳光就灿烂,有一口水喝就繁衍。即使别的花草相继完成历史使命,从我们的视野中从此消失,她也年复一年,无怨无悔,始终与君子兰同呼吸、共命运,极尽自己最大可能,让生活充满芳馨和亮色。

如果说君子兰像一个脉脉含情的美少女,三角梅则是风风火火的俊小伙。一个恬静内秀,不动声色中把美留在人间,一个热烈奔放,大红大紫里彰显昂扬的品格。就说这盆三角梅吧,虽说也掉叶子,甚至就和那棵光秃秃的橡皮树一样,不留一片叶子,但这从不意味着行将就木,而是在花开之前的一种脱胎换骨。不等几日,一团团红色的花瓣由小到大、由浅至深,呼啦啦令人目不暇接,仿佛一片红色的祥云从天而降,满眼都是红彤彤的世界。

就这样君子兰和三角梅成了我家的一道亮丽风景,让其他花卉黯然失色。直到1994年我从一家花卉市场花80元买回一株巴西木,这才形成三足鼎立之势,相映成趣,意犹未尽。

记得刚买回巴西木的时候,只是两截长短不一的木棒,木棒上的枝叶也少得可怜,因为枝叶酷似玉米,我就称其为"玉米花"。然而几年之后,干干的木棒上还真的就像插上了几株玉米似的,变得枝繁叶茂起来。而且我们发现这株巴西木特别皮实,除了定期浇水不再让人操心,省去了不少麻烦。到了2004年,也就是女儿考大学的时候,更为神奇的事情发生了——巴西木开花了。

起先我们根本没有发现,只是突然间感到浓郁的芳香在弥漫,沁人心脾、回味无穷。巡着香味过去,很快就在巴西木的枝叶间看到了花容。一串长长的白色花瓣,就像繁星一样,密密匝匝,争奇斗艳。仔细一瞧,花径下端还有蜂蜜状液体滴流,难怪味道这么浓烈,原来是在流蜜呀!凑巧的是这一年女儿考大学如愿以偿,成了中国人民大学一名莘莘学子,为我家引得了辉煌的荣誉。

没有想到四年之后,这株巴西木又一次开花了。当我在QQ上留下"相信么,我家巴西木再一次神奇般开花了"的个性签名时,很快就有朋友断言我家有喜。果真,女儿今年参加全国研究生考试,终因成绩优异被北京大学录取,继儿子之后,我家又出了第二个硕士,双喜临门,可喜可贺。

清雪,乌鲁木齐创造着奇迹

乌鲁木齐的雪由远及近,先是榆树沟、葛家沟一带的天山由高向低,渐次被白雪覆盖,继而雅玛里克山和红山银装素裹,到了第一场雪让大地变成白茫茫一片,标志着漫长而又寒冷的冬天已经到来。

小时候家在农村,一场大雪过后,最费体力的活就算扫雪了。当时都是土坯房,扫雪包括房顶和院落两部分,先房顶后院落。上房之前先把扫帚和推板子扔上去,随后借助梯子小心翼翼爬到房顶。房子面积小,省工也省力,不到个把小时,雪就清扫干净了。如果家口大,房屋也多,就得花费一个上午。房上的雪一半推到房前,一半扫至屋后,不然增加工作量,让人吃不消。头一天下雪,第二天就特别冷,尤其耳朵和手冻得通红生痛,所以扫一阵雪,就凑到烟囱前烤一阵。上房扫雪是一个危险活,眼要尖,心要灵,最主要的是不能靠近屋檐,不然一脚踩空,头比身子重,自找麻烦。

都说瑞雪兆丰年。虽然人们喘着粗气,费心巴力一车一车(人力车)清除院落的积雪,但内心还是欣慰的。雪下的多,地里的冬麦就像盖了一床大棉被,不怕被冻死。再则,雪越厚,来年春上地里墒情就好,一年之计在于春,老百姓的希望都在这"一亩三分地"上,所以就有"雪、雪,大大地下,蒸哈(下)地馍馍车轱辘大"的民谚俗语,可见雪的珍贵。

后来到了城里才发现,仅靠"各家自扫门前雪"那是远远不行的,城里不像农村,人多路多车也多,人们不但有各自的小家,还有一个"大家",那就是工作的单位,学习的校园,服役的部队,经营的场所等,说到底就是我们生活的乌鲁木齐这座美丽的城市。要靠大家齐心协力,才能及时将雪清除干净,运出城外。"下雪就是通知,停雪就是命令",这是过去一到冬季我们听得最多的宣传口号,也正是这样简单通俗的一个口号,曾经一段时间让雪后的乌鲁木齐,在规定的那个时间段实行交通管制,凡属主干道沿线,所有单位和个人都要限时清除冰雪,否则轻则通报批评,重则进行处罚,到后来索性挂黑旗,取消评奖资格,从而确保首府的干净和整洁。

当时是20世纪80年代末,我还在近郊一个乡政府任职。因为办公楼就在迎宾路上,是通往地窝堡国际机场的必经之路,每到冬天下雪,清雪就成了十分紧迫的一项工作任务,只能按要求全力做好,不敢有丝毫懈息。那时不像现在,没有专业队伍和机械,全靠自己铁锨铲、锤子砸、冰铲剁、扫把扫,一米一米艰难行进,一段一段缩短距离,等冰雪清除干净了,手上也起泡了,腰酸腿痛,直不起腰了。一次正好赶上星期天清雪,加之雪又厚,经过一晚上车辆碾压,第二天雪都瓷实了,有些地方几乎就成了冰溜子,给清扫带来很大的麻烦。因为听说当天下午有个检查团要经过迎宾路,而当时除了固定电话,没有其他通讯手段,只能一大早挨家挨户打电话,等人到了差不多了,太阳已升到树梢子高了,于是赶紧脱了外衣,拿出工具甩开膀子干了起来。清雪队伍中有男有女,也有年长的,岁数小的,男同志多干砸、铲和推的活,女同志负责扫和拢的事。雪薄的地方用铁锨,我喜欢那种方头长把子铁锨,一只脚踩上去,等吃上劲再倾斜着向前走。一只脚踩着铁锨,一只脚蹬着地,同时都用劲,而且是一前一后,保持平衡就显得很重要。只有掌握好平衡,才能用上劲,铲到雪,并保证前行,一趟下来,长长一道黑印记,马路现了原色,自然提高了工作效率。反之,一脚踩下去,却来了一个"抹光头"(滑脱),雪不但没铲上,说不定还会劈了腿或者闪了腰呢。

遇上冰溜子,薄一点的用冰铲,长木头把子,铁铲子,不是用来铲,而是拿着来剁,就像握着标枪一样,由上往下使劲剁,很快,路面仿佛一面破碎的镜子,一块一块被清除;要是冰厚了,冰铲就派不上用场了,只能换成榔头或者锤子,榔头型号大,把子也长,猛猛一榔头砸下去,"哗啦"一声响,冰块四分五裂,清雪速度明显加快。锤子头小,把子也短,蹲在马路上敲敲打打,用起来同样顺手,见效。不过榔头可是十足的体力活,必须轮换着来,一个人干根本吃不消,锤子却是一个细活,虽说不用猛劲,如果没有耐力也坚持不下来。我就想起当年村上石板梁人们干活的情景,一块大青石板用撬棍撬下来,还要用18磅榔头再砸小,不然人抱不动,装不上车。都是一顿吃两盘子拌面的青壮劳力,有的时候真是光着膀子,先是伸出手掌啐上唾沫,两手一搓,抡起榔头"嘿"的一声,青石板要么一个白坨坨,要么应声碎裂,用猛力,也要用巧力。

道路积雪如果没有被碾压,推板子的作用最大,一人一把推板子,排成一排一个方向齐力往前推,一会儿就是一大片,事半功倍;最害怕头一天晚上下雪,第二天白天清扫,一晚上车辆来回不停碾压,推板子就只能放在最后来使用了。这个时候雪很沉,容量也大,从这边推到马路另一边,十分吃力。迎宾路道路宽阔,分配给乡政府的路段也长,中午吃饭随便凑合了一下接着干,不知道别人怎么样,我是累得浑身一点力气都没有了,懒得再说一句话,而踩铁锨的那只右脚,等回到家再一瞧,不但脚掌肿了,还起了很多血泡,老婆针一挑痛得我龇牙咧嘴。

有一年一个内地同学来乌鲁木齐出差,看到有不少地方马路路沿石上,用红漆标注着一个个单位的名称不说,还有分界线和长短米数,我就告诉他:这是冬季各单位负责清雪的路段标志。乌鲁木齐4个主城区,沿街路面不计其数,点多面广路线长。那些年冬季清雪全靠人海战术,走在雪后的人行道上,满眼都是清雪的人群,叮叮当当,喊哩喀喳,人声鼎沸,水泄不通。特别是像北京路、光明路、人民路、胜利路、解放路、新华南北路这些主干道,沿街单位和门面,能出来的人几乎都出来了,有的甚至"倾巢而出",形成万人空巷齐上阵,全力以赴清冰雪的宏大场面。如果沿着大小西门转一圈,马路上看不到车辆行驶,清一色清雪剁冰的队伍。有的头上戴着帽子,有的脖子围着围巾,有的手上配有手套;有的则大冷的天脱去外衣,头上冒着汗,嘴里哈着气,或用镐,或用铲,或用锤,总之凡是可以用作清除冰雪的工具都用上了。千军万马,步调一致,统一指挥,定时清除,真真切切大工程,实实在在见效应。所以那些年每个单位都一个专门存放清雪工具的小库房,包括扫把,竹子的,芨芨草的;铁锹,方头的,圆头的,特别是铁锹把子,一定还要多预备几根;推板子,木头的,硬塑料的,小型号的,大尺寸的,要充足;而冰铲和锤子,都是不可或缺的,没有更不行。可以说几乎没有和清雪无关的单位和个人,而参与清雪的人们,几乎也都有一段不平凡的故事和经历。

记得10年前的一个夜晚,突然接到一个通知,说是近郊一个巷子有一段路,因为属于三不管地带,成了清雪死角,积雪没人清除,路上结了冰。关键是第二天早上有宾客要入住这段路旁的一家酒店,冰雪如不连夜清除干净,有损形象。我当时还在乌鲁木齐县工作,分管卫生,于是连忙穿上衣服,叫上司机,一边往那个路段赶,一边电话紧急通知相关负责同志,立马组织清雪人员去现场。想不到等我到了一看,清雪人员已经马不停蹄地干开了。都是冰溜子,不小心车都打滑,天冷路黑,没有路灯,就有人打着手电筒照亮,我就不忍心拿起冰铲一起干。等当快要清雪完毕之时,一个小伙子一不小心脚一滑,一个跟头摔倒在马路上,不但摔破了鼻子,鲜血直流,脚也一拐一拐的,我们说啥都要让他上医院,可他就是不肯,说这一点小伤,自己处理处理就没事了,他始终没有去医院,而我至今也忘不了他。

然而这都是乌鲁木齐冬季清雪必须要靠"人海战术"来完成的过去时,再看现在,虽说人口急剧膨胀,猛然增加到500万,建成区扩了再扩,过去的郊区和荒山也已被成片的一个个新区所取代;"田"字路一、二期建设让城市道路四通八达,方便快捷,东外环、西外环,就像伸出的两条长长的臂膀,拥抱着由一座座鳞次栉比,风格迥异的高楼大厦所组成的边城；从来都是车在地上行，哪见过现在车在空中过，高架桥三、四层，东西南北绕圈来分流，不要说外埠车辆辨不清咋走，即便有些乌鲁木齐的司机，一开始也是犯糊涂呢。新修的道路多了，肯定是车先多了，就像我们的小区，晚上没地方停车，早晨再一看，路两边都停满了车，越野车、小卧车，中间就那么窄窄一条道，技术不过关，简直开不出去。

车辆是以前的不知多少倍，道路也不知是既往的多少倍，反正是发生了如此翻天覆地变化的这么大一座城市，冬天下雪再靠"人民战争"来解决，恐怕已很难适应社会发展的需要。靠什么，靠领导集体的非凡胆识和大量的资金投入。别人做不到的，乌鲁木齐做到了，如今即便下再大的雪，不再像过去一样实行交通管制，全城戒严，组织千军万马上马路，除冰雪，而是从三个大的方面实现"即下即清，雪停路净"这个理想目标。一是组建了专业的保洁队伍，二是购置各种清雪机械，三是体现人文关怀。特别是这些清雪机械，多功能、类型全，效率高，"十八般武艺"尽显神通，头一天晚上下大雪，第二天上马路一瞧，黑黝黝的柏油路，白色交通标志线一清二楚，你就怀疑这天昨日是否下过一场雪。

实际上每每下雪之前，清雪机械已经整装待发。我们经常可以看到那些橘黄色的铲车和卡车，靠马路边停了长长一大溜，等雪从天而降，立马发动开始作业。通常情况下，遇到中雪天气时，先用除雪铲车，然后用滚刷车、扬雪机等将积雪攒堆、装车。遇到大雪、暴雪天气，路面出现结冰，先用无障碍除雪车破冰，除雪铲车推刮、滚刷车清扫后，再装车运走。就看铲雪车，就像我们乡下的推土机似的，铲子面积大，铲雪容量就大，一推就是一个小山包，效率特别高。而前推中扫清雪车，其特长也是适合城市主干道、高等级公路等宽阔道路，同属清雪的重头部队，边推边扫，一个顶俩。还有一个大家伙，就像碾场的铁棍子一样，密密麻麻都是钢筋刷子，轰隆隆从马路上开过去，雪也好，冰也好，连滚带扫都清除掉了，一打听才知道这叫滚雪清雪车，与前推中扫清雪车分工合作，能量不可小视。高架路桥两边都有隔挡墙，清雪车作业之后，路两边还留下一部分积雪,这就靠保洁员一铁锨一铁锨铲好,等清运车来了,装上车拉走。

还有滑移装载机,山猫扬雪机,也都是清雪现场的"精兵强将",而且大马路上大型机械,次干道用中小型机械。因为是"集团军"作战,往往都是速战速决,清一段,净一段,减少重复劳作,提高运行成效。不过数九寒天,哈气成霜,一个一个铁疙瘩,冰冷冰冷的,特别是夜间连续操作,劳动力很强,人也很疲惫。就像2015年12月9日那场大雪,连续下了十七八个小时,据说是33年来的第一次,因而清雪司机的付出可想而知,不间断的辛苦工作,机械有时候都会有个"头痛脑热",暂时停歇下来,更何况是血肉身躯的人呢。要吃要喝,还要休息,这些我们都看不到,然而我们看到的却是第二天出行时,一条条马路都清扫干净了,积雪也不知什么时候已经运出城了。这就是他们的默默奉献,这就是他们自我价值的最好体现,"城市美容师",这也是全体市民给予他们最真挚的褒奖。

白雪映衬下,还有那些身着保暖服的保洁员们,就像寒冬腊月盛开的一朵朵橘黄色花朵,分外娇艳、美丽。他们每个人都有自己负责的路段,春夏秋负责保洁保绿,冬季全身心清除冰雪,尤其一些背街小巷,需要更多的时间和精力,投入到循环往复的重复劳作当中。他们早晨顶着星星,晚上别人都吃饭了,他们还行走在路上。有的时候家人病了,没时间陪伴,有的时候自己也不舒服了,可心还在最熟悉的工作区域,自己不在,路上还有积雪么,行人过马路摔着了怎么办?总是在操心,一整天都在室外工作,浑身冷飕飕,冰冰凉,没有了火气。各级政府看在眼里,疼在心上,免费的热乎乎的早餐,厚厚的暖暖的衣服、鞋子,及时让他们吃上、穿上。试想一下,如果没有了这些给我们的城市梳妆打扮的保洁员们,乌鲁木齐能有现在这样整洁、美观么,能有现在这样充满生机和活力么,能有现在这样像是一个大家庭,各民族和谐团结么。反过来,也正因为如此,乌鲁木齐人才创造了冬雪"即下即清,雪停路净"的人间奇迹。

喀什,一座高台民居,两部辉煌著作

第一次听到喀什这个名字,是在很小的时候。邻居娶了一个南疆女人,隔三岔五来我家串门,言谈中口口声声不离喀什噶尔(喀什噶尔即喀什,维吾尔语音译简称),以及与此相关的包括伊帕尔汗和阿曼尼萨汗的历史典故、风土人情。问了母亲才知道,邻居的女人来自于喀什,一个坐上汽车好几天才能到达的地方。而第一次得到与喀什相关的书籍,则到了1995年。那是民族出版社1986年版的《福乐智慧》,精装本,还有著名画家哈孜·艾买提的一副作者画像。书是喀什的一个朋友特意送给我的,书厚重,朋友的情谊更浓。

实际上真正第一次去喀什,则是在此之前,也就是1983年。那也是我平生第一次乘坐飞机,到了喀什行程紧张,除了香妃墓,没再去别的地方。不过还是不虚此行,起码让我对号入座,终于搞明白原来人们常说的"香娘娘"即伊帕尔汗,而伊帕尔汗就是"香妃"。香妃墓位居于喀什东郊,陵墓由门楼、大小礼拜寺、教经堂和主墓室5部分组成。正门门楼精美华丽,两侧有高大的砖砌圆柱和门墙,表面镶着蓝底白花琉璃砖,富丽堂皇、庄严肃穆。

陵墓内半人高的平台上,依次是香妃家族五代72人,大小58座坟丘。香妃的坟丘就在平台的东北角,盖着红毯,坟丘前用维吾尔文、汉文写着她的名字。墓丘都用蓝色玻璃砖包砌,上面再覆盖各种图案的花布,既表示对死者的尊敬,又有保护墓丘的作用。

如今再到香妃墓,感受更深。一是政府加大了文物保护力度,不但周围树木多,种类也多,绿树成荫,繁花似锦,更加烘托出陵墓的高大、庄重;而且每次进入陵墓内的人数有所限制,从而减少了对建筑的无形压力。二是旅游开发得到提升,一张张高高悬挂的香妃画像,蓝底盛装,英姿飒爽,尤其弯弯的眉毛,大大的眼睛,无不让人产生美好的联想。更重要的是由香妃到沙枣花香,再到薰衣草的蓝色世界,诗情画意中,追忆的是悠久的历史,感受的是文化底蕴。

围着喀什城转一圈,一个最深的印象:就是高台民居,真正意义上建在房子上的房子。仿佛连环套,房子套房子,如同走进一座迷宫,从这头进去,不知道从那头出来,曲径通幽,柳暗花明;智慧的结晶,建筑的风范,占地面积小,就在头顶上做文章。看似简单的木料和黄泥,却让一块块台地,雨后春笋般生长出形态各异的一座座房子,我和你比肩,你和他上下。毕竟大抵历史悠久,风烛残年,加之基础薄弱,抗震能力差,改造高台民居,就成了政府关注民生的头等大事。所以所到之处,都能看到热火朝天的建设场面,不但美观、漂亮,依旧保持了别具特色的建筑风格,而且一律按照抗震要求,扎实牢固,实惠耐用。就像喀什的朋友米吉提说的那样:过去住的土楼房,外面刮风,屋里下土,提心吊胆过日子;现在住进新楼房,煤气灶、卫生间,方便不说,睡觉也踏实多了。

这一次来到喀什,我们在新建的高台民居,转了整整一个上午。的确很有特色,且耐人寻味,看似平常一条巷子,如果没有向导引领,很快就会迷失方向。因为从一个巷子进去,没走多远,又会分出几个巷子,看似一样,去向却大不相同,走着走着有可能就找不到北了。后来向导讲了要领,低头一看,才发现地上有箭头指向,只要顺着箭头走,保证进得来,也出得去,只是费点周折而已。

一条曲里拐弯深深的巷子,两边都是独门独户的维吾尔族人家。推门进去,即是住家户,又是生意人,有的经营铜器陶罐和各种饰件,有的专事布料围巾和精致皮具,不买不要紧,参观浏览一下也算长了见识。我们先是发现一个老太太,头上戴着白纱巾,纱巾上又是一顶红花帽,一袭绿色长裙子,一副慈祥笑容颜,进门都是客,合影全免费。说是耄耋老人,身板还那么富态、硬朗,就像一块磁铁,深深吸引着我们,我们买东西的人少,和老太太照相的人却很多,为她的长寿,更为她始终如一的笑容。还有一家,专事收藏,一进院子,就看到许多稀奇古怪的陈年旧物,包括破罐子烂瓦片,旧皮靴老照片,甚至还有民国时期的毕业证书和一本《清明上河图》,不看不知道,一瞧满屋子都是宝。

我就发现,高台民居各家各户的门很有意思。有大有小,有长有宽,有的自然色,有的色彩缤纷,而且都有门牌号,蓝色底子,白色号码。简约的门,简单几个图形,一把铁门锁;复杂一点的门,大门套着小门,图形变换,色泽不一。除了四周镶有铁皮花边,如果还是双扇门,一边一个铜门环,门一敲,哗啦啦响。这其中还有一家的院门与众不同,看上去更像一扇百叶窗,只是变换了位置罢了。长方形,全木结构,除去四周和中间格挡,实实在在一格一格横竖镂空,独树一帜。

看了高台民居,不能忘了逛"巴扎"。也就是到街上走走,先去艾提尕尔广场,首先映入眼帘的就是艾提尕尔清真寺。清真寺大门用黄砖砌筑,白石膏勾缝,看上去线条清晰,非常醒目。正门高12.6米,两侧的塔高近18米,大门高4.7米,宽4.3米。门前有一个扇形13级台阶,走上台阶便是门厅,铜包的两扇木门,高大雄伟。清真寺始建于1442年,是全疆乃至全国最大的一座伊斯兰教礼拜寺,在国内外宗教界均具有一定影响,为自治区重点文物保护单位。每年到了古尔邦节,万人空巷,载歌载舞,盛况空前。

然后再去民俗一条街,卖花帽的,卖铁皮箱子和摇床的,卖烤包子和工艺品的,沿街都是,风格迥异,抓人的眼球。我先是被高人一头的大铜壶吸引,仿佛一个招牌,赫然耸立于店门口。凑上去一比,简直小巫见大巫,头还没有壶嘴高,或许能创造吉尼斯纪录。到了乐器作坊再一看,满屋子全是维吾尔族乐器,都塔尔、热瓦普、艾捷克、弹拨尔,大大小小,琳琅满目,不但看了现场制作过程,还能现场聆听艺人弹奏。特别是那些乐器摆设品,小巧、精致、富有魅力,买回去摆在家里,添色不少。

最有趣的是看到这样一幅店门牌匾:"买买提克拉木阿吉儿子努尔买买提阿吉的茶叶店"。长长一大串,仿佛绕口令一样,总共21个字。不但很风趣,富有地方特色,同时还说明两层意思:一是老字号,父亲时代就曾顾客盈门;二是子承父业,童叟无欺,如今同样生意红火。不但名称有趣,牌子也很讲究,大而富丽堂皇,维吾尔文、汉文、甚至外文,而且图文并茂,生动形象,一看就是精明人家经营的精品店。

除去香妃墓,喀什还有两座陵墓,一座是玉素甫·哈斯·哈吉甫的陵墓,位于市区体育路。一座是麻赫穆德·喀什噶里的陵墓,地处疏附县乌帕尔乡。玉素甫·哈斯·哈吉甫写了一部古典长诗《福乐智慧》,通过四个人物形象,分别代表"公正""幸运""智慧"和"知足",看似简单的人物对话,却深刻表达了作者的政治理想和哲学观点。诗人把知识作为认识的主要手段,宣传知识就是力量;认为有了知识和智慧,就奠定了做人的基础,而掌握知识和真理的目的,就在于促进社会幸福。因而我国已故著名作家老舍20世纪50年代就曾指出:《福乐智慧》不仅是维吾尔族的宝贵遗产,同样也是构成祖国历史文化的宝贵财富。

而麻赫穆德·喀什噶里的《突厥语大辞典》,全书共分八卷,收录词条7500条,每卷均由上、下两个分卷组成。从语言、文字、人物、历史、民俗,到天文、地理、农业、手工业、医学,以及政治、军事和社会生活等各方面,甚至连神话传说、儿童游戏与娱乐体育等等也是应有尽有,堪称一部不可多得的百科全书,包罗万象,影响深远。

喀什是祖国最西部的一座边陲城市,古称疏勒,与龟兹、于阗和焉耆并称古代安息四镇,不仅历史悠久,文化璀璨,而且滋养和造就了许许多多名垂史册的历史人物。现如今,古老的土地正在焕发青春的活力,一个最显著的标志,就是设立喀什经济特区,仿佛一艘远洋货轮正式起航,迎接她的虽说有挑战,但更多的一定是千载难逢的美好机遇。

"三棵树"尽显王者风范

谁都知道和田自古以来有三件宝：玉石、丝绸和地毯。实际上到了和田才发现，当地还盛行一句口头禅："和田三棵树"。所谓"三棵树"，就是核桃王、无花果王和梧桐王的统称，一棵生长在墨玉县，两棵位于和田县。百闻不如一见，一见才感慨名不虚传。果然都是树的王者：年代长久、高大伟岸、影响深远，有一种"一览众山小"的非凡气势，给人以心灵的震撼。

千年梧桐王：名副其实一棵参天大树

观赏三棵树，我们由远及近，首先来到墨玉县阿克萨拉依乡的古勒巴格村。古勒巴格，在维吾尔语里是"花园"的意思，一棵千年古树，生长在有着这样一个美丽名字的地方，其本身就让人产生无限遐想。

古勒巴格的风光，一如她富有诗意的名字，充满了生机和希望。首先是林木繁茂，所到之处绿幽幽一片，亭亭玉立的钻天杨、果实累累的林果树，或齐刷刷马路两侧一字排开，或像是一道道天然屏障，让农家村落掩映在不尽的绿色之中。再则就是渠系发达，干渠支渠纵横交错，曲径通幽中，不时被流量充盈的河水所吸引。早年曾在乡上工作，感受最深的就是大水漫灌，究其原因，一个是土地粗放型经营，另一个就是渠系渗漏严重。如今看到墨玉几乎被绿色覆盖，标准化水利设施建设，起到了至关重要的作用。

千年梧桐王所在地,已经开辟成一处旅游胜地,取名"其那尔民俗风情园"。围绕着那棵参天大树,园中修建了葡萄长廊和生态餐厅,每到旅游旺季,当地加工桑皮纸、制作民族小刀、木雕的民间艺人会被请到民俗园,为游客现场演示各自拿手绝活。

梧桐树,维吾尔族称其为"其那尔"。风情园以此命名,旨在突出那棵神奇古树的显赫地位。说实话,这些年走南闯北,可谓见多识广、阅历丰厚,然而真正来到梧桐王面前,我还是感受到一种强烈的视觉冲击,由不得发自肺腑叫一声:"参天大树,王者风范啊!"

就见一棵硕大无比的千年古树,就这样巍然耸立在我们面前。仔细一瞧,古树根部突出那一块,还真像一副老人的面孔,有鼻子有眼,甚至连嘴角一道皱褶都栩栩如生,仿佛饱经沧桑、却颐养千年。而那呈伞状一样向上延伸的枝干,就像老人祷告的双手,祈愿上苍赐福五谷丰登、吉祥安宁。

难怪被誉为千年古树,原来梧桐王已有1460的树龄,而且树高30米,树干直径3.5米,周长11米,要7个人手拉手才能合抱。历经多少朝代和岁月,古树依旧枝繁叶茂,呈现一派勃勃生机和旺盛生命力,其中的奥秘就在于,梧桐王每断裂一根枝干,就会从旁边再长出新的分枝,如此更新换代、繁衍接续,从而确保经久不衰、蔚为大观,成为一种美好向上的象征。

关于梧桐王,有许多传说和故事,其中之一是因梧桐王7个大的枝干而派生,相传7仙女下凡,不慎丢了树种,于是才有了梧桐树。因此被当地老百姓视为"神树",据说婚后不育者前去祈福,就能如愿以偿。

给我们当导游的,是一个维吾尔族小姑娘,操一口流利的汉语普通话,举止端庄、大方,解说娴熟、到位。在这样偏远的一个乡村,能有这样一位训练有素的导游,自然引起我的好奇。"普通话这么标准,哪里学的?"我问她。"乌鲁木齐学的,旅游专业,正在实习呢。"小姑娘回答。接着我问她是想留在大城市,还是回到墨玉家乡,她想了一想就说:"现在城里竞争激烈,回来积累一些经验再说。"

随后她就让我们围着梧桐王绕7圈,这是维吾尔族崇尚的一个吉祥数字。而且导游告诉我们,绕圈时必须男士顺时针,女士逆时针。否则,"前功尽弃,绕了白绕。"导游捂着嘴,笑着说。

其实绕圈也分为两种情况,一种是真正意义上的顶礼膜拜,且以当地老百姓居多,到此祈求一生平安。而另外一种,则以南来北往的游客为主,男的绕7圈说是仕途坦荡、步步高升,女的绕7圈据说时光倒转、青春永驻。

无花果王:见树木如同见森林

无花果王树位于和田县拉依喀乡,虽说只有一棵树,却占据了很大一个园子,货真价实一棵树的园子。我们到达时候,正赶上人们午休,除了上下翻飞的蝴蝶,"嗡嗡"叫的蜜蜂,园子四周静悄悄的,安静得很。

进入园子之前,先有一道高高搭起的葡萄长廊,一簇簇珍珠一样的葡萄,就在头顶够不着的上方吊着,红的耀眼、绿的剔透,实在诱人,望着人脖子有点酸,口水只想流。到达园子入口,先看到一块大理石碑,上书"古无花果树"五个镏金大字,苍劲有力、熠熠生辉。

据说无花果王树已有500年历史,占地面积也达一亩之多。放眼望去,仿佛一道密不透风的绿色墙壁,将人的视野浓缩在一个侧面,却不知"墙"后的景致如何。于是就怀着好奇心绕树一周,边走边看,边看边感叹,为无花果王的根深叶茂,一棵树擎起一片绿色世界;也为无花果王的愈久弥坚,一棵树一年挂果竟然超万,如此"多子多福"、创世界之先。

我们转了一圈,也没有找到无花果王的树根究竟在哪里,看似一棵树,实际上满眼都是碗口粗的群生枝干,纵横交错、密如蛛网,仿佛置身于一片红树林,到处都是葡萄藤一样的树枝。有意思的是,由于古树树冠如伞，遮天蔽日，绵延令人叹惋的壮阔气势，发展到今天再不借外力，似乎到了难以支撑的境地。这才看到一根根用以支托的白木椽子，或直或斜、或高或低，与无花果王的枝干融为一体，担当起"承上启下"的历史使命。

无花果属小乔木类，维吾尔族称"安桔尔"，面色黄而带绿，果肉乳黄，其味甘甜，清香可口。人们之所以如此喜爱无花果，不仅在于很高的营养价值，还有其独到的药用价值。据相关资料显示，无花果含有高达74.2%的碳水化合物，这在名目繁多的水果之中，高居榜首。而且因为维生素A、维生素C等养分多，具有生津、开胃和止痢之功效，人称"大补之品"和"福寿之果"，历来被维吾尔民族所推崇。

或许无花果生长在南疆，早先交通又极不发达，加之本身皮薄无核，肉质松软，无花果不适于进行长途贩运。所以即便到了瓜果飘香的黄金季节，乌鲁木齐瓜果摊上也不多见。记得有一次来到城里姑妈家，赶上一个邻居送来无花果尝鲜，好像还用树叶包着，然而还没见到影子，一股浓郁的芳馨就已沁入肺腑，后来等姑妈将一个无花果塞入我的口中，还没有反应过来，就像蜜糖一样融化了。因而我就牢牢记住了"安吉尔"这个名字，梦想着有一天去南疆，就站在无花果树旁再一饱口福。

1996年，在巴音郭楞蒙古自治州轮台县参加了一次大型活动，期间组织与会代表参观农村庭院经济，这才生平第一次站在了无花果树旁。那是一家林果基地，方圆100多亩，分成几个区域，一片果树、梨树，一片核桃、石榴，无花果则位居其中，一律高过头顶，叶子像鸭蹼，果实似扁桃。当时正值无花果成熟时期，一颗颗无花果树上，挂满了黄灿灿的果子，还没到跟前，一种久违的香气就扑面而来。就看一个当地人摘下一枚无花果，放在手心，随后轻轻一拍，无花果就应声开裂。有了行家现场示范，一时间整个园子都是"嘭嘭"的拍打声，而我也算是不虚此行，不但饱了眼福，也过足了嘴瘾。

如今站在无花果王面前，就像站在一位历史巨人面前，如此独树一帜的稀世奇树,历经500年依旧蓊蓊郁郁、果实累累,很难"窥一斑知全豹",必须居高临下全景俯瞰。好在精明的管理者早就有所准备,我们这才依次登上专设的观景平台,将无花果王的风采尽收眼底。"好大一棵树!"不知怎的,我突然想到这句歌词,似乎一言以蔽之,尽在其中。

核桃王:不是传说是奇迹

和田三棵树当中,核桃王树龄位居其次,排在梧桐王之后,不过也有上千年的历史,因而堪称林果树中的"老寿星"。核桃王生长在和田县的喀拉瓦其村,占地一亩之多,高达16.7米,同样历经沧桑,却焕发勃勃生机。所不同的是,核桃王仿佛一副巨大的弹弓,呈"V"字形一路攀高,达到一种让人"高山仰止"的雄奇和伟岸。

如果说梧桐树的根底部分像人的面孔,核桃王却因年代久远,历经风霜,已经主干中空,形成一上一下两个醒目的洞口,上下通连、融为一体,而且还有一个神奇的名字"仙人洞"。"仙人洞"是否真的有过神仙逗留,已无从考证,倒是洞底可以同时容纳4人同时站立,一点不假。看着上下两个大大的洞口,我猜测,曾经一定是孩子们捉迷藏的最佳选择,从底下钻进去,再从上边溜出来,即便突然被发现了,也会猴子一样越爬越高,直至消失在浓密的绿荫之中。

都说"吐鲁番的葡萄、哈密的瓜",实际上和田的核桃也是名扬遐迩。和田是中国最早种植核桃地区之一,素有"核桃之乡"之美誉。和田核桃品种多、产量高,其中尤以薄皮核桃最著名。以前物质匮乏,维吾尔民族就以"哈勒特"(包裹)这种形式,将包括核桃在内的干果,寄给出门在外的游子,就是一种最直接、也最深厚的感情表达。

到了和田,我有一个突出印象,那就是无论房前屋后,渠边地头,抑或就在路边,一棵棵核桃树随处可见。再则就是只要观察一下当地老百姓饮食习俗,都和核桃不无关系。我就亲眼目睹这样一个典型场面:一个白发银须古稀老人，就那么安详宁静坐着吃早餐，一壶茶、一块馕，还有一小碟葡萄干和核桃仁，看似简简单单，老人却吃得有滋有味。仔细一想，核桃不但营养丰富，还因富含钙、磷、锌和各种维生素，具有特殊医用疗效，所以核桃又被誉为"长寿果"，在维吾尔族生活中，扮演者不可或缺的角色。

和田是世界四大长寿区之一，也是新疆长寿人口最多的地方，一路上我们就多次听朋友说，仅核桃王所在地的喀拉瓦其村，200多老人当中，80岁以上的寿星就为数不少，就是一个明显的印证。

我还想起一个流传甚广的传说：据说很早以前有一对夫妇，长得丑陋无比不说，即使年过半百也不孕不育。突然有天晚上，梦见一位腾云驾雾的白发老人，隐隐约约就听一个声音从远方传来："遥远的大漠尽头有神树，如若食其果，才能得子嗣。"梦醒后，便携夫人长途跋涉、历时三年，终于在喀拉瓦其觅得此树，食其果，女人面若桃花、娇丽无比，而且就见得肚子一天天大起来，没过多久，就真的生一儿子，之后儿子科举中了状元，因而核桃王又名"状元树"。

传说毕竟带有传奇和浪漫色彩，不过核桃仁酷似人脑却是不容置疑。核桃壳，就像人的颅骨，而核桃仁的皱折、沟纹，还有它的形状，活脱脱就是大脑翻版。虽说两个物体形状相似，不一定证明彼此有因果关系，然而核桃的益智功能却是真的。就像眼前这棵核桃王，举世无双的王者风范，早已在我们心中根深蒂固，仿佛刻在石头上的文字，风吹日晒也不会退去。

神木园,向着托木尔峰方向

从阿克苏温宿县出发一路向北,透过路边高挺茂密的林带,隐约看见连绵起伏的天山,像一条巨龙横亘在远方。汽车大约行驶半个小时之后,突然有人高声叫喊:"快看,那就是托木尔峰!"然而车窗外稠密的树木,仿佛一道绿墙,一次次遮挡视线,好奇心促使我们停车下人,穿过树林,跑向地边,准备一览托木尔峰奇秀的真容。

只见前方崇山峻岭之中,有一座皑皑雪峰,阳光下熠熠生辉,有人迫不及待,举起相机"咔嚓、咔嚓"开始拍照。神木园还有几十公里路程,方向一直朝北,来时就听阿克苏朋友说:"神木园背靠托木尔峰"。如此推断,呈现在眼前的雪峰,只是西天山众多山峰当中的一座,并不是我们神往已久的托木尔峰。

不过我们还是被眼前的景色迷住了:湛蓝天空下,雪峰就像一位历史老人,古往今来俯视芸芸众生。山脚下,河水绕着村落蜿蜒迂回,滋润和涵养着肥沃的土地。一个突出印象就是树多,沿途都是密密麻麻的林木,有些地段,路两边的树交汇在一起,仿佛一道长长的拱门,欢迎四方宾客。

农家庭院几乎掩映在一片绿荫之中,房前屋后种植着葡萄、核桃、梨树、杏树、无花果等,和以前想象当中的南疆,完全不同。似乎这里的养殖业也很发达,不时有人赶着羊群出没于林间,绵羊忽闪着大尾巴,低着头挤成一溜,山羊则昂着头,一路小跑冲在最前头。

地里的庄稼,恐怕要数稻米最吸引我们的眼球。阿克苏产大米,而温宿又被誉为阿克苏的"稻米之乡",起决定因素的,自然就是水了。所以这两个地名都和水有关,阿克苏意为"白水"和"流水",温宿就更神奇,维吾尔语里是"10个水"的意思,引申义就是"多水"。

一路上看到一块块稻田,就像一个个绿色棋盘,整齐划一、星罗棋布,黄灿灿镶嵌在一片绿色之中。我们停车的地方,就是一片水稻地,齐刷刷长到大腿根,放眼望去,仿佛一条毯子,平整如熨,灿若光芒。一株株压弯了腰的水稻,稻穗黄澄澄、沉甸甸,仿佛一串串珍珠,预示着一个丰收年景。

村落终于到了尽头,顷间视野无限辽阔,抬眼一望,一边是一望无垠的戈壁滩,原先茂密的树木,已被一丛丛红柳和梭梭所替代。一边则是西天山,远看群峰耸立,如万马奔腾;近瞧沟壑纵横、壁立千仞,似樯橹竞发。这时,车子开始爬一个长长的慢上坡,而山脚下那一团绿色,就是我们此行的终点——神木园。

然而到了近处再一看,我不由为神木园的"博大"和"精深"所震撼。先说其"博大",走进神木园,我就好像走进一片密不透分的原始森林:满眼皆树木,两耳鸟语声,曲径通幽处,风景不相同,简言之一句话,就是博大。据介绍,神木园占地面积40多公顷,相当于600多亩,多大一个园子啊。

再说其"精深",虽说我们来去匆匆,在神木园只待了短短1个小时,却依旧有一种置身植物天堂的感觉。或古木参天,一道道年轮,述说一个个遥远的故事;或硕大无朋,几人难以合抱,历经风雨沧桑;或游龙走蛇,蜿蜒起伏变幻莫测;或盘根错节,相互依存矢志不渝。树木多,树木的种类也多,杨树、榆树、柳树、桑树,还有核桃、杏树、白蜡树等,名目繁多、形态各异,就像患难与共一家人,融为一体。

穿行于绿树环抱的神木园,就像身处一座硕大天然氧吧,似乎感觉空气都是绿色的,赏心悦目的同时,还让人产生许多美好的遐想。只能感叹大自然慷慨馈赠,温宿才有这样一处"世外桃源",远看一团绿,近瞧林一片,不识神木园真面目,只缘身在苍茫林海中。

都说林子大了什么鸟都有,到了神木园,则发现林子古老才具有灵气。先是看到几棵千年杨树,一块块树皮不翼而飞,树干斑驳陆离,一片葱绿中很是显眼。一问才知到,树皮是被人有意剥去的,原来这种树皮医治牙痛,据说牙病发作时,嚼点树皮立即见效,因而才说"牙痛真要命,嚼树皮才管用"。

再就是我发现,神木园不但树长得高大、茂盛,就连周边的杂草也"如火如荼",兴旺得很。就看到,到处是放羊娃最喜欢的"扯扯秧",开着牵牛花似的小白花,一团一团交缠在一起,甚至爬山虎一样蔓延到红柳之上,简直是在疯长。还有就是芦苇,绿幽幽、齐刷刷,毫无节制往上蹿,风一吹,哗啦啦响,俨然小小一个"芦苇荡",藏于其中,难得发现。探究其奥秘,就是园中一处泉眼,起着至关重要的作用。

这眼泉又名"神泉",据说饮此泉水,祛病除灾,而用水清洗眼睛,则会心明眼亮。一时间泉眼边围满了游客,有的一边饮着泉水,一边还不忘装一瓶泉水;有的则专注洗脸洗头,一副旁若无人的样子。我的眼睛不是很好,远处的东西看不清楚不说,还时常淌眼泪。当我挤到泉眼边,甚至忘了先饮后洗的顺序,捧起泉水就洗,一遍、两遍、三遍。还别说,眼睛好像一下子就清亮了,心里也仿佛明镜似的,豁然开朗。

之所以称之为神木园,除去上述诸多因素,就是一些特定树木的神形兼备。其中之一就是鬼斧神工的"马头树",一棵粗壮的白蜡树,硬是从半腰伸出一棵白色"马头",有鼻子有眼,形似神也似,几乎以假乱真。于是有人借题发挥,和唐僧西天取经的白龙马扯在一起,平添一种神话色彩。

"无根树",听上去好像真无根,实则有根找不到。我们不信,就一个个猫着腰,眼睛贴着地皮一通乱找,结果只见一根根树干横亘于地,错综复杂、相互交织,看不清哪里是头、哪里是尾,只好作罢。都说无源之水、无本之木,旨在说明二者缺一不可,可树根到底又藏在什么地方呢?神木园,真是神了。

同样,一棵千年小白蜡,和一棵千年古榆,如同地上"连理枝",并生共长、"相濡以沫",就像"鸳鸯树"这个象征爱情和美好的名字,打动人心,产生共鸣。还有"儿女绕膝"的"母亲树",同呼吸、共命运的"民族团结树",一棵棵鲜活、生动的树木,被赋予不同的象征意义,不但有创意,也启迪人的心灵。

温宿神木园,维吾尔语"库尔米什阿塔木麻扎",即传经圣人坟地。站在高高的平台上,一座座黄土垒造的墓葬,便呈现在游人眼前。有几座墓葬,高出地面很多,分上下两层,底座宽大方正,上面则是圆形。还有一座栅栏围起来的长方形建筑,同样清一色泥土造就,有门楼,也有木质门扇。因位于平台之上,看上去醒目、凝重,看了木牌才知道,这里原是一处"百年讲经堂"。该墓葬群20世纪80年代末期,被确定为文物保护单位,并派有专人管理。

也就在这个时候,那座早先被误认的托木尔峰,才真正巍然耸立在我们眼前,那样瑰丽、那样神秘、那样令人叹为观止。托木尔峰呈三角形,顶天立地、四季冰雪,并以托木尔峰为中心,形成东西南北四大冰川,为整个南疆地区的繁衍生息,提供了巨大的水源保障。

很早以前,只知道天山将新疆分为南疆和北疆,而有关山峰的知识,也仅仅局限于海拔5445米的博格达峰。直到上了高中,才懂得天山有两座最著名的山峰,一座叫做托木尔峰,一座叫做汗腾格里峰,前者海拔7435.3米,后者6995米。更为神奇的是,托木尔峰周围6800米以上的高峰有9座,6000米以上则达15座。山的世界、群峰林立,出类拔萃者,"托""汗"二峰也。

而且和神木园一样,托木尔峰和汗腾格里峰,仅从名字上就能断定非同寻常。托木尔峰,意为铁一样的山峰,而汗腾格里峰,则是王中王,一个象征高不可攀、一个寓意至高无上。唐代大诗人杜甫杜夫子,曾经写下

"会当凌绝顶,一览众山小"的千古名句,此时此刻,我也斗胆如法炮制:"天山姊妹峰,锁于云雾间,偶尔露峥嵘,万山皆下品"。

沿着托木尔峰方向,向北一路走下去,就会达到一个叫做神木园的地方。园中林木荟萃、古树参天,其实就是一座天赐植物园,一个物种,代表一个绿色希望,每个故事背后,无不包含深厚文化底蕴。

一座这样神奇的园林,因背靠一座托木尔峰,衬托其春色满园关不住的勃勃生机;反过来,因为有了山下那一片绿荫,则让托木尔峰愈发显得伟岸、高洁。一座神木园和一座山峰,就这样互为烘托、互为提升,珠联璧合中让温宿这个名字广为流传、影响深远……

一个叫"阿日相"的地方

记得小时候奶奶体弱多病,遇到出门的日子,爷爷就牵着一头毛驴,扶上扶下的,行动很不方便。

后来我才知道,奶奶得了风湿性关节炎,走路腿痛。特别是到了阴雨天气,不要说走动了,躺在炕上都"喂江,喂江!"呻吟着。

那些年,我们经常听爷爷提到一个叫"阿日相"的地方。说是奶奶的腿能到那里泡泡水,或许就不会像现在一样受罪了。说到"阿日相"的时候,爷爷和奶奶都沉浸在一种极度美好和遥远的憧憬之中,目中炯炯有神,脸上熠熠生辉。

我能感觉到,这个时候也是父母极度为难的时候。所以往往在片刻的沉默之后,父母都会不止一次重复说:"等等看,让我们再想想办法。"

我这才弄明白,这个"阿日相",就是新疆土语所说的"热水泉子"。听说这种热水泉子,一年四季都"汩汩"冒着热水,味道像硫黄一样,关节炎病人经常去泡一泡,走路就跟正常人似的,腿不痛了。

然而"阿日相"毕竟是一个非常遥远的地方,一个老实巴交的庄户人,在那样一个交通极不发达,经济极度拮据的年份,出这样一趟远门,说到底是一件心有余而力不足的事情。虽然父母一再答应爷爷想想办法,到后来依旧一年推一年,最终未能成行。如今不要说奶奶、爷爷早已成了亡人,就连父亲也在2001年的初春离我们而去。想到这些,我就感慨人生苦短,而生活自始至终留下一种遗憾和酸楚。就像我们的一些长辈,在今天看来许多易如反掌的事情,他们健在之时用一生的努力也难得实现。

其实"阿日相"是蒙古语,意为"温泉"。只要我们稍加留意,就会发现新疆有许多地名都和蒙古语有关。譬如:乌尔禾,就是"风城"的意思。巴里坤,一说是老虎腿。而巴音郭楞和博尔塔拉,很明显都带有蒙古族色彩。前者是"富饶的河流",后者为"银灰色的草原"。即使我们现在居住的乌鲁木齐,最早也是源自于蒙古语,即"优美的牧场"。

而我所说的"阿日相",就是博尔塔拉蒙古自治州的温泉县。

国内许多地方都有温泉,一些地方并以此作为招揽游客的金字招牌。不过,以温泉作为县域名的,在我国却是唯一的。

一踏上温泉县城的土地,我们就听到了一个个美妙动听的温泉名字,最具代表性的是被尊称"圣泉""天泉"和"仙泉"的三处神泉。其中位于县城以北的"圣泉"海拔最高、水量最大,含有微量元素最多。于是我们不顾一路行车劳顿,急不可耐前去造访。

果然百闻不如一见,一见赞不绝口。早已不是我所想象之中的那种原始风貌,高大的乳白色门廊上,"温泉疗养院"五个铜铸大字赫然映入眼帘,曲径通幽之中,树木参天,绿草如茵。一池清澈如镜的泉水,倒映着博格达尔山和红色"圣泉"二字。迎着傍晚的山风,一股若隐若现的硫黄味侵入鼻腔,猛一抬头,一座依山而建的新式楼宇便矗立在了眼前。

虽说已是深秋季节,慕名而至的游客还是络绎不绝。听口音天南地北的都有,有些是专程来治病的,有些则和我们一样,纯粹是为了体验一种感觉。

在此之前,我曾有过一次泡温泉的经历。不过不是温泉县,而是更加遥远的南国龙胜。当时我们途经桂林,到达之时太阳已经落山,好客的主人带我们吃过晚饭,就径直驱车翻山越岭,向一个名曰龙胜的地方赶去。到了目的地,才知道主人用心良苦,让我们泡温泉,解疲乏。虽说天已黑将下来,伸手不见五指,我们仍然感到置身在一片深山密林之中,耳边不时传来鸟鸣和呼呼山风。那是我生平第一次将自己完全浸泡在一池自然的、露天的热水之中，不知不觉间就有了飘飘欲仙的感觉。

时隔十几年之后，这种久违的感觉突然之间开始在我的身上蔓延开来。或许是在室内的缘故，仰躺在浴盆之中的我，让从新式PPR给水管中喷出的热水，依次漫过我的脚踝、膝盖、胸膛。只见室内渐渐弥漫着白色热气，仿佛云山雾罩一般。全身肌肤也由白变红，而且就好像热水已经渗入每个关节，浑身如同散了架似的，简直有一种脱胎换骨的感觉。

难怪爷爷早年那么想让奶奶泡一次温泉，身临其境才懂得神奇的功效。原来温泉水中含有碘、硫、磷等多种矿物质，不仅能治关节炎，而且对皮肤病、高血压和妇科病都有很好的疗效。据说，1767年察哈尔柯畏查干苏木在这里游牧驻防，并在此祭拜神灵，而且将其视为圣水，可见温泉神奇魅力源远流长，古已有之。

我有个晨练的习惯，即使出门在外也不例外，而况昨晚浑身轻松，美梦一场。所以第二天一大早，我就兴致勃勃地走出宾馆，开始了新的一天的生活。

温泉县城依山傍水，风景怡人。走在宽阔笔直的大道上，却能感受到一种清新的乡村气息。我来到城北，沿着一级级水泥台阶，一口气登上博格达尔山，然后像伟人一样双手叉腰，登高远眺，于是，整个温泉县城尽收眼底。县城三面环山，目所能及的山巅皑皑白雪，与湛蓝的天空相映生景。一条博尔塔拉河缓缓从城北流过，形成狭长谷地长廊。长廊中生长着茂密的树木，千姿百态、郁郁葱葱。不过，我还是感叹那片牛羊成群的湿地，像一幅浓彩重墨的油画，铺在县城之北，让人浮想联翩。

我之所以登上博格达尔山，除了浏览景色，还有一个目的，就是了解历史。在此之前，我对锡伯族西迁历史略知一二。特别是几年前去了察布查尔，对锡伯族在清朝乾隆年间，从东北盛京（今沈阳）不远万里、长途跋涉来到伊犁河谷屯垦戍边，肃然起敬，却对察哈尔蒙古西迁历史知之甚少。印象中居住在新疆的蒙古民族，主要是1770年不满沙皇统治，从俄罗斯伏尔加河流域返回祖国的土尔扈特部的后代。事实上，早在1762—1764年间，清政府从察哈尔蒙古中抽调2000兵丁，携带家眷，历经千辛万苦，从张家口西迁至温泉县，驻守边防，开发新疆，可谓岁月悠悠，雄绩永存。

为了铭记历史，弘扬爱国主义精神，温泉县人民政府于2006年在博格达尔山建造了一座纪念塔。主塔总高17.64米，象征1764年西迁年份；塔分三层，象征着吉祥如意；八个小塔，则分别代表察哈尔蒙古的正黄、正白、正红、正蓝、镶黄、镶白、镶红、镶蓝八旗。仰望高塔，诵读铭文，一种自豪感和幸福感油然而生。

此时一轮红日冉冉升起，沐浴着金子一样的光辉，怀着一种获取新知的快乐，我顺着一条新修的盘山之路下山。我看到，这座与哈萨克斯坦毗邻的边境小城，已从甜蜜美好的梦境中完全苏醒了。大街上车来人往，沿街商铺开门揽客，自由市场各种蔬菜鲜果摆得满满当当。烤馕的、卖肉的、揽活的、跑出租的，一个比一个吆喝得富有地方特色。

这不，此时此刻我就被一个极具民族风情的画面吸引住了。在市场门口、在马路一侧，有几个正在卖牛奶的女人。从服饰上判断，几个人没有多少差别，奶桶也大同小异，不是塑料的就是铁皮的。然而只要在此驻足三五分钟，很快便会得出不同的结论。女人们的面部轮廓是有区别的，所操语言也是大相径庭。同样都是买牛奶的女人，则来自哈萨克、蒙古和维吾尔三个民族。

吸引我的不是她们卖了多少牛奶，而是彼此之间应用自如的语言沟通能力，和那种和谐相处的包容精神。我想这几个女人或许来自城郊，或许就一直居住在县城，但不管哪种情况，生活周围一定还有其他民族。如此你中有我的环境之中，自然少不了相互交际，而语言这种不可或缺的桥梁作用，就在朝夕相处的日子里显得尤为重要。孔子曰：四海之内皆兄弟。我则说，在新疆各民族都是亲戚朋友。就像这几个卖牛奶的女人，民族不同，语言各异，却共同组成一道独特亮丽的风景。

就这样，地处祖国偏远一隅的温泉县，一直以来，不仅以其悠久的历史文化和丰富的地热资源闻名遐迩，同样以多彩多姿的民族风情和神奇的自然美景走向世界。

就在这神奇的山水之中，生长着一种距今三四亿年前最原始的两栖类动物物种——新疆北鲵。由于这种北鲵只分布于中国新疆和哈萨克斯坦两国的界山至阿拉套山和天山的局部泉涌地区，而且只有500平方公里的范围，加之数量特别稀少，自然成了举世罕见的物种，不仅被列入濒危动物红皮书，也成了国家一级保护动物。

愈是新疆北鲵这种"极危"物种，愈是对研究生命科学极具深远价值。一个叫王秀玲的大学女教授，多年来跑遍了温泉县一个个人迹罕至的山谷，行程几千公里，而且首次将这种"像四脚蛇一样，和蜥蜴外形很相似，眼睛像青蛙"的珍稀动物新疆北鲵繁育成功。那年看CCTV科技人生节目，听王秀玲教授讲述其酸甜苦辣，和荧屏中不断播放的她用一个个脸盆繁育北鲵的镜头，我就被她忘我的牺牲精神和严谨的治学态度所感染。将王教授称为北鲵之母，当之无愧。

如今人们来到温泉，参观北鲵展览馆已成为一个重要旅游项目，通过和这些比恐龙还要早的小精灵亲密接触，使我们再一次懂得一个浅显的道理：珍惜我们共同的地球，保护每一个生存的物种，不能仅仅停留在口头上，更重要的是付诸行动……

塔克拉玛干,体验沙海变通途

记得27年前第一次去南疆,看不到一条像样道路,坐班车从喀什去和田,一路颠簸、身心疲惫。当时车内没有空调,馕坑一样闷热烘烤,只得不断开窗透气。有些地段路况甚差,沉淀着一层黄土,车辆行驶扬起漫天黄尘,仿佛起了黄风,伸手不见五指。特别是遇上错车,倒霉的就不再是路边的行人和庄稼,车辆霎时被黄尘淹没,刚感到一丝凉意,重又急忙关闭窗户,像坐在闷罐车里,盼着滚滚黄尘快快散去。

当时只有一个感受,天长路远。因为急着赶路,而和田仿佛又远在天边,哪有心情领略沿途风景,就掰着指头数经过的地名,英吉沙、莎车、泽普、叶城、皮山、墨玉。实际上我们赶到叶城天已将黑,就在指定旅社住了下来,第二天接着继续赶路,等到终点站和田,又到了吃晚饭的时辰。

后来又去过几次南疆,不过都在库尔勒和库车之间,一个突出印象:城里的楼房多了,道路状况也发生了不小变化,以前两三天才能赶到的地方,朝发夕至。距离缩短了,人流和物流就跟着来了,都说"要想富,先修路",可见道路与人们的生活息息相关。

早些年因为道路漫长,运输不便,很多享誉世界的南疆时令鲜果,难以成批量走向内地,更不要说国外了。就以"树上的糖包子"无花果来说,果实皮薄无核,肉质松软,风味芳馨甘醇,咬一口,甜到心,具有很高的营养价值和药用价值。然而市面上看到的大都是干果,很少品尝到原汁原味。现在天上飞的有飞机,地上跑的有火车,早上从树上摘下来,晚上就能送到口中,而且包装考究、特色鲜明,起到了很好的宣传效果。

说到道路建设,更是突飞猛进、有目共睹。先是一条条省道、国道不断重修、拓宽,即便是乡村道路,也一改往日"晴天一身土、雨天一身泥",不是路面硬化、就是提高等级,让百姓得到了实惠。

不仅如此,以前从未听说的高速公路,也日渐深入人心,发挥着不可或缺的作用。先是吐鲁番—乌鲁木齐—大黄山高速公路,连接3个地、州、市和3条国道线,全长283公里;接着是乌鲁木齐—奎屯高速公路,地处新疆天山北坡经济带,是新疆政治、经济、文化最发达的黄金走廊,路线全长216.2公里,同时是我国连霍国道主干线的重要路段。

令人自豪的是,当下南疆也有了第一条高速公路——库尔勒至库车高速公路,全长299.7公里,总投资41.05亿元,按四车道高速公路标准建设,它的建设通车,对加快中国与中亚、西亚和欧洲的经贸往来,以及新疆经济发展,都具有重要战略意义。

我要说的是,新疆地处边陲、面积辽阔、地形复杂,加之冬季时间漫长,道路建设本身就成本高、难度大。例如修建于20世纪70年代的独库公路,北起克拉玛依独山子,南至阿克苏库车县,全长560多公里,道路穿越崇山峻岭、深谷激流,尤其是海拔3000多米的冰达坂,俨然像一座座难以逾越的巨大屏障横亘在前面。然而数万名官兵硬是苦战10年,以牺牲100多名战士的沉重代价,最终使独库公路全线贯通,使得南北疆路程由原来的1000多公里,缩短到近一半距离,堪称中国道路建设史上一座丰碑,实际上就是一条英雄路。

如果说独库公路,写下一曲壮丽的时代凯歌,那么时隔27年,一条贯穿塔克拉玛干的沙漠公路,则让全世界的目光,聚焦在新疆这块神奇的土地。

打开一本中国地图册,一大块带圆点褐黄色标志,赫然覆盖天山以南广袤土地,这就是举世瞩目的塔里木盆地。而位居盆地中央的,就是紧随世界第一大沙漠——非洲撒哈拉沙漠之后的塔克拉玛干沙漠。

之前，我曾在飞机上俯瞰塔克拉玛干，绵延起伏的沙丘，宛如大海波浪，黄灿灿泛着光亮；而一片一片色彩黯淡之处，则是天上云彩阴影。印象最深的，是我国最大的内陆河塔里木河，这时则像一条丝带，先是由南向北，而后则向东，最后再向南，缓缓消失在茫茫大漠之中。

塔克拉玛干沙漠，之所以俗称"进去出不来"，很大程度上，取决于它是流动性沙漠这一特性，风吹沙动，沙进人退，仿佛一条条游走的蛇，周而复始、流沙滚滚，最终留下一座座星月形沙丘，山一样压在人们的心头。

说到沙丘，我就想起那个名称解释。很久以来，人们普遍认为，塔克拉玛干就是"进去出不来"的意思，引申为"死亡之海"。如果望文生义，"塔克"即为"山"，"玛干"则是"家园"，加上一个"拉"字，解释为"沙丘的家园"更合适，引申义"山下的大荒漠"，同样有一种望沙兴叹、无可奈何的意思。

整个沙漠东西长约1000公里，南北宽约400公里，面积达33万平方公里。平均年降水不超过100毫米，最低只有4~5毫米，夸张一点说，从天上掉下的雨水，还未接触地面就已蒸发了。

一眼望不到边的塔克拉玛干，简直就是一片沙的汪洋大海，白天赤日炎炎、无遮无拦，远远望去地表景物飘忽不定，极容易让人产生幻觉而误入歧途；夜晚万籁俱寂、阴森恐怖，置身于沙丘包围之中，仿佛一只只猛兽张着血盆大口，虎视眈眈。最可怕的是遇上沙尘暴，黄沙滔天、暗无天日，不但波及面广、危害也极强，被视为"恶魔翻天"的极端天气。这样的恶劣气候，严重影响植物生长，即便是飞鸟走兽，也极难见到，名副其实的不毛之地。

然而奇迹还是在这里诞生了，1995年金秋10月，世界罕见的沙漠公路，在塔克拉玛干全线竣工，标志着我国道路建设进入一个新的高峰。沙漠公路的贯通，不但使和田至乌鲁木齐的距离缩短上千公里，极大改善了南疆交通条件，也为塔里木石油勘探开发，插上了飞速发展的翅膀；与此同时，还有利于区域生态环境改善，对控制流沙蔓延，防止沙漠化扩大都将发挥重要作用。

塔克拉玛干沙漠公路，北起314国道轮台县东，南至民丰县和315国道相连，南北贯穿塔里木盆地，全长522公里，其中穿越流动沙漠446公里。2010年8月的一天，我们由库尔勒出发，经轮南镇来到塔里木沙漠公路彩门，只见彩门上方"塔里木沙漠公路"七个大字赫然醒目，预示真正的沙漠公路由此开始，而彩门两侧则分别书写着"千古梦想沙海变油田""今朝奇迹大漠变通途"的巨幅对联，让我们在进入沙漠公路之前，就切身感受到一种怦然跳动的时代脉搏。

我感到沙漠公路像一条黑色河流，穿行在连绵起伏的沙丘之中，始终看不到尽头。在沙漠瀚海强烈映衬，南来北往的车辆，则如五颜六色甲壳虫，显得十分渺小。宽敞、舒适而又漫长的一条公路，竟然穿越"生命禁区"的沙漠腹地，其中的千难万苦，局外人根本难以想象。

实在出于惊奇和感慨，我们不时让车停靠路边，取出照相机"咔嚓、咔嚓"拍照留念。以前只在书本和电视画面上了解塔克拉玛干，现在置身其中，才真正感觉大自然的神奇和威力。先是一望无际的胡杨林，仿佛一片绿色海洋，生长在大漠边缘，生就一道天然屏障，顽强抵御流沙入侵；继而胡杨树由密到疏，从绿至枯，甚至到后来几乎看不到一棵胡杨树，实际上就是一种抗争，有树的地方流沙停下来，有沙的地方生命难以为继。

我们还第一次看到了塔里木河，这条魂飞梦绕的生命和母亲之河。当时适逢洪峰期，我们站在塔里木河大桥放眼望去，滚滚流水翻涌着波涛，像一群脱缰的野马，浩浩荡荡东流而去。河两岸，清一色高大茂密的胡杨林，有的干脆就浸泡在齐腰深的河水中，河的尽头天地相连、水天一色，仿佛江南水乡，充满诗情画意。

汽车行驶在沙漠公路上，就像小船行驶在大海中，忽高忽低，波荡起伏，于是就有人开玩笑说："这哪里是'死亡之海'呀，简直一个'生命摇篮'么！"的确是一个生命摇篮，这就是沿途工程浩大的绿化项目。我走一路观察一路,沿路两旁建起的人工绿化和生态防护林体系,已初战告捷,红柳、梭梭、沙拐枣,甚至有些路段还惊喜地看到了芦苇的生长。

在沙漠建造公路是奇迹,而在沙漠搞绿化更是奇迹,先用草方格来固沙,接着建起一道挡沙墙,最后才是沿途绿化,在一片黄色世界里,一条黑色柏油路伸向远方,路两旁绿色植被正顽强生长,路有多长,绿色就有多长。一路上间隔一段路程,就有一座红顶蓝墙水井房,足有100多座,正是这些水井房,和一个个不辞辛苦的绿化工作者,才使沙漠公路充满了勃勃生机,如今一条长达400多公里的绿色长廊,已经成为一道亮丽的风景线,给人一种视觉和精神的享受。

半路上,我们专门在一座水井房前停了下来,我就突然发现一个白色鸟笼子,不过笼子里不是小鸟,而是一只跳鼠。跳鼠长耳、长尾,因为天生善于蹦跳,后爪也明显长于前爪。

在这样一个地方,看到这样一条小生命,实属不易。后来我们才听说,沙漠公路全线绿化后,塔里木兔、燕子、老鹰等野生动物,经常出没在路两侧的生态林带中,塔里木盆地的野生动物,也开始沿着这条绿色通道迁移和繁殖。

沙漠公路的另一端,就是和田民丰,这就让我想起儿时的邻居,他探一次亲,就要在路上折腾一个星期左右,人累得不成样子。想想看,从乌鲁木齐到库尔勒500多公里,到阿克苏1000公里,到喀什1500公里,到和田2000公里,而邻居还要从和田再到民丰,人不累坏才怪呢。

好在这一切都成了历史,如今再到民丰,坐飞机朝发夕至,坐火车也已梦想成真,如果选择走沙漠公路,同样方便快捷,而且一路走,一路还能欣赏到独具特色的沙漠风景。

"馕坑"一样的吐鲁番

第一次去吐鲁番,是在孩提时代,一个突出感觉,就是燥热难挨。尤其是刚开始那几天,即使坐在树荫下、坎儿井边,浑身的血液还是不断向上翻涌,脸像一个茄子,红得发紫。

直到时隔二十年再去吐鲁番,我依旧不能适应那种炎热干燥的气候,胸闷、气喘、汗流如注,加之身处沙疗站特殊环境,脚底板也开始经受一种严峻考验。

一开始根本没想到沙子还会烫脚,但我一口气跑上沙丘,仿佛突然间站在一堆炭火之上,双脚开始有一种烧灼的感觉。我就像沙漠里的蜥蜴,轮换着抬起一只脚,散发热量。以前只听说气温最高时节,吐鲁番的沙子可以烤熟鸡蛋,不曾想也照样烫脚,尽管我穿着一双皮鞋,烧灼依旧电流一样,穿透皮革,刺激神经,不跑下沙丘看来不行。

可那三三两两的沙疗患者,怎么就能忍受如此煎熬呢?

我就看到那些患者,或平躺着,或仰靠着,把自己的身体埋进沙子。有的头顶有一把遮阳伞,有的直接面对高悬的烈日,无一例外身旁有一陪护者,或提供饮食,或调整沙量,安然、自在,看不到一丝痛苦的表情。

所谓"沙疗",就是沙漠疗法,借助热沙做全身桑拿,透出一身汗,换来身体舒畅,同时因沙子含有磁铁等多种矿物质,通过热导作用人体,对风湿、关节炎、高血压等病有独特疗效。

我就想到"以毒攻毒"这个词汇,就像吐鲁番戈壁滩的蝎子,维吾尔语称其"依邪克",尾部有根黑色毒刺,针尖一样钻心刺骨,如果不小心被伤到,即使年轻气盛壮的小伙,也忍不住嗷嗷乱叫。然而据说蝎子就是上好的解药,亦如毒蛇之毒液,号称软黄金,价格不菲。

后来去吐鲁番的机会逐渐多了起来,特别是随着乌洽会成功举办,远道而来的宾客,久仰火焰山和葡萄沟的大名,洽谈之余浏览胜景,成了约定俗成。

火焰山远远望去,真的就像火烧一样,蜿蜒起伏,一片红色,刺人眼目。《西游记》第59回"唐三藏路阻火焰山,孙行者一调芭蕉扇"这样描绘:"正是西方必由之路,却有八百里火焰,四周围寸草不生。若过得山,就是铜脑盖,铁身躯,也要化成汁哩。"毕竟是一部神话小说,极尽夸张想象之能事,但有一点却是真的,就是热,异乎寻常的热。

然而很多客人,就是冲着这一点慕名而来。尤其是在火焰山,天空万里无云,太阳像金色的轮子光芒四射,这个时候或许没有一丝风,空气有可能仿佛静止。但就是有人或骑一峰骆驼,或一直徒步登高,在宛如熊熊燃烧的火的世界,感受一种从未有过的人生体验。

两边都是山,中间一条沟谷,到了盛夏,一沟全是葡萄,因而又名葡萄沟,成了吐鲁番最具影响力的风水宝地。最干旱的地方,盛产最甜美的葡萄,除去吐鲁番得天独厚的气候条件,归功于远处高高耸立的天山,因为有了天山,才孕育出一条奔流而下的河水,河水浇灌土地,土地长出葡萄,葡萄闻名遐迩,造福一方百姓。

后来内地的同学接踵而来,去的最多的地方,一个是喀纳斯,一个就是吐鲁番。其中有不少同学对坎儿井推崇备至,说坎儿井集中体现民族智慧和创新精神,是农业发展史上一个重大进程,真正意义上的人间奇迹。

这还是取决于吐鲁番的气候,干燥、炎热,降水极少,蒸发却极快,雪水从山上流下来,一部分渗漏,一部分蒸发,剩下一部分流进田地,远水解不了近渴。

于是就有了坎儿井。具体讲就是先在高山雪水潜流处,寻其水源,在一定间隔打一深浅不等竖井,然后再依地势高下,在井底修通暗渠,沟通各井,引水下流。因坎儿井是在地下暗渠输水,不受季节、风沙影响,蒸发量小,流量稳定,可以常年自流灌溉。

如果从天空俯瞰,坎儿井一眼眼竖井,犹如一颗颗珍珠,镶嵌在吐鲁番这片神奇的土地,而串珠的丝线,就是那条源源不断的地下河流。因为一座火焰山,吐鲁番才被冠之"火州"这个别称,而由于坎儿井的存在,"火州"自然变成了绿洲。

还有一次陪同学去交河故城,直到夕阳西下,同学依然兴致勃勃,意犹未尽。同学是研究古文化学者,足迹遍布祖国各地,研究成果影响深远。同学告诉我说,寻访过那么多都市遗迹,只有交河故城历史最悠久、保存也最完好,而且因为生土夯筑而成,其研究价值难以估量。

同样因为干旱少雨,才使这座故城保存得如此完整,即便今天徜徉其中,仍然感受到当初的规模和繁荣。城内市井、佛寺、街巷,以及作坊、民居、演兵场,历历在目,清晰可辨。最感慨的是偌大一座城池,就建造在一个居高临下的巨型高台上,仿佛一座柳叶形半岛,地势险要,易守难攻,而因脚底下两条河流由此交汇,故名交河故城。

一方水土养一方人,这在吐鲁番处处得到充分印证,有这样两个细节,一个是吃杏子,一个是喝烈酒。换做其他地方,吃了杏子再喝凉水,或许就要闹肚子,而吐鲁番恰恰相反,孩子吃杏子时,大人都要叮嘱一声:"别忘了,吃完杏子喝一瓢凉水!"喝酒也是一样,冬天喝白酒驱寒,夏日饮冰啤降温,可一个吐鲁番朋友这样对我说,最热的时候喝最烈的酒,自然汗就出的最多,而排汗多了,顺带把体内的毒素也排走了。

说了这么半天,我还是要回到文章的标题,所谓《"馕坑"一样的吐鲁番》,基于这样一种思考:吐鲁番是我国地势最低和夏季气温最高的地方,因四周环山,形成盆地,就像一个馕坑,即使炉底火苗最终被灰埋住,坑口依然感到一种强热气流烘烤。而维吾尔语形容炎热的词汇中,就有"热如馕坑"一说,以此譬喻吐鲁番的气候,我看还是非常贴切的。

怎不忆冬雪

前两天,我刚刚将QQ个性签名更新为"冬雪无垠,博爱精神",即刻就被一个亲戚发现,并且留言说:"上阕不错,期待下阕"。实际上这不是格律诗,根本不存在上下阕之分,然而为了照顾亲戚情绪,思索片刻,我又补了两句"情随心往,润物无声"。

冬天无雪,就像夏天无雨,是很难想象的一件事情,尤其是地处干旱地区的新疆,很早就有"春雨贵如油,冬雪赛过金"的说法。或许原本就是一个农民后代,骨子里对雪有一种特殊情感,所以那天早晨打开窗户,看到今年第一场冬雪,让不远处天山银装素裹,我的心情豁然开朗,禁不住叫上妻子一同分享。"别人花前月下赏月,你则推开窗子观雪,足不出户,异曲同工啊",妻子虽说调侃,却长时间伫立于窗前一动不动,从她深情凝视的目光中,看到的是一种别样情感。

真正亲近冬雪,还要追溯到孩提时代,具体讲是从滑爬犁开始。那时乡下穷,爬犁是许多人家的运输工具,打粮运煤抑或拾粪,绳子一拉就走了,方便轻松,很是实用,特别是遇上下坡路,先是猛一推,继而向上一跃,连人带物一起滑下去,借机歇一下身子。

大人刚把爬犁放下,我们就接着拉走了,一开始滑爬犁,选择在门前缓坡,一般是俩人,年龄大的坐在前面,我们坐在后面,闭着眼睛,搂着腰。等过段时间,不但自己单独滑,场地也有所变化,坡越陡越好,距离越长越好。只见雪沫子像子弹一样打在脸上,生疼生疼,而风则像哨子似的,"嗡嗡嗡"在耳边响,如离弦之箭风驰电掣,"嗖"一下就不见身影,威风得很。

还有一种马拉爬犁,木料做成,体积大,用途也大,两边护栏,前方驾辕,马一套,鞭子一响,爬犁就"咯吱、咯吱"向前奔,如果马背挂了铃铛,整个山谷都有回音,清脆而有节奏,意味深长。记得表哥结婚是在冬天,漫山遍野皑皑白雪,一条蜿蜒曲折的山路,只有马拉爬犁留下两道痕迹,泛着明亮光洁的白光。我们几个孩子和一口做抓饭大铁锅,一起被塞进爬犁,说着、笑着、闹着,肚子也饿得咕噜咕噜响,等到了牧业队表哥家,马的眼睛、嘴唇白花花一层霜雪,我们的鼻子也冻得通红,而一双小脚似乎也已失去知觉。

除了滑爬犁,还有"脚马子",脚马子有双板和单板两种,双板宽而厚,固定有两条钢筋,踩着稳当;单板高且窄,仅有一根钢筋,没有相当功夫,脚踩不上去,即使勉强踩上去,也一滑一个跟头,摔得鼻青脸肿。我一直踩着单板,如果看到上下学路上,一个家伙倒背着手,弓着腰,飞速而去,不用问,那就是我。不曾想,后来一个叫麦尔丹的家伙,从城里亲戚家弄来一副冰刀,上面还附有一双冰皮鞋,冰刀银灰色,闪着青光,皮鞋黑亮黑亮,踩上去,人一下高了半截。麦尔丹不会滑冰刀,但派头大得很,我们低三下四哀求他,希望借冰刀过过瘾,他就提出一些譬如"滑一个小时,给一个羊拐骨"的无理要求,因为有求于他,只得忍痛割爱,无条件答应。

可以说,那些时候雪下得越大,我们得到的实惠可能就越大。大人说:"雪、雪,大大下,蒸下的馍馍车辘辘大",寓意瑞雪兆丰年的美好愿望,而我们说:"雪、雪,大大下,山上呱呱鸡随手抓",就完全是出于异想天开的玩笑话。早就听大人说,山上大雪厚过膝,野兔子和呱呱鸡寸步难行,人一追就钻雪,好比囊中探物,见一个逮一个。实际上远非如此,野兔子身子小、腿很长,加之弹跳力出众,还没到跟前,早已一溜烟跑了,屁都闻不上;而呱呱鸡是长翅膀的东西,行进到哪怕是很小一个山坡,翅膀一拍,头一扬,咯咯咯叫着就飞向远方,让你仰天长叹。

不过还是有办法抓住呱呱鸡,一是这家伙太漂亮,二是肉很香,还有一点也很重要,就是叫声特别好听,抓回来养在笼子里,一只一叫,其余随声附和,声音清亮、动听。抓呱呱鸡用扣,一种石板扣,一种马尾巴扣,石板扣先挖一小圆坑,再找一块石板,将两根木棍,一根芨芨有机结合,然后再把玉米或者小麦,撒在坑内外,呱呱鸡吃了外面的,还想吃里面的,只要一不小心碰到芨芨,哐啷一声石板盖住圆坑,呱呱鸡插翅难飞。马尾巴扣则是在一根绳子上,拴好多用马尾巴做的活扣,两头用木桩固定,长长撒一层麦草和糠秕,呱呱鸡来回乱刨时,被扣套上爪子,越使劲越紧,等着生擒活俘。

随着年龄增长,才知道冬雪对农作物万分重要,就听父亲老是说"冬雪是大地的一床棉被",尤其对于冬小麦,如果没有大雪覆盖,就仿佛失去保护层,很难抵御凛冽寒风和冰冻,来年再想有个好收成,那是画饼充饥,想得美,实现不了。而且如果冬天不下雪,春天土地就没有一个好墒情,土地墒情不好,播种就成了问题,如此类推,恶性循环,误了农时,就等于一年的辛苦都白费。

所以即便到了夏天,我们还时常要关注远处的天山和博格达峰,那是自然界巍峨的山峰,更是我们生活不可或缺的生命之源。因为那里终年积雪,只不过冬天铺天盖地,夏天则以雪线为界,然而只要有了雪峰存在,我们的希望就存在,哪怕因为蒸发不适于从地上流,那就顺着坎儿井从地下走,滋润了土地,养育了人类,雪的博大精深就得到最充分体现,雪的润物无声就成了最美丽献身。

看着漫天飞舞的雪花,像一群白色蝴蝶弥漫世界,我似乎闻到了春天的气息,看着大地盖上一床厚厚的白色棉被,我就想,熟睡在寒冬腊月那些亲爱的麦子,一定会用黄澄澄、沉甸甸的收获来回馈这美好的时代。

在城市种"田"

掐指一算,从农村到城市业已二十年有余,或许身上深深打上农民烙印,即便生活在城市,心还留在乡下。其中一个重要标志,就是喜欢隔三差五来到农村,地边走一走,渠旁转一转,不管春种,还是秋收,总能感受一种来自田野的气息,似乎觉得这才真正接了地气,心里舒坦多了。

以前乡下人把到城里称作到"街(gai)上",同样城里人去乡下,说是到"地上"。这个"地上"很大程度上就是和田地有关,所以才说土地是农民的命根子,虽说大抵靠天吃饭,但因有了土地,户家人就能种田糊口,不管五谷杂粮,还是萝卜白菜,家中有粮,心中不慌,安安分分过日子。

所以心思都在这个"田"字上,开春了,先是起圈,然后套上毛驴车,把一车一车优质肥料,均匀摊撒在长满苞米茬子的田地,等着犁铧翻过,大田里种粮食,房前屋后种蔬菜。大田里还要打埂子,修沟渠,如果是玉米,少不了除草、间苗;而换成土豆,就要壅土,一沟一沟很长,很费力,也很耗时。特别是到了夏天割麦子,头上太阳毒辣辣的,浑身上下都被汗水浸透,一天下来,腰酸腿疼,滋味一点都不好受。就是门前那些小块地,活也多得不行,翻地、栽苗、薅草、搭架、浇水、打岔,一样照顾不到,就甭想有好收获。

以前小的时候,人不多,田地却不少,除去水浇地,还有大片大片旱地梁,夏天忙不完,冬天也派上用场,红旗招展,锣鼓喧天,改造农田,兴师动众,却收效甚微,到头来种地的人反而要吃"回销粮",成了笑话。

所以早先的大水漫灌和广种薄收,都是出工不出力,只有科学种田,才能让田地取得最大的效益。其中最主要就是田间管理,具体讲,根据作物生长发育规律,为作物创造正常生长发育条件,如培土、压蔓、灌溉、追肥、防病等,虽繁琐,却很管用。

如今再看农民种田,规规整整、精耕细作,仿佛绣花一样,横看一盘棋,纵看苗木齐,而且紧跟市场行情,套种,嫁接,反季,想着法子把田地种好,反过来,田地也给庄户人最好的回报。几千年的皇粮不交了,种地国家还给补助,包括购买大型农具都有适当补贴,老百姓说:日子过到今天,才算真正赶上好光景了。

实际上城市是农村的现代化表现,只不过地里的庄稼,变成了耸立的楼房,而纵横交错的道路和桥梁,就仿佛田里的埂子和沟渠,上面除了走人,还走载人载货的各式各样车辆。刚开始城市还小,人少,车也少,"埂子"窄一些,短一些,"沟渠"少一些,糙一些,并不影响我们出行。即便后来城市膨胀,车流真的像水流一样奔涌,然而随着道路拓展,延伸,逐渐形成了四通八达,畅通无阻的交通网络,特别是到了上下班高峰时再看,宽阔的马路上,车轮滚滚,喇叭声声,简直就是红彤彤一片汽车尾灯的海洋。

有一天在小区购物,听到一老一少奶奶和孙女的对话:"小宝贝,快点走,带你去坐长长的大公交车。"奶奶说。"奶奶,奶奶,那不叫'长长的大公交车',那是'BRT'!"小小年纪的孙女纠正道。这是2011年乌鲁木齐市民听得最多的一个名词,BRT是一种介于快速轨道交通和常规公交之间的新型公共客运系统,也就是一种大运量交通方式,通常被人称作"地面上的地铁系统"。BRT不但容量大,关键是开辟了专用通道,一路畅行无阻,让人好像坐在一列火车上,快捷、舒适,第一次彻底感受到了城市公交带给老百姓的最大实惠。

然而首府的发展日新月异,有点让人赶不上趟子,一个难题刚解决,新的矛盾又摆在面前。路再多,赶不上新增车辆多,于是"田"字路建设应运而生。主要包括克南路（克拉玛依路—南湖东西路）高架和东外环扩容改造，以及增加匝道建设，纵横连接，四周辐射，形成大大一个"田"字形，简直就像一个农名，把田地效益发挥到了极致。

关键是不但在地面，还发展到空中，尤其是5层立交桥，最高处距离地面34.6米，仿佛车辆行驶在楼顶上，那种感觉太爽了。这是一个奇迹，工程胜利完工，构建了首府主城区"田"字形的快速路网骨架，形成了与河滩路正交的东西交通主动脉，实现了外环线内南北贯通、东西畅达的目标。同时也为改善城市交通拥堵，构建现代交通枢纽，改善民生，促进发展，提升城市形象产生深远影响。

仔细一想，我们都是种"田"者，田种得好坏，取决于我们对田的认识程度，理解透了，田就回报于我们"五谷丰登"，反之，减产，或者颗粒无收。

杏花在心里

不管怎么说，城里人现在的生活已经发生了很大变化，一个突出特点，就是每逢双休或者假日，都喜欢户外活动。时间紧张，选择近郊，徒步也行，吃农家饭也行，早出晚归，身心得到放松，攒劲的很。要是连着几天不上班，几个人一商量，开上私家车，要么吐鲁番，要么伊犁，或者索性一溜烟行进在黑色河流般蜿蜒起伏的沙漠公路上，体验大自然的神奇，感慨筑路者的荣耀，不经意间让自身也成为一道独特的风景。

以前我们总喜欢把7、8、9三个月，看成是新疆的黄金岁月，因为这个时节气候适宜，瓜果飘香、牛羊肥壮。然而随着冬季旅游逐渐升温，我们才感到大雪无垠，天寒地冻，实际上是新疆的另一种特有魅力。冬季天空更辽阔、更深远，蓝得就像一片纯净的海洋，再看天山、阿尔泰山，白雪皑皑，青松苍翠，阳光照射下来，流金溢彩。没有污染，没有拥堵，空气最清鲜，环境最优美，心无旁骛，聚精会神，投向大山的怀抱，投向自然母亲的怀抱，让自己像孩子一样疯一回，像疯子一样乐一回，这或许就是人生的最高境界。

所以到了下雪天，冰雪旅游也成了节日，与之相关的系列活动，不但国内同胞纷至沓来，也吸引了包括日本、韩国和东南亚的游客。雪地摩托，滑雪板，甚至动力飞翔一应俱全，放眼望去漫山遍野都是人。初学者磕磕碰碰，摔倒了，嘻嘻哈哈再爬起来，高手则像燕子一样一闪而过。而那些专业运动员，则从高山顶上滑下来，宛若大海冲浪者，大回转，小回转,白花花的雪浪从滑板两侧飞起来,绝了。不仅如此,阿勒泰还有人制作了一种特殊滑雪板,也就是木板加动物毛皮,据说最原始的滑雪板就是这个样子,因而又有人考证说阿勒泰是世界滑雪发祥地,有点神了。

那么到了春天干什么,有人坐不住了,去赏花。赏什么花?杏花、桃花、梨花。稍晚一些,还有五家渠的郁金香,裕民的山花,伊犁河谷的薰衣草,不怕你没有花看,就怕你时间不够用。然而由于新疆土地广阔,开春时间有差异,花开花落有先后。具体讲南疆早,北疆晚,就拿相隔不远的吐鲁番和乌鲁木齐作比较,也是吐鲁番先开犁,乌鲁木齐后播种。早些年,乌鲁木齐还没有温室大棚,吃菜不方便,每家每户都挖菜窖,白菜、土豆和萝卜,号称"老三样",秋天放进菜窖,整整吃一个冬天,直到第二年吐鲁番头道韭菜下来,人们单调的菜谱,才会发生根本性的变化。即便乌鲁木齐这一块地方,气温都不一样,尤其到了夏天气温最高的时候,安宁渠和米东地区,就比乌鲁木齐高2至3度。花开顺序则又颠倒过来,先北郊,再南山和达坂城,这就是大自然的规律,奇妙得很。

所以到了春天,人们就习惯性往吐鲁番跑,说的高雅一点,就是追逐着春天的脚步。而这春天的脚步,有的时候来得早一些,有的时候来的就晚一些,如果不掐好时间,或许跑空趟子。去年一个朋友,跟着单位一帮子小青年,一路高高兴兴来到吐鲁番,杏花还未开,不甘心,于是顺着火焰山往鄯善方向走,一个个杏园子,只有稀稀拉拉几棵杏树开了花,因为没有形成规模,就没有想象中的那种花海的感觉,有人提议再往前走,结果依旧不理想,一帮年轻人就没了心情,不用说一个个肚子开始咕咕叫了,随即无精打采折回头路边找了一家饭馆,匆匆填饱肚子,乘兴而去,败兴而归。

第二年积累了经验,不再盲目前行,而是事先打听好消息,确认杏花真的开成一片海,朋友这才跟随那一帮人,再一次到吐鲁番赏杏花。这个时候路上的车也多了,到了目的地再一看,几乎清一色新A车牌号,从车上下来的人,大都手拿着"长枪短炮",仿佛都是摄影高手,第一时间抢占有利地形,或偏着脑袋,或眯缝着一只眼,举起相机"咔嚓、咔嚓"摁着快门。

朋友那天诗兴大发,刚一到杏园就给我发了微信:只见一树杏花开,恰似蝴蝶翩然至;问君春日几多时,流连火州不思归。随后就是一张张手机照片,横着拍的全景图,竖着照的小缩影,映入眼帘的几乎全是杏花,一簇簇,一串串,白莹莹的花瓣,粉嘟嘟的花蕊,爬满树枝条,开遍树全身,有了火焰山的映衬,加之高昌和交河故城的历史沉淀,就有了鲜活和寂寥的一种对比,就有了灵动和恒久的一种反差。然而不管怎么说,朋友不虚此行,这就值了。

实际上,赏花是一种心境,即便没有看到花,却体验了一个不断寻觅的过程。也就是说,花虽没有看在眼里,却已长在心中,而生长在心灵深处的东西,不管是花,还是一种信念,必将伴其一生,永不磨灭。特别是现在的城里人,鸽子一样生活在狭小的楼宇里,悬在空中,很少接地气,即便打开窗户,目力所及之处,大都是灰蒙蒙的水泥砌就的森林,繁密不说,也很嘈杂,出去散散心,看看景,实在是必不可少的一种选择。

前几年赏杏花都跑吐鲁番,今年又开始转往托克逊了,有人甚至说,最好头一天中午就出发,吃过有名的拌面之后夜宿托克逊,第二天不慌不忙美美地看,好好地照。不然,路上车太多,速度慢,走走停停,停停走走,把人的好心情都给彻底破坏了。后来问了去过托克逊的赏花人,都说确实不错,值得一看。我就想,或许过不了几天,人们又可能开始去往北疆了,因为石河子的桃花节为期不远了。

外面的世界

说起来父母几度可怜。打小背井离乡,四处漂泊,最后落脚于一个叫做芦草沟的地方,一住就是一辈子。而故乡吐鲁番,则从此成为一种记忆,印在脑海里,挂在口头上。特别是父亲,直到离开人世,也不曾重归一次故里,成了一生最大的遗憾。

都说儿女是父母的心头肉,接连生养五个孩子,就如同脊背上背着一口锅似的,随时都要为吃饭问题伤透脑筋。经常都是怀里抱着一个,手里领着一个,这个还没吃完一碗饭,那个又开始"噢噢"哭上了。哪里还有闲暇之心,拖都把人拖垮了。

那时母亲的生活半径,就在地头和锅头之间,而父亲虽说担当着村上的干部,也离不开方圆几公里范围。即使偶尔参加县上的会议,也是来去匆匆,难得逗留一次。

实际上城乡之间近在咫尺,换作今天,汽车油门一踩就到了;而老家吐鲁番,也远非遥不可及,一天跑一个来回也绰绰有余。然而那时就像道路走不到头一样,因而出一趟远门就成了很大的事情。

越是这种时候,血浓于水的亲情越是让人备受煎熬。只是父母对故乡的思念埋藏于心里,而故乡对父母的牵挂则奔波在路上。于是一年半载之后,或许就有一个亲戚风尘仆仆而来,或相拥而泣,或嘘寒问暖,仿佛都彼此相似的眼神之中,突然看到某个长者熟悉的身影,倍感亲切和激动。

很快，我们就会听到发生于很早以前的一些故事。故事总是围绕着恰特喀勒这个地方展开，这里好像地处沙漠边缘，原先那些低矮的土屋大都被滚滚黄沙埋没了，只有几棵古老的桑葚依旧还在生长，到了桑葚熟了的时候，爬上去用脚蹬一下树干，桑葚就像雨点一样噼里啪啦往下掉。

不过以前桑葚都是掉在地上，因为粘满尘土，吃桑葚的同时，也把尘土吃进嘴里。现在就不一样了，先有两个人在树下抻一条布单，然后树上人一蹬，桑葚都落在单子上，干净多了。而且吃不完的桑葚不再糟蹋掉了，装在篮子运到乌鲁木齐，还能卖上一个好价钱呢。

还有一个叫"江格勒巴希"的坎儿井，当初流水不断，清凉清凉的，按习惯吃了杏子就要喝凉水，因而那里就成了孩子们云集的场所。可是去坎儿井要经过一片戈壁滩，而戈壁滩又是蝎子出没的地方，一不小心就被蝎子叮咬，那个疼比针扎了还厉害呢。所以去坎儿井的路上谁突然"哇哇"哭喊，肯定就是谁踩上了蝎子。

回忆童年那些难忘的岁月，让远离故乡的父母多少得到一些心灵的抚慰。可是这种抚慰毕竟都是短暂的，因为往往父母突然提及一个名字的时候，这个人或许已经成为故人，而这个人却很有可能是父母最牵挂的。父亲还好说，生性意志力顽强，再大的悲伤都能忍着，不让眼泪流出来。母亲就不行了，听到这样的噩耗，嘴唇哆嗦不止，眼泪也像断了线的珠子，顺着脸颊一个劲往下流。记得一次母亲一边炒菜，一边泣不成声，我们几个不懂事的孩子，就围在母亲身边开玩笑说"菜吃不成了，妈妈的眼泪都掉进锅里了"。可我们哪里知道，这个时候正赶上有亲戚从吐鲁番来，母亲如此悲痛和辛酸，一定是又一位亲人与世长辞了。

起先总以为来日方长，今日欠下的，以后补回来，然而繁重的家务和拮据的生活，不但没有让父母偿还债务，反而越欠越多，甚至一拖就是几十年。

虽说父母所欠的亲情债务日积月累，几近难以偿还的境地，却从来没有丝毫亏待我们五个子女。就以我为例,如果不是父母倾其所有,牺牲一切,我就不可能一帆风顺,从小学一直上到高中。而且做梦都没有想到的是,一辈子土里刨食的睁眼瞎子,硬是破天荒培养出了村上第一代大学生,让我第一次出了远门,千里迢迢来到齐鲁大地,不仅看到了祖祖辈辈从来不曾看到的外面的世界,而且更重要的是学到了受益终生的真才实学,为家庭也为社会贡献着一份自己的力量。

我就想,父母的伟大不在于留下多少金银财宝,也不在于见过多大的世界、具有多么高深的学问,而在于教给你如何做人、怎样走路。儿女是父母血脉的延续,父母是儿女精神依的托,所以当我坐着火车,穿行于苍茫大地,感怀江山如此多娇,要么乘着游轮,行驶在蓝色海洋,顿觉激情如此澎湃,抑或登上飞机,飞翔那万里太空,惊叹宇宙如此博大的时候,我就深深祝福我的父母,因为没有父母当年的养育之恩,我那里有如此难得的机遇饱览祖国山川之壮丽、尽享祖国江河之秀美。

不仅如此,我还曾两次走出国门,一个是中亚的乌兹别克斯坦,一个是大洋洲的澳大利亚,不一样的国度,不一样的风土人情。

乌兹别克斯坦去了首都塔什干,中亚最大的城市,老城古朴沧桑,新城繁华时尚。撒马尔罕,古丝绸之路上的一座名城,到处都是历史遗迹,凭栏而眺,仿佛打开一册年代久远的书本,因为厚重而感慨万千。还有布哈拉,一个具有浓郁伊斯兰风格的地方,高高的宣礼塔掩映在一片葱绿之中,走进一条小巷,就像走进一个古老的传说。

澳大利亚则在遥远的南半球,墨尔本,先是因库克船长而扬名,后又成为工业重地,拉动着一方的经济。首都堪培拉,花园一样的城市,一座人工格里芬湖,将城市一分为二,四周森林茂密,景色别致。而悉尼更具有现代浪漫气息,那座遐迩闻名的歌剧院,就坐落于蓝色的海湾,就像远航的帆船,给人以无限遐想。

如今我的一双儿女,业已步我的后尘,相继考上了大学。如果说当年我从农村走进了城市,而儿女则由一座边城走向了首都北京。儿子在中央民族大学毕业后,接着又报考了母校研究生,而且导师就是大名鼎鼎的民族学教授杨圣敏先生,一个博学而又谦和的学者,今年暑假带队来疆考察,儿子作为考察队一员,受到了先生的赞许。

女儿先是在中国人民大学学哲学,四年之后,青出于蓝胜于蓝,成了北京大学哲学系的一名硕士。女儿打小逻辑思维能力强,说话条理分明,一是一,二是二,毫不含糊。而且立志要考取北大,现在夙愿得以实现,她高兴,我们更骄傲。

最后我想说的是,我总算帮母亲完成了父亲的遗愿,回了两趟老家。每次去的时候,母亲都要带上一大包花花绿绿的布块,走东家串西家,这些布块就成了上门的礼行,从母亲的手里转到一个个亲戚的手里。而几十年前为了这些布块,父母攒了又用,用了又攒,到底从来没有凑齐过一回,耽误了行程不说,也让父母背上了沉重的负担。

而一双儿女学历层次早已超过了我,而且均在祖国的首都北京继续深造。想必不远的将来,他们走的地方比我要多,眼界比我也要宽广,外面的世界毕竟太精彩,只有心怀大志,才能成为时代的骄子。

水西沟来了一群滑冰人

水西沟地处乌鲁木齐市南郊,是乌鲁木齐县一个镇,地势自西南向东北倾斜,平均海拔1645米,蕴藏丰富水利、森林和草场资源。由于特殊的气候条件(属于逆温带,冬暖夏凉),从20世纪90年代初开始发展冬季蔬菜生产,当时县上出台优惠政策,即每座大棚补助1000元,有力推动了温室大棚建设,仅1991—1993年,水西沟就新增温室324座,由此逐渐开始北菜南移(即冬季温室由安宁渠地区向南郊发展),从而实现"春提前、夏排开、秋延晚、冬生产"的蔬菜供应目标。

如此一来,水西沟的人气开始兴旺,一些有眼光的企业家便把关注的目光投向水西沟。随着著名风景区庙尔沟的旅游开发,引资或联营建成了银都、皇朝、新水等3个度假村,年接待避暑度假游客15万人次,为水西沟及整个乌鲁木齐县南郊的发展奠定了基础。

以前我们常说,新疆旅游的黄金季节是7、8、9三个月,而冬季则比较清淡,最主要的原因除了路途遥远,就是我们得天独厚的冰雪资源没有得到很好开发和有效利用。因而可以这样说,1994年水西沟高山冰场的顺利建成,和随后几年(1995—1997年)成功承办的自治区第八届运动会速度滑冰比赛和年度滑冰比赛,尤其是全国速滑冠军赛落户水西沟,为乌鲁木齐乃至新疆赢得了很高的声誉。

中国冰雪运动项目有一句口号:东北西北,两翼齐飞。实际情况是一条腿长,一条腿短,虽说新疆冬季项目也曾创造过一些佳绩,但整体上起伏不定,甚至停滞不前,不及东三省和解放军等代表队的水平。所以从这个角度来讲,水西沟高山冰场的建成,具有深远的现实意义。因为地处首府乌鲁木齐,交通、住宿和后勤保障条件,相对要比当时的天池和三塘湖优越,自治区体委把水西沟冰场确定为自治区速度滑冰的训练和竞赛基地,并且多次将比赛承办权交给乌鲁木齐县,确实是一种新的挑战和考验。

水西沟冰场坐落于水西沟中学校园内,夏天是学校田径运动场,冬季浇上冰,就成了速度滑冰场。到了比赛的那些日子,水西沟乡政府所在地(当时还是乡)彩旗招展,欢声笑语,步行的、骑马的、开着摩托车的,乘坐着公交车和小卧车的,人们好奇地从四面八方纷至沓来,仿佛过节一样,一睹速滑健儿的别样风采。

水西沟的确是一个适宜开展冬季运动项目的好地方,头顶一片蓝天,晴空万里,太阳高照,人们如同沐浴在暖洋洋的春日里,心中充满温情和惬意。站在冰场边向南望,巍峨的天山像波浪澎湃起伏,冲击着视野,皑皑白雪、葱郁松林,与蓝天相互映衬,分外妖娆,真如毛泽东主席《沁园春·雪》所感慨的那般:江山如此多娇,引无数英雄竞折腰。

因为空气没有污染,冰雪质量就特别优质,浇冰车冰上转几圈之后再看,中间被平整得就像一张白纸的空白区,闲人不得入内,而一圈400米赛道,则好比镜子似的,干净光洁,白中透着绿,绿中泛着亮,就听不少当地观众议论说:"咋么浇哈的冰,就像掺了牛奶一样,白白的,柔柔的,光光的,一点点渣子都莫有,实在是太了不起了!"

先是自治区的比赛,运动员来自全疆各地州,少年组和成人组都有。也就在这个时候,作为组委会副主任之一的我,才第一次听说检查"骨龄"一说,原来我们每个人都有两个年龄:一个是生活年龄(日历年龄),一个是生物年龄(骨龄)。骨龄检查就是借助于骨骼在 X 光摄像中的特定图像来确定。其目的是为了防止隐瞒运动员真实年龄,确保比赛严肃、公平。别看少年组那些小选手看上去乳臭未干,脸上充满幼稚表情,然而一上冰场，一个个生龙活虎，你追我赶，即便有人在转弯处不慎摔倒，滑出赛道，随着观众一片惊讶的叫喊声，急速闪向两侧，就见倒在地上的小家伙电打得一般，一个咕噜跃起身，"咔嚓、咔嚓"一溜小跑，来回甩动着双臂，燕子似的交叉着两腿又冲上去了。

到了成人组，比赛更为激烈、好看。男选手肌肉发达，四肢有力，从观众身边滑过去，就像一阵急速的风刮过，耳边都能听到一阵"嗖、嗖"的响声。女运动员巾帼不让须眉，仿佛都是美人鱼，清一色流线型"魔鬼"身材，鱼贯而行，争先恐后，特别是那些中长距离项目，由起先的一个个大幅度摆臂，到中间的倒背着双手，再到接近尾声的或挥动着拳头为自己喝彩，或脱去头盔亮出飘散的秀发，那才叫洒脱、颜值高了去了。

看着运动员在冰上如履平地，身轻如燕，不时表演着一些高难度动作，我就自然想起小时候滑脚马子的往事。脚马子有双板和单板两种，双板宽一些，下面固定有两根钢筋，踩着稳当、滑着放心；单板则高且窄，下面仅有一根钢筋，没有相当功夫，脚是踩不上去的，即使勉强踩上去了，也是一滑一个跟头，摔得鼻青脸肿成了家常便饭。而今眼前的这些选手，踩着的皮鞋和冰刀连为一体，看似比穿高跟鞋还笨拙，实际上出神入化，健步如飞，没有相当意志和坚忍不拔的精神，不会达到如此高超的水平。比如我们新疆本土的名将刘飞，真像他的名字一样，似乎就是在冰上飞翔，给我们留下了最深刻的印象，场下很腼腆，始终面带微笑，场上如飞奔的骏马，一马当先，马到成功，不给别人任何机会，创造了多项纪录。正因为如此，刘奕飞分别在1988年、1992年和1994年，3次代表国家参加冬奥会，并在1994年挪威利勒哈默尔冬奥会上，光荣成为中国代表团的旗手，为新疆争了光，添了彩，是我们的骄傲。

自治区的年度比赛尚且如此精彩，承办全国速滑冠军赛，就更加引人注目了。看到那些带着大包小包，不少人操着特色鲜明的东北口音的选手的到来，水西沟就再一次掀起了欢乐的高潮。因为毕竟是第一次承接全国性比赛，各路速滑高手云集与此，除了东北三省，还有解放军和行业体协代表队,水平绝对高,速度肯定快,角逐不用说更激烈。不少观众自发组成拉拉队,为运动员鼓劲,加油,尤其是每每有新疆选手参赛的项目,热心的观众简直喊破了嗓子,跺痛了脚。而观众越是上心,运动员就深受感染,越是充满激情,超水平发挥。当时就在滑道边立了一根铁柱子,上面是一块圆形灰色牌子,比赛时刻一到,发令员就站在方形垫子上,举起发令枪,先喊一身"预备",紧跟着就是枪响,随着"砰"的一声枪响,就见圆形灰色发令牌上冒起一股蓝色烟雾,于是一个个运动员弓着腰,低着头,眼睛却牢牢盯着前方目标,仿佛一颗颗子弹飞过,一个接着一个,还没看清楚长什么模样,就已经急匆匆从眼前一闪而过,留给人们的是一个个红的、黄的,或者蓝的背影,算是让人大开眼界。

先前人们记住了新疆的刘奔飞,到了全国比赛,观众的注意力则在那些全国速滑赛冠军的身上,特别是叶乔波的教练来了之后,所到之处都成了大家追捧的对象,包括我们组委会这些成员,都抢着要和陈教练照一张合影,陈教练欣然允诺,来者不拒,满足"追星族"们的愿望,成为茶余饭后的话题。

每一项比赛结束之后,都要进行颁奖仪式,所以必须事先确定好颁奖嘉宾,然后按照比赛名次依次颁奖。主席台虽说简易,但巨大的会标却很醒目,因而比赛的间隙,就有不少人在此留下纪念照,算是人生的一个重要经历。由于自治区体委与市体委的有力支持,乌鲁木齐县委和县政府的高度重视,水西沟乡及各相关部门的紧密配合,一次次赛事都顺利画上句号,取得了圆满成功。现在我还经常找出那些20年前的老照片,看到那些熟悉的面孔,当年的那些赛场和赛场之外的往事依旧历历在目,记忆犹新。包括国家体委的海燕官员,哈尔滨体院的孟蒙裁判,自治区体委的贾主任,张思仑处长和古拉热木处长,还有呕心沥血,忙前忙后,而今却已成为故人的张茂仑局长,以及默默无闻、起早贪黑的工作人员富良,他(她)们都是铺路人、奠基者,让我一直牢记在心里,难以忘怀。

天山南北　绵羊山羊

中国的汉字学问深奥,仅以"鲜"为例,从鱼从羊,典型的会意字,"鱼"表属类,"羊"表味美,合而为之,鲜爽、可口,回味无穷。鱼是水产,羊是陆生,谈鱼类太不靠谱,招致笑话,数叨起羊来则是行家里手,娓娓道来。一则我是放羊娃出身,打小谙熟羊的习性,具有深厚感情基础;二则新疆是全国五大牧区之一,其中羊只存栏数位居新疆牲畜榜首,加之我们的女人离开羊肉似乎就不会做饭,自然至今依旧和羊打交道,因而对羊绝对有发言权。

新疆地域辽阔,"三山夹两盆"是对南北疆地形地貌的形象化概括。无论高山还是谷地,只要有人的地方,就有羊的身影,无论游牧民族,还是农耕民族,习惯上都把养羊作为一种历史传统继承下来,多则规模成群,少则三五只圈养,庭院里没有羊,仿佛生活缺少了阳光。

山峦起伏,沟壑相连,哪里有水草,哪里就是羊的最佳栖息地。山花盛开的夏牧场,羊群像五彩的活动画面,云游四方。到了大雪覆盖山岭,羊群则转往冬窝子,草棚上高高堆起的饲草,就成了牧人一冬的最爱,在羊夜复一夜的反刍声中,静心期盼春天羊羔平安降生。

绿洲村落,阡陌纵横,凡属河流经过的地方,大抵有一片湿地。譬如提及达坂城,有一首歌就这样唱到:"达坂城的风光好,牛羊肥又壮……"就得益于达坂城镇以西,兰新线以东,有一片绿幽幽的湿地,羊群散放其中,放羊娃完全可以头枕双手,美美睡上一觉。农区的羊活动范围相对要小，村落周边，地头或者渠旁，都有些羊爱吃的嫩草，像最常见的野笋子就有两种，一种折断后，分泌白色汁液，味苦，我们都叫"奶子草"；一种没有分泌物，味甜，撕掉叶子，剥了皮，张开嘴自上而下嚼，味道真的和笋子一样，甜丝丝，脆生生。羊是连叶子带茎，苦的甜的都吃，我们只吃甜的，而且还要趁早，稍一长老，皮剥不下来，牙也咬不动。

新疆属于典型的温带大陆性气候，日照时间长，早晚温差大。由于降水量偏少，空气干燥，自然形成不少大漠戈壁。因而我们所说的草场概念，既包括"风吹草低现牛羊"的长草草场，像巩乃斯、那拉提和巴音布鲁克，都有天底下最好的草场，不但草长得好，花也开得漂亮，天蓝、山高、水清、花红、草绿，成了人们趋之若鹜的旅游胜地；也涵盖年景好时草就像胡子一样长势旺盛，雨水少时草则如眉毛一样，懒得生长的荒漠和半荒漠短草草场，远的如准噶尔盆地周边，塔里木河沿岸，近的如乌鲁木齐甘河子一带。

正是由于草场具有多样性，不管南疆还是北疆，无论牧区还是农区，新疆的羊群就这样繁衍生息，日益壮大，关键是肉质鲜美，壮而不腻，精而有味，肥瘦搭配，红白相间，怎么做都能行，怎么吃都不厌。和新疆大美的山川不无关系，受惠于新疆独特的气候条件，如果你走进一个哈萨克人的毡房，抑或是一座蒙古包，主人一定告诉你：我们的羊走的黄金道，吃的中草药，喝的矿泉水，味道不好才怪呢。

实际上新疆有许多极富营养价值的奇花异果，有的就被羊吞进肚里，转化至肉体中，进而在我们的胃里消化，确保各种有机元素，在我们的体内长期储存。仅以菌类而言，新疆就有许多独有品种，像北疆的叫阿魏菇、南北疆都有的巴尔喀什黑伞、南疆独存的粗柄马鞍菌，或生长在戈壁滩，或伴生于湖泊，或隐没于胡杨林，都是菌类上品。阿魏菇号称西天白灵芝，具有消积、杀虫和治疗久疟、痔痨等药效。巴尔喀什黑伞，俗名焉耆黑蘑菇，它埋在沙土之中，产量高、品质好，很受人们喜爱。而粗柄马鞍菌，又叫木耳蘑菇和胡杨蘑菇，因为日渐稀少，弥足珍贵，成了洽谈会上抢手货。甚至还有羊肚菌,干脆就以羊的内脏命名,足见这些具有胶质或肉质,不但食用,还有药用的野生菌类对于羊而言,早已是口中餐、腹中食,肉质能不出众,味道能不绝好吗。

尤其在一些荒漠地带,土地碱化程度高,因而草中富含碱性,虽说草不是那么旺盛,低低矮矮的贴着地皮生长,但是这种草羊吃多了,肉质就大不一样了,最主要的一点:看着色泽鲜亮,闻着没有膻味,吃着沁人心脾,想着回味无穷。而且羊还按时补充一些饲料,油渣和玉米是最常见的,油渣是榨油剩余残留物,一块一块的,掰碎扔进羊槽,羊吃着膘情看好,玉米煮熟了再喂,而且拌有食盐,羊吃着四肢添力,肉味自然也没得说。

于是联想到平常观赏央视《动物世界》,猴子偷木炭治疗消化不良,大象钻进黑洞舔食岩壁,鹦鹉贴在土墙上衔泥块,道理很简单,皆为补充体内所需。就像儿时邻家小孩,隔三岔五扣墙土吃,父母揍了好几回,依然我行我素,积习难改,后来才听人说,这是人体缺少相应的矿物质所致,羊吃盐也如此,所以有人总结说:马不吃夜草不肥,羊不加盐料味差。

记得以前食品公司在村上喂料羊,除了一车一车拉草,同时也一车一车拉料。草是青草和玉米秆,然后用铡刀铡了,羊就糟蹋得少了。料以油渣和麸皮为主,辅之以苞谷,白天麸皮拌草,夜晚增添苞谷,黄灿灿的苞谷,掺和着食盐,远远就闻着味香,我们捉迷藏的时候,顺手偷着吃,算是宵夜。

新疆的羊,漫山遍野不说,品种也很多。土生的、引进的、杂交的,应有尽有。先说绵羊,首当其冲的要数阿勒泰羊,东到青河,西至吉木乃,分布于阿勒泰地区全境。个头大,体形美,肉脂兼备,品种优良。公羊除了多有一对螺旋形犄角,最大的特点,就是尾部呈椭圆形,硕大、厚实,堆满了脂肪,故又称阿勒泰大尾巴羊。我们家以前养了一只阿勒泰羊,褐红色,犄角大,身胚子也大,在父亲的精心饲养下,半年工夫尾巴长得磨盘一样,每次起身必须要我们搀扶才行,走路晃晃悠悠的,尾巴忽闪忽闪的,后来宰了冬肉,仅尾巴就炼了一桶油,吃了整整一个冬天。

新疆细毛羊,原产于伊犁地区巩乃斯种羊场,结构良好,体质结实,公羊鼻梁隆起,后驱丰满,并长有大角。这个品种耐粗饲,适应性强,增重快,毛色白,质量高,仿佛身上穿了银质棉袍,密不透风,毛绒绒的,尤其是一只大骑羊,毛多得几乎遮住眼睛。新疆细毛羊是高加索细毛公羊与哈萨克母羊杂交培育而成,因此老一辈人称之为苏联羊。

在南疆叶尔羌河流域,还有一种羊叫多浪羊,包括喀什地区的麦盖提、巴楚、岳普湖和莎车等县,都有这个品种,只因麦盖提县比较集中,又叫麦盖提羊。麦盖提羊头长耳大且下垂,肩比较宽,腰背平直,公羊或有角,但短而小,也有无角公羊,母羊都没有。此品种发育快,体格大,繁殖性能好,出肉率高不说,肉质也深受人们的赞誉。这几年麦盖提县为了提高知名度,已经搞了三届赛羊会,对"特级种公羊""特级种母羊"和"多胎种母羊"给予重奖,产生了品牌效应。

生长在新疆海拔最高地方的羊,是塔什库尔干羊和柯尔克孜羊,一个与崇拜鹰的塔吉克民族相伴,一个是"活着的荷马",《玛纳斯》演唱大师居素普玛玛依的故乡,高海拔毕竟繁育高品质的羊,和那些盘羊、岩羊一样,绝无仅有。

而那些山羊,体格大的公羊像一只小牛犊,气宇轩昂,威风凛凛,在山羊群里妻妾成群,子孙满堂。和公绵羊有所不同的是,公山羊犄角一般向上长,到了顶部再自然朝后弯曲,底部粗壮,角顶尖细,上面富有规律布有棱道,一圈一圈向上延伸,让犄角坚硬、有力。经常看到羊犄仗,特别是公羊到了发情期,几乎不吃不喝,为争夺交配权,让彼此犄角激烈碰撞。一般情况下,两只公羊颇具大将风范,一只挑战,一只应战,相互迎面靠近,大约三五米左右,先稍事停顿,随之偏着头,一跃而起,让两只前腿腾空弯曲,继而使劲全力,迎头相撞。就听一阵阵山响,要么一两个回合就分出胜负,失败者落荒而逃;要么实力相当,一次次跳跃对撞,却长时间不能制服对手,气喘吁吁,力不从心,到头来只得有一只公羊先休战,再养精蓄锐,伺机强势反扑。

有一次去阿勒泰开会,途径富蕴喀拉通克,不时看到羊群横穿马路,其中就发现好几只羊肚子下面吊着帘子,或帆布,或毛毡,看着有点碍事。我就问司机小刘,为啥其他的羊不挂帘子,偏偏那几只羊有?小刘是城里长大的小青年,一开始也好生奇怪,见我催得急迫,就胡乱猜测说,那几只羊可能受凉了,挂帘子是为了挡风呢,我一听就笑了,说他挺有想象力。我告诉小刘,其他羊不挂帘子,是因为那些羊不是母羊就是羯羊,起码不是性成熟的小公羊。而那几只之所以挂了帘子,原因在于那几只都是处于发情期的大公羊,由于体力消耗太大,身心疲惫不堪,羊主人为了让公羊传播健康和优质基因,索性人为给公羊挂了帘子,又称"骚胡"帘子。

羊有绵羊、山羊之分,公羊有犄羊"骚胡"之称,犄羊指绵羊,"骚胡"是山羊,从小阉割过的小公羊,则取名羯羊。一般情况下,吃羊肉的选择顺序是,先羯羊,后山羊,再母羊,最后才是犄羊或者"骚胡"。公羊挂帘子,母羊还戴"奶罩"呢。其实一点也不奇怪。那些年乡下穷得叮当响,尤其家里有个坐月子的,哪里有什么营养和补品,全指望那些羊奶当给养,而母羊也有小羊羔羔,大人、孩子、羊羔都要保证有奶吃,唯一的办法就是给母羊戴"奶罩",不然,都让羊羔吃了,大人孩子咋办。所以到了时辰,先让小羊羔吃一阵,然后人再挤一些,拿去炉子上慢火焐,上面一层奶皮子,下面是稠乎乎的奶子,都是纯天然绿色食品。

我的爷爷家住在牧区,也就是现在的涝坝沟,从水磨沟乘车过去,不到半个小时就到了。那里家家都有多少不等的母山羊,到了暑假,我和哥哥就往爷爷家跑,其中最吸引我们的就是喝奶子。就记得到了羊群归圈时,先将母羊一只只拴在一根长长的绳子上,奶奶怀抱着奶桶,按照先后顺序依次挤羊奶,等几只羊都挤过了,这才朝着羊圈方向喊一声,爷爷这才打开圈门,如饥似渴的羊羔们,"咩咩"叫着鱼贯而出,一股脑奔向各自的母亲,跪倒在地,甜蜜而又疯狂吮吸着羊奶。

山羊一般产一羔,生双胞胎的也有,然而岳母家的一群山羊,却从来不产单羔,至少两只,多的还有三四只。原来最早天山牧场的亲戚,送了只母山羊过来,后来拿去和黑甲山县畜牧局的瑞士公山羊配了种,就从一只羊发展到了一群羊。这种山羊最大的特点是头上不长角,脖子下面却吊着一对肉铃铛,一素白,奶子大,吃饱喝足以后,膨胀得像个肉皮色大南瓜,所以岳母家一直不断奶喝,八个孩子,四男四女,如果不是这一群山羊,日子真的很不好过。

绵羊温顺,山羊好动,因而以前把学习好又听话的学生称之为"五分加绵羊"。山羊的好动体现在两个方面:一是速度快,善攀爬;二是嘴刁钻,挑食吃。一个羊群全是山羊,趁早多备几双鞋子,不然就跟不上趟,尤其到了山上,人上不去的地方,山羊不费事就爬了上去,所谓羊肠小道,其实很多就是山羊踩出来的。如果绵羊和山羊混放,头羊肯定就是山羊,好像不是为了吃草,而是为了领跑,挺着角,昂着头,一路小步快跑,有的人就使"木绊子",吊在脖子下,虽说影响速度,但不影响捣乱,要么钻进了庄稼地,要么一不留神上了人家的房。

以前乡下都住着低矮的土屋,有些屋顺山而建,房顶几乎和山坡在一个水平线上,中间即使隔一道沟坎,却也挡不住山羊纵身一跳,轻轻松松就到了房上。有时候主人正好在屋顶晾晒了一些舍不得吃的东西,三下五除二分就被山羊踩得乌七八糟。或者房顶本来就漏雨,羊一上去,一踩一个黑窟窿,你说烦人不烦人。

山羊不但会上房,也能上树,我以前的羊群,就有几只山羊,嘴尖的很,最爱吃榆树叶子,一逮空就往树茵下跑,看到一些树枝可以够着,立马两只前蹄子竖起来,脖子伸得长长的吃树叶,要是够不着,就想办法上树,一个一带头,其余的都效仿,别担心羊会摔下来,羊精着呢。有一天打开电视,看到非洲草原上孤零零一棵树,羊都在树上,而放牧者则站在地下,朝树上望着,仔细一瞧,都是山羊,我就想起当年放羊的情景,感同身受。

拉里拉杂老半天,咱们还是言归正传说说怎么吃羊肉。

早些年,旅游还没有有提到重要议事日程,每到盛夏季节,人们就到附近某一个山沟,支上一口大铁锅,做抓饭,或是清炖羊肉,凡事自己动手,等忙得差不多了,肚子也饿了,就着简单几样凉拌菜,先吃肉,再喝酒,景色没有看上几眼,醉醺醺,晕乎乎就回来了。到了家,女人孩子就奚落,说那么好吃的羊肉,本想多吃几口,一闻都是酒味,还让人怎么吃啊。

后来有了经验,让女人孩子单独坐,事先还带了烤肉炉子,自己穿自己烤。有的孩子就学着卖烤肉的巴郎子,一根棍子上扎一块硬纸壳,一边烤,一边快速转动,硬纸壳就像风扇一样,煽得炉火旺盛,于是烤肉槽子飘起一股蓝色烟雾,随之诱人的香味,直往人的鼻孔钻。就听孩子高声喊:"烤肉熟了,香喷喷,美滋滋,一串一块钱,快来买呀!"

这边是吃一串,想着下一串的外焦里嫩的烤肉,那边是呼呼翻着白色热气泡的大锅羊肉,还没到锅跟前,味道已经灌进肚子。无论清脆扎实的胸茬子,还是吃着鲜嫩、骨髓吸着香醇的后腿把子,看着让人垂涎欲滴,享用之后荡气回肠。

现如今农家乐和牧家乐,雨后春笋一样应运而生,白色毡房像蘑菇,盛开在每一个沟谷。蓝白相间,或者红顶黄墙的一排排房子,纷纷打出"最正宗"和"原生态"的旗号,提供包括"游、吃、住"的一条龙服务。只要事先告诉几个人,订餐标准和那一种吃法,你就放心去徒步看风景,到了约定时间返回,一切准备完备。或是清炖羊肉,或是肉和杂碎一锅煮,或是以家常菜为主,间或一盘烧羊排,总感觉比城里的还要地道,究其原因,一是山里的水质好,喝了开胃,二是行进在如诗如画的天地,仿佛一个天然大氧吧,心情豁然开朗,就想着多吃几口,第三方面最关键,羊肉是现场看着宰好的,要颜色有颜色,肥瘦刚好、大小适中,山水清炖,原汁原味,哪里找这样的美味佳肴。

清水炖羊肉,先将宰好的羊依顺序剔了,头蹄和杂碎分出来,需要一锅炖,就拿去洗了涮了,和羊肉一起煮。要是单独做,羊肉一种做法,杂碎另一种做法,各有各的味道。

所谓原汁原味,就是锅里除了一把盐,几乎不放其他佐料。有些人老是抱怨煮不好羊肉,一是火候掌握不好,二是缺乏技巧。我的经验是,首先剔肉要有水平,就像庖丁解牛一样,彼节者有间,而刀刃者无厚,以无厚入有间,官知止而神欲行。否则尽是骨头渣子,影响肉汤的质量不说,吃肉或许还扎嘴呢。说火候,就是不能大火,锅刚一上灶,水就沸腾,时间不长肉就老了。必须先小火,再调大,循序渐进,然后就是及时清理掉血沫子,最好用专门的灶滤,一次清不完,反复循环,直到肉汤里不见残留物,肉汤清亮又好看,才算是煮肉成功,要不然,肉汤看着黑乌乌,肉也失去了光泽,味道就逊色不少。

有的人喜欢吃肉,有的人更喜欢喝肉汤,尤其是鲜亮白净的肉汤,上面漂一层细小的油花,简直就是挡不住的诱惑,如果上面再撒一点葱花,或者点缀少许香菜,谁都忍不住要喝一碗,特别是冬天,刚干完活回到家,吃完羊肉再喝汤,而且还是就着热气腾腾的农家烤馕,真叫一个过瘾。

以前在县上工作,经常到南山哈萨克族朋友家做客,盘腿坐在炕上,一干人先围着达斯特汗喝奶茶,吃包尔萨克。如果是夏天,就有上好的马奶子,一端一大盆,女主人用勺子一边舀着澄清,一边不时把碗递到客人跟前。马奶子要慢慢品味,不能一饮而尽,略带咸酸、微喷清香的马奶子、凉爽适口,沁人心脾,不仅有助于消化肉食,还能治疗疾患。

毕竟经过发酵,喝得多了、猛了,也能让人醉晕。有一次几家人去山里休闲,来到一户牧民家,主人热情款待,刚炸的包尔萨克,一碗又一碗耐人寻味的马奶子。这一下对了女儿的胃口,一口包尔萨克,一口马奶子,津津有味,颇显老到。亲戚家的女孩子就坐不住了,拉开架势同女儿拼喝马奶子,一碗接一碗,不曾间断。然而很快又吃不住了,先是满脸通红,呼吸加快,继而跑出去"哇哇"又吐又哭,显然是醉了。

等坐麻了腿出去转上一圈,肉也基本上熟透了,一盘肉端上来,摆在尊贵的客人面前,上面还有一个羊头。客人尊敬不如从命,接过刀子,拿起羊头开始削肉,羊脸上的肉送给长者,算是有头有脸,羊耳朵送给小辈,意寓着好好听话,随后再把羊头还给主人,表示有福同享。

如果是现宰一只羊,主人事先会把那只羊拉进毡房,然后举行一个简单仪式,哈萨克语叫"巴塔",意为"祷告"和"祈福",皆有长辈或客人完成,祝福语中充满哲理和文学色彩,实则就是一首感人的赞美诗。

同样,盛在盘子里的羊肉,也是很有讲究的,根据客人的不同年龄和辈分,也必须用不同部位的羊肉来招待。有一次酒喝得起兴,一位上了岁数的哈萨克朋友一边与我碰杯,一边如数家珍一样给我讲:"老艾你很清楚,羊头只有一个,但其他六个部位却都是双的!"我就说:"'江巴斯'算一个,'开里吉里克'也算一个!""江巴斯"是臀部,意为生命之源,就像"江布拉克"和"苏巴什",都有源流之意。"开里吉利克"则是前腿掀板骨,有的人吃掀板骨肉之后,还用刀子根据其纹理将其割开,一问才知道是看来年光景如何。

"算你厉害,一下说准两个,还有四个呢?"朋友说。"不知道了吧,我告诉你!"然后他就掰着指头又给我说了四个,其中包括前腿骨、后腿骨、臂骨和大腿。妇女或者儿媳妇第一次上门,一般要上"沃尔堂吉利克",也就是羊的大腿,如果换成女婿的话,则一定是胸茬子肉了。

这些年几乎每年都有朋自远方来,我自然不亦乐乎,热情相待,体现在饮食上,当以地方特色为先,主打的就是羊肉。不管清炖、红烧,还是煎炸、烹炒,都把现宰的,也是最好的部位端到客人面前。一开始,有些朋友还心存疑虑,但为了不扫我的面子,拿起筷子,象征性尝一尝我已削好的肉片。然而不吃不知道,一吃才发觉天底下原来有如此美好的羊肉,一下加快了筷子的使用频率不说,有的甚至干脆放下筷子,抓上一大块羊肉,狼吞虎咽吃了起来,而且一边吃,一边赞不绝口:"怎么就这么好吃,一点膻味都没有!"

有一个同学后悔没有带家人来,又想额外多吃几块,就红着脸,不好意思说是替老婆和孩子吃的。总看到有人说某某人没有来,这几杯酒是我替他(她)喝的,却没有见过还有替别人吃肉的,足见我们新疆羊肉的传奇魅力。

　　过了两年之后,有一天早晨,突然接到这位同学的长途电话,告诉我第二天就到乌鲁木齐,不但带了老婆孩子,还有朋友两口子。我就想起同学先前替人吃肉的故事,依旧一盘子一盘子上肉,没想到同学的儿子吃肉更厉害,原本三五个人才能吃完的一盘子羊肉,到了他那里,一个人就风卷残云,一扫而光了。而他的老婆和朋友两口子,据说以前从不吃羊肉,到了新疆好像突然受到感染,对羊肉产生了极大的兴趣,吃着手上的,盯着盘子里的,吃了之后还有总结:原来羊肉的不同部位,味道也不一样,不过都是一个字:"棒"!

　　还有一个南方朋友,情迷新疆烤肉,无论是烧烤肉,还是炒烤肉,要么一二十串,要么一盘子包圆,而且入了门道,变换着花样吃烤肉。先来精肉的,再来羊心和羊肝,尤其迷恋羊腰子,一次就是好几个,说是哪里找这样好的纯天然大补,机不可失,失不再来,能吃一口是一口。如果吃炒烤肉,一定要配搭上一盘黄面,上面再放些黄瓜和香菜,肉红、面黄、菜绿,自鸣得意的样子,完全就像一个天真烂漫的孩子。

　　更有意思的是,这位南方朋友过上一段时间,就要发一条短信过来,短信比较长,需要分段接受,内容全部和烤肉有关,不是说他去过的那一家烤肉店还在么,味道还那么馋人么,就是说盼着早一天再来新疆,要不然就好像害了"相思病",整天无精打采。最绝的是,他竟然突发奇想,说我回复短信的时候,要是把烤肉的滋味也一起发过去,那真是太好了。

　　羊肉清炖好吃,烧烤也属上佳,先是满街的烧烤肉,一串五毛钱,现在两块钱一串,还算是小串的,撒上辣面子和孜然,来上好几串,再要一个热馕,把馕从中间一分为二叠在一起,将烤肉串放进去,使劲一捋,烤肉留在馕里面,钎子则都抽出来了,卷在一起边走边吃,一点都不耽误事情。

要是想吃着攒劲（新疆土语,好或者美哉）,就要几串烤排骨吧,肉多块大,焦黄焦黄的、油亮油亮的,上面薄薄一层羊脂,下面实实在在的肉,牙齿凑上去一撕拽,一疙瘩肉就吞进嘴里,嚼着那个香美,咽着那个顺溜,不是亲身体验,怎知新疆羊肉好啊。

更好的还在后头,也就是真正的羊肉特色大餐——烤全羊。

烤全羊顾名思义,就是将一只整羊囫囵烤了,当然是在专门的馕坑里烤。事先选好材料,诸如蛋黄、盐水、姜黄、胡椒和孜然粉,掺和着上等面粉搅拌至稠糊状,从上到下抹便羊的全身,然后头部朝下塞进馕坑,捂严盖实,一个小时左右,极具诱人的烤全羊就出炉了。烤全羊立放在一个硕大的不锈钢托盘里,用餐车推进盛大宴会厅,头上绑着红绸子,嘴里叼着一把青菜,然后就是剪彩仪式,由尊贵的嘉宾亲自削下第一块肉,放进嘴里尝尝,竖起大拇指表示味道鲜美,随之把刀子还回厨师,特色大餐就算正式开始。

现在交通方便,精明的商家开始将烤全羊这个品牌推向内地,看包装鲜艳夺目,维吾尔语、汉语两种文字,一只俊美绵羊,一看就是地道的新疆产品,品其味,鲜而不腻,早上还在乌鲁木齐,下午就上了北京、上海和广州的餐桌。那一年我们在清华研修,有个朋友托人带了一只烤全羊,不但我们吃到了家乡的美味,就连其他省市的同学尝了也是赞不绝口,一致表示,就是冲着烤全羊,也一定要来一次新疆,不然真是一个遗憾。

还有就是抓饭肉,先用油炒,随后和黄萝卜、大米一起焖,等出锅了,大米一粒一粒,晶莹剔透,黄萝卜油亮软绵,而一块一块羊肉,吸收了油米和黄萝卜的味道,焦嫩、滑润、亮堂、鲜美,吃一次,一辈子忘不了。阔尔达克也是新疆美食,有两种制作方法,一种先炒肉,再放黄萝卜和土豆,然后添水,放料;一种先煮肉,等差不多熟了,再放土豆和黄萝卜,只是不用再添水。汤汤水水,有肉有菜,佘汤好喝,土豆和黄萝卜,一个誉为国菜,餐桌上少不了,一个俗称"贫民人参",富含胡萝卜素、维生素和微量元素,药理作用突出,而羊肉掺和其中,兼收并蓄,融会贯通,不但补身子,还能开胃口,奇了。

到了大地刚刚上冻,水面上结了一层冰碴子,有人就招呼着去吃"冰碴鞠律",也就是当年的山羊娃子。一是味道鲜美,二是几乎都是精肉,难得一见油疙瘩,放到锅里一炖,不等多长时间就熟了。印象最深的一次,是儿子刚好两岁多时,因为赶上过节,山里的表哥家炖了"冰碴鞠律",几个人上了一小盘子,那时我们肚子没有油水,嘴馋得不行,尤其儿子像见了宝贝,极想多吃一口,可脸一转的工夫,眼前就只剩下一个空盘子了。表哥家拜节的人多,而肉又极其有限,尽管儿子哭着闹着要肉,我们也无能为力,只得早早找个借口离开了。

现如今物产丰富,人们的生活水平也随之发生了巨大变化,想吃肉不再是什么难事,家里吃着不满足,就去外边吃,这一种做法吃腻了,换一种做法再吃。有的时候按图索骥,跑到很远的地方去吃。先是说羊杂碎吃多了影响健康,后又说羊肉汤喝多了也招致疾患。以前卖肉挑肥的,尤其看到大尾巴羊,眼睛都盯着,肉切成丁炒了,掺上些盐,每天做饭放一些,一吃很长时间,油则炼了化了,烙饼子时锅里抹一点,就算吃了上乘的饼子。

而今吃肉专挑瘦的,见了一点肥肉都摇头,有些人索性不喝肉汤了,实在忍不住,就添些白开水稀释。然而羊肉味道的确太好了,营养价值又太高了,三天不吃,心里就像猫爪抠着一样,痒痒得很,于是还是想吃,只是吃的方式有所不同而已。